KB198402

새들이
남쪽으로
가는
날

리사 리드센 소설
손화수 옮김

새들이
남쪽으로
가는
날

Tranorna
flyger
söderut

북파머스

카메론에게
우리에게 서로가 있어 얼마나 행복한지

5월 18일 목요일

나는 상속권을 박탈해 그가 아무것도 물려받지 못하기를 바랐다.

그는 식스텐을 데려가려는 것이 다 나를 위해서라고 말했다. 나처럼 나이가 많은 사람이 숲에 가서는 안 되고, 식스텐 같은 개들은 시골길을 한 번 왔다 갔다 하는 것보다 더 긴 산책이 필요하기 때문이라고 했다.

나는 부엌 소파에 누워 있는 식스텐을 바라보았다. 식스텐은 입을 벌리고 크게 하품을 하더니 내 배에 머리를 기댔다. 나는 퉁퉁 부어오른 손가락을 식스텐의 털 속으로 집어넣으며 고개를 저었다. 그 빌어먹을 자식이 뭘 안다고 그럴까? 그 자식이 원하는 것을 손에 넣는 일은 절대 없을 것이다.

잉리드는 부엌 식탁 옆에서 한숨을 쉬었다.

"제가 약속할 수 있는 건 없어요, 보. 하지만 할 수 있는 건 다해볼게요. 이건 있을 수 없는 일이니까요." 말을 마친 그녀는 요양보호사 일지에 계속해서 무언가를 썼다.

나는 고개를 끄덕이며 입가에 살짝 미소를 지었다. 식스텐 일에 나서서 나를 도와줄 수 있는 사람이 있다면 잉리드가 적격일 것이다.

벽난로에서 장작이 타들어가는 소리가 들렸다. 자작나무 장작 주위로 춤을 추듯 너울거리는 불꽃에서 눈을 떼기란 쉽지 않았다. 문득, 오늘 아침 그와 나누었던 대화가 떠올라 다시 화가 치밀어 올랐다. 그는 자기가 꽤나 대단한 사람이라고 생각하는 것이 틀림없었다. 하지만 식스텐이 어디에서 살 것인지 결정하는 것은 그와는 전혀 상관없는 일이다.

분노로 마음이 지쳐 잠시 눈을 감았다. 잉리드가 움직이는 소리를 듣고 있자니 거칠었던 호흡이 안정을 되찾기 시작했다. 화도 서서히 가라앉았다.

분노의 여파였는지 최근 나를 괴롭히던 감정이 다시 밀려들었다. 가슴속에서 무언가가 갉아먹는 듯한 거친 소리가 들렸다. 내 가슴속에서 고개를 든 것은 이러지 말았어야 했다는 후회였다.

"자네가 걱정을 사서 하는 것 같아 안타까워." 내가 전화를 했을 때 투레는 이렇게 말했다.

식스텐과 함께 소파에 누워 잉리드가 내는 소리에 귀를 기울이던 나는 어쩌면 그의 말이 맞을지도 모른다고 생각했다.

프레드리카, 나는 당신이 남긴 공백 속에서 이전에는 생각지도 않았던 것들에 대해 자꾸만 생각하고 있다. 나는 항상 확신을 가지고 살아왔다. 나는 내가 무엇을 원하는지 잘 알고 있었고 옳고 그른 것을 구별할 수도 있었다. 지금도 물론 그렇게 할 수 있지만 어쩐 일인지 예전처럼 확신을 할 수 없다.

나는 왜 이렇게 되었는지 이유를 생각해보았다. 어머니와 노인에 대해서도 이전과 다른 방식으로 생각하기 시작했다. 한스는 이제껏 내 생각의 가장 많은 부분을 차지해왔다. 나는 노인과 나 사이에 있었던 일들이 나와 한스 사이에서는 일어나지 않기만을 바랄 뿐이었다.

문제는 식스텐 때문에 시작되었다. 나는 너무나 화가 나서 뭘 어떻게 해야 할지 알 수 없었다. 내게서 식스텐을 빼앗아 간다는데도 내가 가만히 있을 줄 안 걸까.

"점심시간에 개를 데리고 산책하러 다녀오려 해요." 잉리드는 말을 마치자마자 단호한 움직임으로 일지를 닫았다.

작은 눈이 반짝거렸다. 그녀도 개를 키우고 있어 그들이 내게서 식스텐을 빼앗아 갈지도 모른다는 사실에 속상해했다. 그녀는 짧은 은발을 손으로 쓸어 넘긴 후 약상자를 집어 들고 알약이 제대로 들어 있는지 확인했다. 상자엔 심장약을 비롯해 갖가지 약이 들어 있었다.

"고마워요." 나는 차를 한 모금 마시며 말했다.

내게 잉리드 같은 딸이 있다면 얼마나 좋을까. 그녀는 한스와 동갑으로 같은 학교에 다녔고, 그녀의 외할아버지는 란비켄에 있는 제재소에서 노인과 같이 일했다.

　지금 그녀는 가슴에 요양보호사 로고가 찍힌 짙은 푸른색의 플리스 재킷만 입고 있다. 나는 그녀가 춥지 않은지 궁금했다. 그도 그럴 것이 그녀는 여기 올 때도 외투를 입고 있지 않았기 때문이다. 주변 사람들이 전혀 추위를 타지 않는 것처럼 보이는 것뿐 아니라 최근에는 나를 놀라게 하는 일이 자꾸만 생겨났다. 예전의 나는 1년 중에 반은 양말을 신지 않았고, 5월 초에 이미 반바지를 입곤 했다. 하지만 지금은 거의 매일 추위에 몸을 떤다. 바깥 날씨가 더워지기 시작해도 벽난로에 불을 피울 정도다. 다들 자연스러운 일이라고 말했다. 의사도, 요양보호사도. 그게 정상이라고 했다.

　프레드리카, 당신도 추위를 많이 탔다. 우리가 당신을 만나러 갈 때마다 당신은 그들이 준 낡은 니트 재킷을 입고 있었다.

　잉리드가 눈살을 찌푸렸다. 나는 그녀가 다회용 약상자를 두고 혼잣말로 중얼거리는 소리를 들었다. 그녀도 세월이 흘러 나이를 먹으면 겨울 내내 배를 곯았던 야윈 염소처럼 추위를 탈 것이 틀림없다.

　그녀는 약상자를 한 번 더 확인한 후 누가 전화를 했는지 핸드폰을 확인했다. 문득, 나는 그녀의 가족에 대해 아는 것이 없다는 생각이 스쳤다. 아니, 어쩌면 내가 기억을 못 하는 것일까? 나는 내 질문에 대답하는 사람들의 태도와 표정을 보고 내가 무언가를 자꾸만 잊어버린다는 것을 깨닫곤 했다. 한스는 그런 내게 짜증을 내기도 했다.

"그건 방금 했던 질문이잖아요." 그는 이렇게 말하곤 했다.

잉리드는 단 한 번도 그런 식으로 내가 바보이기라도 한 것처럼 대한 적이 없다.

나는 당신이 만든 낡은 퀼트 담요 위에 몸을 쭉 뻗고 누워 다리의 위치를 바꾸고, 잉리드를 바라보았다. 그녀에게도 분명 예쁜 아이들이 있을 것이다. 친절하고 예의 바른 아이들일 것이다.

나는 그녀가 테이블 위에 올려둔 로즈힙 수프가 담긴 유리 그릇 쪽으로 손을 뻗었다. 시원하고 걸쭉한 액체가 입안을 채웠다. 로즈힙 수프는 내가 지금도 여전히 좋아하는 몇 안 되는 것 중 하나다. 맛이 바뀐 음식이 너무나 많다. 언제부터인가 생크림 케이크는 입에도 대지 않았는데, 곰팡이 맛이 나서였다. 그럼에도 한스는 때때로 생크림 케이크를 사서 가져오곤 했다.

"아버지는 너무 말랐어요." 그는 근육이 쇠약해지는 것이 내 잘못인 것처럼 말했다. 마치 내가 이 늙고 쓸모없는 몸을 발명하기라도 했다는 듯 말이다.

나는 그릇을 다시 테이블 위에 올려놓고 콧수염에 묻은 수프를 아랫입술로 핥았다.

잉리드가 벽난로로 다가가 장작 두 개를 넣었다. 그녀는 장작을 다루는 데 익숙했다. 장작을 자르고 쪼개는 기계도 오빠와 함께 쓰고 있다고 했다. 무게가 12톤이라고 했던가. 나는 그녀의 부모에 대해선 아는 것이 많이 없지만, 그들이 누구인지는 알고 있다. 그들은 젊은 나이에 세상을 떠났고, 잉리드는 부모에게서 농장을 물려받았다.

요양보호사들 중 일부는 난로에 불을 피우는 법을 모른다. 그들은 장작을 쌓아 올려 위에서 불을 붙이는 것이 아니라 밑에 나란히 놓아둔다. 처음에 나는 그들에게 벽난로에 불 피우는 법을 가르쳐주곤 했지만, 시간이 흐르자 매번 그렇게 하는 것이 피곤해져서 그냥 내버려두었다. 특히 젊은 요양보호사들은 아무것도 몰랐다. 나는 노인에 대해 이런저런 할 말이 많지만, 어쨌든 그는 내게 난로에 장작불을 피우는 방법만큼은 제대로 가르쳐주었다. 요즘 젊은이들은 코앞에 가져다주는 것에 익숙할 뿐, 우리가 어렸을 때 배웠던 것들에 대해서는 아무것도 모른다. 그러다 큰일이 생기기라도 하면 그들은 과연 무엇을 할 수 있을까? 정전이 된다거나 지역의 수도 공급이 멈춰버린다면 그들은 종잇조각처럼 힘없이 쓰러질 것이 분명하다.

나는 불꽃에 시선을 고정했다. 나는 레네스베켄에서 흐르는 물과 장작으로 불을 피울 수 있는 오븐과 지하실에 쟁여놓은 음식만으로도 꽤 오랫동안 버틸 수 있을 것이다. 불꽃은 주저하듯 조심스레 장작을 둘러싸더니 순식간에 격렬한 불꽃으로 변했다. 노란 불꽃을 보고 있노라니 어렸을 때 난로의 불꽃을 몇 시간이고 멍하니 지켜보던 한스가 떠올랐다. 그때만 하더라도 한스는 나를 존중했고 내가 하는 말이라면 귀를 쫑긋 세우고 들었다.

"한스는 내가 불 피우는 것도 그만두기를 원해요. 내게서 식스텐을 빼앗고 싶어할 뿐 아니라 장작도 빼앗아 가려 한다니까요."

나는 가슴이 찢어질 만큼 슬픈 말을 하면서도 애써 아무렇지 않은 듯 너털웃음을 터뜨렸다.

"내가 돈이 없는 것도 아닌데 왜 전기를 아끼느라 아등바등하는지 모르겠다고 하더군요."

"나도 알아요." 잉리드가 설거지를 하며 말을 이었다.

"하지만 그건 한스가 당신을 배려하기 때문이랍니다. 그건 당신도 잘 알잖아요. 그는 당신이 통풍 조절기 작동시키는 것을 잊어버리거나, 장작을 가져올 때 또는 식스텐과 함께 산책을 나갈 때 행여라도 넘어질까 봐 걱정하고 있어요."

나는 그가 이기적이거나 멍청하기 때문이라고 말하고 싶었지만 입술을 깨물고 아무 말도 하지 않았다.

"어쨌거나 장작에 관한 건 그냥 무시하세요. 우리는 여기 자주 오니까 당신이 뭔가 잊어버린 것이 있다 하더라도 빨리 알아차릴 수 있어요."

나는 턱수염 속에 손을 집어넣고 한스는 개의치 않을 것이라고 중얼거렸지만 잉리드는 내 말을 듣지 못한 것 같았다.

"오늘 저녁에는 에바레나가 올 거예요." 잉리드가 잠시 후 말했다.

나는 짜증이 나서 눈도 뜨지 않은 채 고개를 끄덕였다. 곧 잠에 빠지면 마음도 가라앉을 것이라는 것을 알고 있었기 때문이었다.

에바레나는 그해 첫 얼음이 얼었던 날 길에서 미끄러져 발을 다친 잉리드를 대신해 우리 집에 왔다. 잉리드는 몇 주 동안이나 모습을 드러내지 않았고, 그 때문에 나는 그년을 꽤 오랫동안 견디어내야만 했다. 그것뿐만이 아니다. 그년은 심지어 프뢰쉰 출신이다.

그들은 하루에 네 번씩 내게 왔다. 요양보호사들 말이다. 한스는 당신이 떠난 후 6개월쯤 지났을 때 요양보호사 이야기를 꺼냈고, 나는 말도 안 되는 일이라고 생각했다. 나는 그의 면전에서 코웃음을 쳤지만 얼마간 시간이 지난 후 나의 행동을 후회했다. 그가 나쁜 의도로 그런 말을 했다는 게 아니라는 것을 알았기 때문이었다.

그때만 하더라도 나는 여전히 그 누구의 도움도 받지 않고 잘 살 수 있었다.

내게 투레가 있다는 건 행운이었다. 그는 나보다 훨씬 먼저 요양보호사들의 도움을 받기 시작했다. 그가 넘어져 병원에 갔을 때 그를 진찰했던 젊은 의사는 당장 그가 재택 요양 서비스를 받을 수 있도록 도움을 주었다. 소문에 따르면 의사는 혼자 사는 투레를 도와줄 수 있는 사람이 아무도 없다는 말을 듣고서 꽤 걱정을 했다고 한다.

그는 비록 평생을 혼자 살았지만, 얼마 지나지 않아 자신의 집에 사람들이 들락날락하는 상황에 익숙해졌다.

하지만 그는 샤워를 좋아하지 않았다. 투레와는 달리, 나는 사람들이 내 알몸을 보는 것에 별로 신경을 쓰지 않는다. 투레는 그것이 매우 불편하다고 말했다. 자신의 늙고 야윈 몸을 바라보는 사람들이 불쌍하다고도 했다.

내가 불편해하는 것은 내게 균형감각이 사라졌다는 사실이다. 내가 조금만 더 쉽게 몸의 균형을 유지할 수 있었다면 식스텐과 함께 꽤 긴 산책을 할 수도 있었을 것이다. 그랬다면 이런 일도 생기지 않았을 테고, 내가 한스에게 이처럼 화를 낼 필요도 없었을 것이다.

나는 잉리드를 제외하고선 요한나를 가장 좋아한다. 그녀는 뷜비켄 출신이며 엘리노르와 동갑이다. 그녀는 자신의 어머니와 마찬가지로 몸집이 크고 꽤 소란스러운 여자다. 그녀는 생각지도 못했던 이야기도 할 수 있는 사람이었고, 이젠 웃을 일이 별로 없는 삶을 사는 내게 자주 웃음을 주었다. 투레의 집에는 대리 요양 보호사가 거의 매일 찾아왔다. 만약 내게도 서로 다른 대리 요양 보호사가 그렇게 자주 왔더라면 나는 벌써 지역 자치단체에 전화를 해서 불평을 했을 것이다. 나는 적어도 내 집에 들락날락하는 사람들에 대해서는 어느 정도 알고 있어야 한다고 생각한다.

"가기 전에 장작 몇 개를 더 넣어둘 테니 원하시면 잠시 낮잠을 주무셔도 돼요." 잉리드가 부엌 의자에서 일어나며 말했다. 나는 그녀가 거기 앉아 있다는 것도 눈치채지 못했다.

그녀가 접시 위에 빵을 올리고 자신이 사용했던 나이프로 조그맣게 썰었다. 나는 이제 아랫니가 두 개밖에 없어서 빵을 썰어

놓지 않으면 먹는 데 시간이 꽤 걸린다. 한스는 내게 임플란트를 하라고 말했지만 나는 필요 없다고 생각했다. 이제 살날도 얼마 남지 않았는데 돈을 낭비할 필요는 없다고 생각했기 때문이다. 스프레드 치즈는 먹을 만했다. 일반 치즈처럼 맛이 좋지는 않지만 살면서 원하는 것을 모두 가질 수는 없지 않은가.

식스텐이 내게 몸을 기대자 마음이 아팠다. 당신과 대화를 나누고 싶다는 생각이 스쳤다. 비록 우리는 함께 있었을 때 그다지 말을 많이 하는 편이 아니었지만 말이다. 당신이라면 내가 충분히 장작을 가져올 수 있고 식스텐과 산책을 할 수도 있다고 말할 것이다. 개가 오줌을 눌 수 있도록 숲 언저리까지만 가도 충분하다고 말할 것이 틀림없다.

당신이 떠난 지도 벌써 3년이 넘었다. 우리 아들이 당신을 데리러 왔을 때 당신은 내게 이해할 수 없다는 표정을 지어 보였다. 그는 당신에게 이제 떠날 시간이라며, 그곳에서는 여기보다 훨씬 편하게 생활할 수 있을 것이라고 말했다.

나는 당신이 그의 말을 곧이곧대로 믿지 않는다는 것을 알아차렸다. 당신은 나와 함께 여기 머물고 싶었을 것이다. 모든 것이 익숙한 곳. 나는 잠시 당신을 물끄러미 바라보았다. 내가 가장 바랐던 것도 당신이 이곳에서 나와 함께 사는 것이었다. 하지만 나는 당신의 손을 꼭 쥐고 이렇게 말했다.

"한스 말이 맞아요. 거기선 여기보다 훨씬 편하게 지낼 수 있을 거예요."

비록 내 온몸이 반대했지만, 나는 내가 당신을 돌볼 수 없다는 것을 잘 알고 있었다.

나는 테이블 위의 항아리에 눈길을 던진 후 잉리드를 쳐다보았다. 내 손가락은 항아리 뚜껑을 열기에 너무나 약하고 뻣뻣했기 때문이다. 내 손은 여전히 변기 뚜껑처럼 커다랗지만 힘이 다 빠져버렸기에 손가락의 중간 관절을 구부릴 수도 없다.

"환자분의 나이대에 비슷한 병력이 있다면 이처럼 손가락이 소시지처럼 변하는 게 일반적입니다." 지난번에 병원에 갔을 때 의사는 이렇게 말했다.

잉리드는 열기는 더 쉽지만 꽉 닫혀 있어서 냄새가 빠져나가지 않는 새로운 항아리를 찾아주었지만 나는 그 병도 열 수가 없었다.

"제가 도와드릴까요?" 그녀가 내게서 등을 돌린 채 물었다.

나는 바닥을 내려다보았다. 그녀는 이미 여러 번 나를 도와주었지만 그럼에도 나는 매번 그녀의 도움을 받는 것이 부끄럽기만 했다. 아내의 체취를 기억하기 위해 치매에 걸린 아내의 스카프를 항아리에 담아놓는 사람이 이 세상에 나 말고 또 있을까. 바로 그 때문에 나는 잉리드에게만 이것을 알려주었다. 사실 나는 당신 앞이라 하더라도 나 자신을 부끄럽고 한심하게 여겼을 것이다. 우리는 서로에게 사랑을 속삭이거나 다정한 말을 건네지 않았다. 그럴 필요가 없었기 때문이다.

잉리드는 항아리 뚜껑을 열어 내게 건넨 후, 다시 돌아서서 조리대를 닦았다.

나는 스카프에 코를 대고 냄새를 맡으면서 타들어가듯 아픈 마음을 감은 눈꺼풀 뒤에 숨겼다. 나이가 들면 눈에 눈물이 고이는 것이 정상이라고 말한 사람은 아무도 없었다. 눈물은 대부분의 기억 속에 자리 잡고 있는 것 같다.

당신은 한스가 걸음마를 시작하기 전 어느 봄날, 마을장에서 스카프를 샀다. 한스는 길 건너편 이웃에게서 물려받은 유모차에 앉아 있었다. 기억하건대 그 유모차는 바퀴가 유난히 컸던 것 같다. 당신은 바퀴가 커서 비포장 도로를 다니기에 좋다고 말했다. 스카프는 처음 구입했을 때는 짙은 붉은색이었지만 세월이 흐르면서 당신이 여기저기 천을 덧대는 바람에 알록달록해졌다. 당신은 날씨가 추울 때면 스카프를 목에 몇 번 둘러 사용했고, 날씨가 더우면 어깨에 둘렀다.

"이건 두고 갈 건가요?" 나는 당신이 우리 집 대문을 마지막으로 나설 때 그렇게 물어보았다. 한스가 브룽쿨라고르덴 요양원으로 가져갈 당신의 짐을 싸고 있을 때였다.

내 말을 들은 당신이 돌아서는 순간, 나는 잠시나마 당신이 예전과 마찬가지로 잊고 있었던 것을 상기시켜줘서 고맙다고 말하며 미소를 지을 것이라고 생각했다. 하지만 당신은 의아한 표정으로 나를 바라보기만 했다. 마치 내가 무언가 낯선 것을 손에 쥐고 있는 것처럼.

나는 스카프에서 당신의 체취가 사라질까 봐 오래 꺼내두지 않았다. 당신의 체취는 이제 예전과 같지 않다. 그들이 비누와 크림을 바꾸었기 때문이다. 치매는 단지 당신의 뇌만 바꾸어놓은 것이 아니었다.

나는 스카프를 항아리 속에 다시 집어넣고 뚜껑을 닫았다. 항아리 뚜껑은 여는 것보다 닫는 것이 훨씬 쉬웠다. 나는 잉리드가 항아리 뚜껑을 더 꽉 닫을 수 있도록 테이블 위에 올려두고 쿠션에 머리를 기댔다.

잉리드가 설거지하는 소리가 자장가처럼 귓전을 스쳤다. 불꽃만 멍하니 바라보던 나는 잉리드가 작별 인사를 하고 대문을 나서는 것도 거의 알아차리지 못했다.

여름밤이긴 하지만 밖은 여전히 환했다. 반면 부엌은 어둑어둑했다. 부엌에는 조그마한 창이 두 개밖에 없고, 갈색 천장은 창을 통해 가까스로 들어온 빛을 삼켜버렸다.

장작은 소리를 내며 타들어갔고, 식스텐의 숨소리는 무거워졌다. 나는 개의 귀 뒤편과 목을 긁어주었다. 강아지였을 때와 마찬가지로 여전히 보들보들하고 폭신했다. 포케르에 사는 프레드릭손 가족이 우리에게 강아지를 입양할 생각이 있냐고 물었을 때 당신은 매우 회의적이었다. 식스텐은 우리가 그들에게서 입양했던 일곱 번째 개였다. 엘크 사냥을 위해 그들이 번식시켰던 개는 어림잡아 백 마리는 될 것이다. 당신은 우리가 갓 태어난 강아지를 돌보기엔 너무 늙었다고 생각했다. 한스도 당신 말에 동의했다. 나는 당신과 한스가 어리석은 비관주의자라고 생각했다.

어느 날 저녁 식사를 하던 중 나는 갑자기 이성을 잃고 소리 쳤다. 내가 반려견도 키울 수 없을 만큼 늙었다면 아무것도 하지 않고 가만히 앉아 죽는 날만 기다려야 하냐고. 이틀 후, 한스는 우리를 포케르에 데려다주었다. 내가 식스텐을 안아 올려 앞좌석에 앉아 있던 당신의 무릎 위에 살짝이 내려다 주었을 때, 당신은 달라졌다. 심지어 라르손의 집에 가서 강아지를 훈련시킬 수 있도록 간 고기 몇 조각을 얻어오기까지 했다. 당신에게 첫 증상이 나타났던 것은 그로부터 정확히 1년 후였다.

식스텐의 귀를 조심스레 잡아 쥐니 코를 골기 시작했다. 문득, 내 손가락이 얼마나 뻣뻣해졌는지 새삼 느낄 수 있었다. 나는 심장약을 복용하기 시작하면서 류머티즘약 복용을 중단해야만 했다. 관절이 그다지 아프지 않았기에 다행이었다.

"심장과 관절 중 꼭 하나만 선택해야 한다면 무엇을 선택할지 고민할 필요 없겠죠?" 심장마비로 죽는 것도 나쁘지 않다고 생각하던 찰나, 의사가 컴퓨터 화면을 향해 돌아앉으며 말했다. "별다른 질문이 없다면 진료를 마치겠습니다."

키보드를 세차게 두드리는 손가락을 보고 있자니 그는 금방이라도 진료실을 벗어나고 싶어 하는 것 같았다. 희끗희끗한 백발이 마치 수영모처럼 그의 머리를 둘러싸고 있었다. 보아하니 은퇴할 나이가 된 것 같았다. 나는 순환 근무를 하는 의사들의 한 달 월급이 내가 1년 동안 제재소에서 일하며 받았던 연봉과 비슷하다는 말을 들은 적이 있다. 그에게 내 주치의는 지금 어디에 있냐고 물었더니, 그의 어머니는 옘틀란드 출신이라고 말했다. 마치 내가 당연히 알아야 한다는 듯.

나는 자리에서 벌떡 일어나 지팡이로 책상을 쾅 내리치며 소리 지르고 싶었다. 청어 통조림 뚜껑도 열 수 없는 손을 가진 사람에게 어떻게 그것이 정상이라 말할 수 있는지. 어떻게 그것과 죽음 중 하나를 선택해야 한다고 말할 수 있는지. 하지만 내가 쓰려던 단어는 이미 머릿속에서 사라져 찾을 수 없었다.

나는 한스가 대신 벌떡 일어나 우리는 이것을 받아들일 수 없다고 말하기를 은근히 바랐다. 그가 나를 부축해 모든 것을 해결해주기를 바랐던 것이다. 언젠가 버스 정류장에서 이웃집 소년이 한스에게 솔방울을 던졌을 때 내가 소년의 멱살을 잡고 길가의 도랑으로 밀쳤던 것처럼. 하지만 한스는 내게 재킷을 건네며 말없이 자리에서 일어섰고 우리는 함께 집으로 갔다.

식스텐이 코 고는 소리를 냈고, 나는 다시 개의 귀를 살짝 잡아 쥐었다. 나는 여전히 엄지와 다른 손가락을 이용해 무엇을 잡는 데는 그다지 어려움을 느끼지 않았다. 잉리드는 내가 다른 89세 노인들보다 훨씬 손힘이 좋다고 말했다. 하지만 프레드리카, 당신 손힘도 만만치 않았다. 그건 브룽쿨라고르덴 요양원 직원이 내게 해준 말이었다. 어쩌면 나는 당신보다 손힘이 세지 않은 걸 부끄러워해야 할지도 모르지만, 나는 당신이 그곳 직원들의 옷자락을 손마디가 하얗게 될 정도로 꽉 잡아 쥔다는 말에 당신이 자랑스럽고 기쁘기만 했다.

13시 10분

보는 점심으로 생선 그라탱과 설탕을 많이 넣은 커피를 원했음. 가래를 제거하기 위해 천식약을 흡입하고 식스텐에 대해 대화를 나누었음. 그는 식스텐을 다른 곳으로 보내야 한다는 가족 일원의 말에 자신이 상당히 화를 냈다는 것을 꼭 일지에 적어놓으라고 내게 부탁했음. 벽난로 상태는 양호함.

_잉리드

5월 20일 토요일

12시 30분

점심시간, 내장을 다진 고기와 비트 뿌리 요리. 보가 눈이 어두
침침하다고 불평했음. 월요일에 지역 간호사협회에 연락할 예
정임.

_칼레

사타구니에 퍼지는 뜨뜻한 열기 때문에 잠을 깼다. 화장실에 가는 꿈을 꾸었다. 마치 한스가 어렸을 때 그랬던 것처럼. 비록 많이 지리진 않았지만 충분히 불편하고 찝찝했다.

벽시계로 시선을 던졌다. 곧 요양보호사들이 식사를 준비하기 위해 올 것이다. 하지만 내겐 욕실에 가서 속옷과 바지를 갈아입을 시간이 충분히 있었다. 그들은 내게 항상 기저귀를 차고 있으라고 권했지만, 나는 그들이 대문을 나서자마자 기저귀를 벗어버리곤 했다. 그들은 내가 기저귀 차는 것을 잊어버렸다고 생각하겠지만, 나는 기저귀를 차고 다니느니 차라리 옷에 오줌을 지리고 갈아입는 편이 훨씬 낫다고 생각했다.

부엌 소파에 누워 있던 나는 가쁜 숨을 고르며 몸을 일으켰다. 식탁 위에는 식어버린 차 한 잔이 있었다. 찻잔은 우리가 회가에 갔을 때 해변가에서 구입한 것이다. 당신은 그 찻잔이 예쁘다고 했다. 당신은 내게 그럴 필요 없다고 만류했지만 나는 찻잔을 사서 당신에게 선물했다. 월급이 인상된 지 얼마 되지 않았던 때라 지갑이 꽤 넉넉했기 때문이었다.

그해 여름, 한스는 우리가 집을 비운 틈을 타서 파티를 열었다. 그런데 멍청하게도 마리타와 네일라가 사는 곳까지 소리가 들릴 정도로 시끄럽게 놀았다. 당연히 그들은 우리에게 무슨 일이 있었는지 다 말해주었다. 나는 한스를 크게 야단쳤지만, 그는 잘못했다는 말을 입 밖에도 내지 않았다.

그는 막 고등학교에 입학했고 도시에서 온 아이들과 어울리기 시작했다. 그들은 한스의 머릿속에 갖가지 생각을 집어넣었고, 그중 특히 프뢰쉔에서 온 아이는 더 심했다. 한스는 우리에게 반항하기 시작했고 정치에 관해 수많은 질문을 던지기도 했다. 우리가 했던 일과 우리가 내렸던 결정에 자신의 의견을 제시하며 참견하기도 했으며, 너무나 평범하고 당연한 것들에 대해 질문하기도 했다.

"그 나이 때는 다 그래요." 당신은 한스가 문을 쾅 닫고 방에 들어간 후에 이렇게 말했다.

"그래서 저렇게 무례하게 행동하는 것도 괜찮다는 말인가요?" 나는 당신이 접시 위에 놓아둔 냅킨으로 입가를 닦으며 말했다.

같은 해 이른 봄, 우리는 그가 어학연수라고 불렀던 여행을 두고 말다툼을 했다. 그는 여름방학 때 영어를 배우러 영국으로 가고 싶어 했고 그 비용은 당연히 내가 지불해야 한다고 생각했다.

한스는 프뢰쉔 출신의 친구도 영국에 간다며 그 친구와 함께 가고 싶어 했다. 나는 우리 형편으로는 그런 비용까지 감당할 수 없다고 솔직히 말했다.

"로베르트의 아버지는 비용을 다 대준다고요." 코흘리개 자식은 경멸하듯 말하며 나를 쏘아보았다.

나는 화가 머리끝까지 치솟아 눈앞에 아무것도 보이지 않았다. 젠장, 영국으로 놀러 가는 것까지 내가 비용을 대주어야 하는 무례한 말썽쟁이를 지금까지 아들이랍시고 키워왔다니. 나는 상황이 어떤지 설명했고, 그런 상류층 놀이에 돈을 낭비하고 싶은 생각은 추호도 없다고 잘라 말했다.

당신은 식탁을 정리했고, 아무 말 없이 빈 접시들을 차곡차곡 쌓아 싱크대로 가져갔다.

"그렇게 민감하게 반응할 필요는 없잖아요." 한참 후, 당신은 전날 먹다 남은 파운드 케이크 한 조각을 내밀며 말을 이었다. "아마 그래서 아이가 더 무례한 태도를 보였을지도 몰라요."

나는 당신을 흘겨보았다. 나는 당신이 내 편을 들어주었어야 한다고 생각했다. 지금은 당신이 옳았을지도 모른다고 생각하지만 당시에는 아이 때문에 몹시 화가 났던 게 사실이다. 아이는 어떻게 하면 나의 짜증을 돋울 수 있는지 정확하게 알고 있었다. 내가 이성을 잃고 화를 낼 만한 행동을 골라가며 했다.

나는 신음 소리를 내며 청바지 단추를 풀었고, 바지가 욕실 바닥으로 미끄러지듯 떨어졌다. 나는 살갗에 힘줄이 불거져 나온 거울 속의 남자를 바라보았다. 눈이 따끔거렸다. 거울 속의 남자를 자세히 들여다보기는 쉽지 않았다. 그 남자는 넓적한 붓으로 그린 유화 속의 남자와 비슷했다. 삐죽삐죽한 수염과 긴 머리가 눈에 띄었다.

거울 속의 남자는 노인을 연상시켰다. 내 얼굴은 그의 얼굴과 비슷했지만, 그는 죽는 날까지 매일 거르지 않고 말끔하게 면도를 했으며 매번 기회가 있을 때마다 내 수염을 보며 면박을 주곤했다.

"좀 단정하게 다니면 어디가 덧나나." 어느 여름날 저녁, 식탁에 막 앉으려던 순간 그가 투덜거렸다. 나는 방금 휴가를 얻었고 우리는 농가에 며칠 머무르며 일손을 도와주러 히스모포르스에서 왔다. 어머니는 집에서 직접 재배한 감자와 딜을 넣은 청어 요리를 만들어주었다.

휴가가 시작되기 보름 전 점심시간이었다. 오케손은 휴가 동안 수염을 기를 것이라고 말했다.

"수염을 가장 길게 기른 사람에게 휴가가 끝난 후 맥주 한 박스를 상으로 주는 건 어때?" 그는 P-G와 내게 어깨동무를 하며 가볍게 등을 툭툭 쳤다.

"좋아." P-G가 환하게 웃으며 말을 이었다. "너희들도 우리 아버지를 본 적이 있지?"

나는 바닥에 침을 뱉으며, 산타클로스같은 그의 수염을 봤다고 말했다.

"나도 할게." 나는 수염을 기르겠다고 말했지만 당신이 불평할 것이라는 생각에 걱정이 되었다.

나는 정원 의자를 꺼내 앉으며 말없이 노인을 바라보았다. 나의 눈길이 테이블 맞은편에 앉아 있던 당신의 눈길과 마주쳤다. 마치 당신은 내 눈길을 기다리고 있는 것 같았다. 당신은 한참이나 나를 똑바로 쳐다보았고, 그 사이에 노인은 기분이 좀 나아진 것 같았다.

어머니가 노인의 접시에 감자를 얹어주는 동안 당신은 내가 동료들과 시작했던 내기에 대해 이야기했다. 노인은 대답 대신 알아들을 수 없는 말을 중얼거리며 맥주를 한 모금 마셨고, 당신은 어머니를 돌아보며 음식 맛이 좋다고 찬사를 늘어놓았다.

노인이 내 수염을 두고 했던 말은 지나가듯 던진 우스갯소리였지만, 나는 그의 말을 가슴에서 지우지 못했다. 언제나 그랬던 것처럼. 노인과 나는 말없이 앉아 접시만 내려다보며 어머니가 만들어준 음식을 먹었다. 나는 가축과 농작물에 대해 어머니에게 질문을 던지는 당신의 말에 귀를 기울였다. 나는 참으로 부드럽고 자연스럽게 대화를 이끌어나가는 당신에게 매료되었다. 당신은 말할 내용에 대해 깊이 생각할 필요가 없는 사람 같았다. 나는 맥주를 마시고 노인을 바라보았다. 내 시선은 그의 커다랗고 미끈한 몸에서 자꾸만 미끄러져 내렸다. 아무리 노력해도 그를 제대로 쳐다볼 수가 없었다. 나는 용기가 없어 할 말을 제대로 못 하는 나 자신이 너무나 수치스러웠다.

속옷을 내리자 지린내가 올라와 코를 간질였다. 욕실 구석의 건조대에는 요양보호사들이 빨아 널어놓은 속옷과 바지가 있었다.

나는 깨끗한 속옷을 꺼내러 침실로 갈 필요가 없다는 사실에 감사했다. 나는 당신이 떠난 후 침실에서 잠을 자본 적이 없다.

나는 손을 뻗어 파란 속옷을 집어 들고 변기 뚜껑 위에 앉았다. 천천히 몸을 굽혀 왼쪽 발부터 속옷 속으로 집어넣었다. 발은 검푸른 색으로 변했고 발가락은 비뚤어져 있었다. 오른쪽 발은 더 뻣뻣했지만 세 번의 시도 끝에 마침내 속옷을 입을 수 있었다. 스웨트 바지는 청바지보다 훨씬 가볍고 유연해서 입기도 편했다. 한스는 시내의 인터스포츠 상점에서 이런 바지를 열 벌이나 사서 내게 주었다.

손을 씻고 수도꼭지를 잠그려는 순간 욕실 반대편에 있던 현관문이 열렸다. 나는 곧 부엌에 있는 칼레를 보았다. 그는 이미 냉동실에서 조리가 된 음식을 꺼내놓았다. 내가 부엌에 들어서자 그가 몸을 돌렸다. 옷이 너무나 꽉 조여서 그가 움직일 때마다 뱃살이 불거져 나왔다. 그의 등 뒤의 조리대 위에는 한스가 붙여놓은 메모지가 있었다. 식사는 잊지 말고 꼭 하세요! 쳇, 배가 고프면 어련히 잘 알아서 챙겨 먹을 것이다.

"잘 지내셨어요?" 칼레는 내게 인사를 건네고 냉동식품의 플라스틱 포장지에 구멍을 뚫었다. 냉동실에는 1년 내내 먹고도 남을 만큼 음식이 있는데도 한스는 매주 장을 봐서 채워넣었다.

"그럭저럭 지냈어요." 나는 그가 만나는 모든 노인에게 같은 질문을 하는지 궁금해졌다. 그의 말은 마치 단조로운 만트라처럼 들리기도 했다.

"점심 식사를 준비하려고 해요. 배가 고픈가요?"

나는 어깨를 으쓱 추켜 보이며 소파 위의 식스텐 옆에 앉아 개의 머리를 긁어주었다.

뜬금없이 오늘은 무언가 특별한 일이 생길 것 같은 느낌이 스쳤다. 나는 다시 몸을 일으켜 한스가 벽에 걸어놓은 달력 앞으로 가보았다. 오늘 날짜가 적힌 노란색 포스트잇 한 장이 달력에 붙어 있었다. 내 직감이 맞았다. 그렇다, 오늘 저녁에는 한스가 오기로 했었지. 그리고 내일은 투레에게 전화를 해야 한다.

평소보다 눈이 더 따끔거리고 시야가 흐려 칼레를 보는 것이 쉽지 않았다. 눈을 몇 번이나 깜박여보았지만 소용이 없었다. 나는 식스텐에 대해 그와 대화를 나누어보고 싶었다. 내게서 식스텐을 빼앗아 가는 것이 얼마나 어리석은 일인지 잘 설명한다면 그도 틀림없이 내 편을 들어줄 것이다.

다시 바지 속에서 뜨끈뜨끈한 열기가 번졌다. 나도 모르게 한숨이 새어 나왔다.

"무슨 일인가요?" 칼레가 전자레인지에 음식을 넣으며 물었다.

나는 다시 한숨을 쉬었지만 아무 말도 할 수 없었다. 오줌을 쌌다는 말. 비록 날이 갈수록 점점 더 자주 일어나는 일이긴 하지만, 여전히 내뱉기 어려운 말이었다.

"무슨 일이라도 있었나요?" 칼레가 나를 돌아보며 물었다.

이번에는 양이 훨씬 많았다. 바지의 젖은 부분이 너무나 명확하게 보였다.

"아, 괜찮으니까 걱정 마세요. 제가 도와드릴게요." 그는 시작 단추를 누르지도 않은 채 전자레인지를 닫았다. "얼른 기저귀를 갈고 깨끗한 바지를 입혀드릴게요."

칼레와 시선이 마주쳤다. 더는 이렇게 살고 싶지 않다는 생각이 스쳤다. 나는 몸을 일으켜 이곳에서 벗어나고 싶었다. 하지만 가만히 앉아 고개만 끄덕였다.

17시 30분

출근하니 보는 자고 있었음. 저녁 식사로 으깬 감자와 미트볼 그리고 맥주 한 잔을 준비했음. 함께 앉아 잠시 대화를 나누었음. 보는 여전히 공기가 차갑다고 했고, 밖에도 햇살이 내리쬐는 곳만 따뜻하지 그늘 아래는 춥다고 말했음. 아직 여름 기운을 느낄 수가 없음. 한스가 오늘 중으로 올 것이라고 상기시켜 주었음. 보는 잊고 있었음.

_요한나

당신은 자전거를 탈 때면 너무나 민첩하고 유연해 보였다. 몸집이 작은 편이 아닌데도 말이다. 자전거 바구니에는 과일 주스와 빵이 들어 있었다. 당신은 여동생에게서 침대보를 접어놓은 것 같은 헐렁한 원피스를 빌려 입었다. 내 눈에는 당신의 배밖에 보이지 않았다. 내 시선은 마치 자석처럼 당신의 배를 향했다. 자전거를 끌며 자갈길을 내려갈 때 당신은 여동생이 새로 태어날 아기에게 물려줄 신생아 옷도 따로 준비해놓았다고 말했다. 우리를 만나는 사람들은 하나같이 언제든 아이가 나올 수 있다고 입을 모아 말했다. 나는 아침에 제재소에 출근할 때마다 오늘은 집에 가면 아빠가 될 수 있을지도 모른다는 생각을 했다.

　우리는 당신의 큰언니 농장으로 갔다. 당신은 평소와 마찬가지로 먼저 마굿간에 가서 말들을 쓰다듬어주었다. 나는 그런 당신을 좋아했다. 당신과 말들은 참 사이가 좋은 것처럼 보였다.

말을 대하는 당신의 움직임은 너무나 자연스러웠다. 나는 당신이 말에게 느끼는 감정이 내가 개에게 느끼는 감정과 비슷하다고 생각했다.

나는 말을 두려워했기 때문에 자전거를 타고 농장에 들어서는 순간 말들이 내 두려움을 간파했을 것이라 상상했다. 말들은 내 곁에 있을 때와 당신 곁에 있을 때 다르게 행동했다. 당신은 말들과 함께 자랐기 때문에 말과 어떻게 대화해야 할지 잘 알고 있었지만, 나는 전혀 몰랐다.

나는 자전거를 세우고 제자리에 가만히 서서 당신을 바라보았다. 이런저런 생각으로 밤잠을 이루지 못할 때, 당신을 떠올리면 마음이 진정되었다. 나는 당신이 좋은 엄마가 될 것이라고 확신했다. 당신에게는 내게 부족한 것이 있었기 때문이다. 당신은 어린 동생들과 조카들도 돌보아주었다.

"빵을 좀 가져다주세요." 당신은 내게 소리쳐 부탁한 후 집 안으로 들어갔다.

당신은 자매들이나 부모를 찾을 때 항상 달콤한 과자나 빵을 구워 가져갔다. 우리 어머니가 만든 것보다 훨씬 맛이 좋은. 오늘 당신은 빵을 굽기 위해 평소보다 일찍 일어났다.

자전거 바구니에서 빵을 꺼내려 몸을 돌리는 순간 날카로운 소리가 허공을 가로질렀다. 귀를 찢을 것처럼 날카로운 전화벨 소리였다.

나는 당황해서 주위를 두리번거렸다. 시야가 흐릿해서 자세히 볼 수가 없었다. 곧 나는 내가 부엌 소파에 누워 있다는 것을 깨달았다.

다시 전화벨이 울렸다. 크고 날카로운 소리. 나는 손을 뻗어 식탁 위를 더듬었다. 한참 후에야 핸드폰을 손에 쥘 수 있었다. 화면에는 한스의 이름이 커다란 대문자로 찍혀 있었다. 나는 녹색 버튼을 눌렀다.

"여보세요, 보 안데르손입니다." 나는 가래를 목구멍으로 넘기려 애쓰며 말했다. 잠을 자다 일어나면 항상 가래가 더 많이 끼었다.

"안녕하세요, 아버지. 주무셨나 봐요?"

나는 힘겹게 일어나 앉아 기침을 하고는 테이블 위에 있던 컵 속에 침을 뱉었다. 핸드폰 너머의 한스는 말없이 기다렸다.

"그랬나 봐." 나는 여전히 생생하게 기억 속에 남아 있는 당신의 임신한 모습을 떠올리며 대답했다.

"아버지, 오늘은 좀 바빠서 저녁에 뵐 수 없을 것 같아요."

그는 회사일이 바쁜데도 일주일에 몇 번씩이나 나를 찾아온다. 그는 요양보호사들이 맡은 일을 잘하고 있는지, 냉장고가 비어 있지는 않은지, 쓰레기를 제때 비웠는지 확인한다. 가끔은 쓰레기통이 반밖에 차지 않았는데도 비웠는데 나는 그게 매우 불필요한 일이라고 생각했다. 쓰레기를 한 번 비울 때마다 75크로네나 지불해야 하기 때문이다. 하지만 한스는 괜찮다고 했다.

"오늘은 일을 일찍 끝낼 수 있을 것 같았는데, 휴가 중인 사람이 많아서 제게 돌아오는 일이 더 많아졌어요." 그는 내게 말할 틈도 주지 않고 연이어 말했다.

그는 스트레스를 받는 것 같았다. 나는 그가 이런 상태에 있을 때면 무슨 말을 해주어야 할지 전혀 몰랐다. 사람들이 스트레스나 번아웃이라고 부르는 것에 대해 나는 아는 바가 없었다. 그는 몇 년 전, 일에 지쳐 탈진 상태에 빠졌고 몇 주 동안이나 커튼을 친 컴컴한 집 안에서 꼼짝도 하지 않았다. 당신은 비상 열쇠로 대문을 열고 들어가 음식을 만들고 청소를 해주었다. 나도 가끔 당신과 함께 가서 그와 대화를 해보려 애썼지만, 그에게선 한 마디도 끌어낼 수 없었다. 나는 무엇을 어떻게 해야 할지 몰랐다.

왜 그는 일을 줄이지 않을까? 스트레스를 받는 것이 일 때문이라면 말이다. 그는 자신의 회사에 번아웃을 경험한 직원이 상당히 많다고 말했다. 나는 제재소에서 일했던 47년 동안 단 한 번도 번아웃을 경험한 사람을 본 적이 없다. 제재소 일은 사무실에서 하는 일보다 훨씬 힘든데도 말이다. 그래서 나는 그들이 무엇을 잘못하고 있는지 알 수가 없었다. 나는 그에게 왜 다른 방식으로 일을 해보지 않느냐고 묻고 싶었다. 하지만 내가 그런 말을 하면 화를 낼 것이기 때문에 아무것도 묻지 않았다.

"그럼 다른 날 와도 돼." 나는 손으로 얼굴을 만지며 말했다.

"그럴게요. 식스텐 문제도 해결해야 하니까요."

나는 대답을 할 수 없었다. 식스텐의 등 위에 올려놓은 내 손은 잠을 자는 개의 호흡에 따라 위아래로 움직였다.

"그럼 오늘은 이만 끊을게요."

"그래, 잘 지내거라."

"네, 아버지도요."

"응."

나는 그가 말을 마치고 전화를 끊는 소리를 들었다.

나는 핸드폰을 식탁 위에 내려놓았다. 나는 그가 식스텐에게 하려는 일과 우리에게 하려는 일 때문에 화가 났지만 동시에 내가 무언가를 잘못했다는 느낌도 지울 수가 없었다. 내가 바랐던 것은 한스에게 도움이 되는 말을 해주는 것이었다. 그가 얼마든지 스트레스에서 벗어날 수도 있다는 것을 깨달을 수 있도록 말이다. 어쩌면 스트레스에서 벗어나 마음이 진정되면 식스텐 이야기를 더 하지 않을지도 모른다. 하지만 그러기 위해서 내가 무엇을 해야 할지는 알 수가 없었다.

"자네는 평소에 마음에 있는 말을 잘 하지 않잖아." 투레는 지난번 통화에서 한스가 스트레스에 시달리는 것이 나 때문이라고 생각하냐는 질문에 이렇게 대답했다. 마치 그게 내 잘못인 것처럼. 라디오에서는 어린 시절의 불행했던 경험이 기억 속에 깊은 흔적을 남길 수 있다고 말했다. "자네도 알다시피 인간의 뇌는 그런 거야. 어떤 한 가지 생각에 꽂히면 떨쳐내기가 힘들지."

나는 고개를 끄덕였다. 투레는 아는 것이 꽤 많았다. 그가 예전에 했던 일 때문일지도 몰랐다.

"하지만 그건 자네 잘못이 아니니까 너무 마음에 두지 말게."

투레는 커피를 후루룩 소리 내 마시며 말했다.

나는 투레의 말에 안심이 되었다. 그의 말을 들으면 항상 내가 생각했던 것이 확실하다고 느낄 수 있었다. 아마도 그의 말하는 방식이 남달랐기 때문이리라.

"자네는 완전히 반대야." 그가 단정하듯 잘라 말했다. "자네 같은 사람은 그런 종류의 스트레스와는 상관이 없다고 볼 수 있지."

나는 더 묻지 않았다. 우리는 주제를 돌려 다른 이야기를 하기 시작했지만 나는 여전히 그때 그가 진심으로 그 말을 한 건지 궁금한 마음을 떨칠 수가 없었다. 나 같은 사람이라니? 그는 나를 어떤 사람이라고 생각하는 걸까?

투레는 자주 사람들을 분석하곤 했다. 그것을 분석이라고 할 수 있다면 말이다. 그의 상상력에는 한계가 없었다. 그는 사물이나 상황에 대해 아는 것이 없는데도 곧잘 일을 만들어내곤 했다.

그래도 나는 상관없었다. 어쩌면 바로 그런 그의 모습 때문에 우리가 스스럼없는 친구가 될 수 있었는지도 모른다.

투레는 내가 히스모포르스에 있는 제재소에서 일을 시작한 지 9년째 되던 해에 신입으로 들어왔다. 그는 새로 마련된 엔지니어링 부서에 소속되었다. 그가 위층에서 일하는 직원들과는 다르다는 것을 깨닫는 데에는 그리 오래 걸리지 않았다. 그는 첫날 점심시간부터 발소리를 쿵쿵 내며 나선형 계단을 내려와 아래층에서 일하는 우리와 함께 식사를 했다.

"안녕하세요, 저는 투레라고 합니다. 오늘 처음 일을 시작했어요." 그는 한 손을 치켜올린 채 주변을 둘러보았다.

조금 떨어진 곳에 앉아 있던 나이 많은 직원 두 명이 호기심 어린 표정을 지었지만 아무 말도 하지 않았다. 그래도 그는 개의치 않는 것 같았다. 곧 자리를 잡고 앉아 수다를 떨기 시작했다.

나는 그때까지만 하더라도 그렇게 말을 많이 하는 남자는 본 적이 없었다. 들리는 말에 따르면 그는 이 지역 출신이라지만, 말투를 보니 남쪽 지방에서 온 것 같았다. 그가 말하는 것을 듣고 있노라면 덩달아 유쾌해졌다.

"우리 인간이 이렇게 추운 기후에서 사는 건 결코 자연스러운 일이라 할 수 없어요. 우리 몸에는 털이 하나도 없잖아요." 투레가 무덤덤하게 허공에 대고 말했다.

그는 샌드위치를 크게 한 입 베어 먹으며 고개를 절레절레 저었다.

나는 웃음을 참을 수가 없었다. 투레의 맞은편에 앉아 있던 남자는 당황스러워했고 결국 상황이 우스꽝스럽게 변해버렸다.

투레가 테이블 위로 몸을 쑥 내밀고 내 쪽을 바라보았다.

"그런데 여기서 제일 행복한 사람은 누구죠?" 그는 사람들이 중얼거리는 소리에 묻히지 않으려 목소리를 높여 말했다.

나는 터져 나오는 웃음을 참지 못했다. 그가 도대체 어떤 사람인지 궁금해졌다. 반대쪽의 오케손도 웃음을 터뜨렸다. 투레는 씨익 미소만 지을 뿐이었다. 잠시 후 나는 겨우 웃음을 멈추고 손을 치켜들었다.

"만나서 반갑습니다. 나는 보라고 해요."

그는 아무 말도 하지 않고 고개만 끄덕였다. 오케손은 웃음을 터뜨리며 내 도시락을 집어 들고는 내가 점심으로 무엇을 가져왔는지 확인했다. 나도 그의 아내가 어떤 음식을 싸주었는지 확인해보려 그의 도시락을 향해 손을 뻗었다. 그는 자주 아내의 음식에 불평했지만, 나는 그의 음식이 좋아 보이기만 했다. 갈색 콩과 베이컨. 내가 다시 투레에게로 고개를 돌렸을 때, 그는 옆 사람의 말에 귀를 기울이고 있었다.

하루 일을 마치고 지친 팔을 휘저으며 자전거를 타고 가던 중, 누군가가 내 어깨에 손을 얹었다.

"보, 보라고 했죠?"

고개를 돌리니 거기에는 투레가 미소를 지으며 서 있었다. 그는 이가 가지런했고 콧수염은 눈에 띄지 않을 정도로 짧았다. 미국 영화배우처럼 가느다란 선 한 개만 보일 뿐이었다.

"네, 맞습니다." 나는 고개를 천천히 끄덕이며 말했다. 무슨 말을 더 해야 할지 알 수 없었다.

"나는 이곳에서 그리 오래 살지 않았어요. 히스모포르스에서 자랐지만 예테보리에 살면서 여기저기 많이 돌아다녔답니다." 그는 코트의 제일 윗단추를 풀며 말을 이었다. "이곳에서 함께 시간을 보낼 수 있는 친구를 찾는 중이에요. 시내에 있는 우리 집에 한번 올래요?"

나는 너무나 당황해서 그를 가만히 쳐다보기만 했다. 그도 그럴 것이 나를 집으로 초대했던 사람은 당신 외엔 아무도 없었으니까.

"아, 네⋯⋯." 나는 한참 뜸을 들인 후에 겨우 말문을 열었다.

"일요일 오후는 어떤가요?"

"네, 좋습니다." 나는 혼잣말처럼 중얼거렸다.

투레는 왔을 때와 마찬가지로 갈 때도 번개처럼 빨랐다. 조금 떨어진 곳에서 자동차 시동 거는 소리가 들렸고, 곧 흙길 건너편에서 신형 볼보 아마존을 몰고 떠나는 투레가 보였다. 나는 비포장 도로에서 속도를 내며 달리는 그의 차를 눈으로 따랐다. 차 뒤에는 연기 구름이 자욱했다. 혹시 내가 무언가에 홀린 것은 아닐까?

일요일 나는 텅 빈 옷장을 바라보았다. 문득 투레가 입고 있던 코트가 떠올랐다. 나는 그의 옷이 내 옷과는 비교도 안 될 정도로 비쌀 것이라고 짐작했다. 결국, 나는 어머니가 있었다면 추천해주었을 것 같은 셔츠를 선택했다.

투레는 내게 계단을 이용해 꼭대기 층까지 오라고 말했다. 대문에는 투레 린드만이라고 적힌 반짝이는 문패가 걸려 있었다. 대문을 힘주어 두 번 두드리자 기다렸다는 듯 문이 활짝 열렸다.

"보! 잘 왔어요! 어서 들어오세요!"

투레는 환한 미소를 지으며 손으로 안쪽을 가리켰다. 그 순간 가장 먼저 떠오른 생각은 그가 너무나 청결하고 말끔하다는 것이었다. 짙은 머리카락은 반짝반짝 빛이 날 정도였다. 나는 챙모자를 벗고 현관으로 들어섰다.

나는 집 안 여기저기를 보여주는 투레의 뒤를 따랐다. 그의 집은 어머니와 노인이 사는 집보다 훨씬 컸다. 석축 난로 세 개, 화장실과 전기 오븐. 나는 할 말을 떠올리지 못했던 터라 그가 말을 많이 한 것이 내게는 참으로 다행이었다.

"이제 집 구경은 그만하고 자리에 앉을까요? 살롱으로 가시죠." 투레는 손을 들어 내가 가야 할 곳을 가리켰다. "베데마르크의 마사랭 과자를 사놓았어요. 앉아서 기다리세요. 금방 돌아올게요."

쟁반을 가져온 투레는 하얀 도자기 잔에 커피를 따랐다.

"그건 그렇고 괴물을 본 적이 있나요?"

"괴물이라뇨?" 나는 의아해서 되물었다. 어쩌면 그는 정말 미친 사람인지도 모른다는 생각이 스쳤다.

"호수 괴물 말이에요." 투레는 마사랭 과자를 베어 물며 말했다. "난 호수 괴물에 관심이 많아요. 항상 그랬어요. 어렸을 때 하짓날 무렵, 증기선 위에서 괴물을 보았을 때부터였죠." 투레는 마사랭 과자가 담긴 접시를 내 커피잔 옆으로 밀었다. "편히 생각하세요. 맛이 정말 좋아요."

"고마워요, 고마워요." 나는 과자를 집어 들며 말을 이었다. "사실 나는 호수 괴물에 대해 특별히 생각해본 적은 없어요."

빵을 한 입 베어 문 나는 맛이 너무 좋아서 깜짝 놀랐다.

"나는 그들이 도대체 무슨 생각으로 괴물을 잡으려 하는지 이해할 수가 없어요." 투레는 진심으로 이해가 안 된다는 듯 짜증 섞인 목소리로 말했다. "그들은 왜 가만히 있는 호수 괴물을 괴롭히려 할까요? 괴물은 우리에게 아무 짓도 하지 않았는데."

그는 괴물을 보았다고 믿었던 상황을 여러 번 접했다고 말했고, 나는 그의 이야기가 어렸을 때 어머니가 들려주었던 숲속 트롤에 대한 동화와 비슷하다고 생각했다. 나는 배가 부르자 기분이 좋아졌고 내가 어디에 있는지도 잠시 잊었다.

제재소의 동료들 중에는 투레와 비슷한 사람이 한 명도 없었다. 그가 말하는 방식과 태도는 나를 편하게 해주었다. 당신을 처음 보는 순간부터 내가 편안함을 느꼈던 것과 마찬가지였다.

식스텐이 신음 소리를 냈다. 내 손은 식스텐의 꿈 속으로 비집고 들어가 회색 머리털을 쓰다듬었다. 개가 잠을 깨 기지개를 켜며 하품을 크게 했다. 식스텐의 눈과 내 눈이 마주쳤다. 나는 우리가 언제 산책을 나갔는지 기억할 수 없었다. 하지만 개가 지금 오줌이 마렵다는 것은 알 수 있었다.

나는 식스텐의 뒤를 따라 힘겹게 복도로 나가서 개에게 목줄을 채웠다. 그리고 이름과 전화번호가 적힌 목걸이를 걸어주었다. 식스텐이 강아지였을 때 당신과 한스가 인터넷에서 주문했던 것이었다.

"혹여 숲속으로 도망칠 경우를 대비해서예요." 나는 당신 말에 동의했다.

나는 개가 밖으로 나갈 수 있도록 대문을 열어주었다. 개는 평소와 마찬가지로 내가 대문 밖에 발을 내밀 때까지 기다렸다. 식스텐은 내가 숲속으로 따라 들어갈 때까지 똥이나 오줌을 누지 않았다.

장화에 발을 집어넣는 순간, 오늘이 매우 특별한 날이라는 느낌이 스쳤다. 나는 다시 부엌으로 들어가 달력을 확인했다. 맞아, 그렇지. 한스가 퇴근 후에 오기로 했어. 그리고 내일은 투레에게 전화를 해야 해.

21시 35분

따뜻한 초콜릿 음료와 빵을 간식으로 준비했음. 보는 이미 잠자

리에 들었음.

_요한나

5월 22일 월요일

9시 정각

출근하니 보는 이미 일어나 안락의자에 앉아 있었음. 아침 식사로 숭어 요리를 원했으나, 생선완자 통조림 요리를 준비했음. 약과 안약을 투여함. 오늘 오후에 한스가 올 것이라고 상기시켜 주었음.

_잉리드

가래가 목구멍에 차올랐다. 식탁 위에는 가래침을 뱉을 만한 것이 없어서 화장실에 가려고 자리에서 일어났다.

　손을 짚고 몸을 굽히니 변기가 나를 향해 입을 쩍 벌렸다. 누런 덩어리가 떨어지자 변기 물이 작은 파도를 일으켰다. 변기는 변색되어 더러워 보였다. 나는 변기의 얼룩을 제거해보려 갖은 애를 써보았지만 소용없었다. 어제는 청소하는 날이었다. 당신이 브룽쿨라고르덴 요양원으로 떠난 후 이 집은 점점 더 더럽고 지저분해졌다. 하지만 요양보호사들이 집에 오기 시작하면서 조금씩 달라지기 시작했다. 나는 집이 필요 이상으로 깨끗하다며 그렇게 열심히 청소하지는 않아도 된다고 했지만, 그들은 그것이 자기들의 임무라고 말했다.

　부엌 소파로 되돌아가던 나는 한스의 방이자 내가 어렸을 때 사용했던 방의 바깥벽에 당신이 걸어놓은 사진들 앞에서 발을 멈추었다. 나는 한스의 10대 시절 사진을 한 장 집어 내렸다. 그는 커다란 농어 한 마리를 들고 자랑스럽게 미소 짓고 있었다. 우리는 그날 몇 시간이나 호수에 머물렀고, 그는 이후 며칠 동안 기뻐 어쩔 줄 몰랐다. 나는 최고의 아빠가 되었다는 느낌에 사로잡혔다. 같은 주, 그는 학교에서 낚시에 관한 발표를 했고 내가 얼마나 낚시를 잘하는지 내 자랑을 늘어놓았다고 했다.

우리가 집에 돌아오자마자 당신은 생선을 훈제할 준비를 했다. 나는 자리에 앉아 당신에게 종알대는 한스를 지켜보았다. 그는 낚싯대를 당겼을 때 물고기가 엄청 클 것이라고 생각했는데 잡고 보니 생각보다도 훨씬 컸다고 말했다.

그 사진을 손에 들고 있자니 당시 얼마나 강렬한 느낌을 받았는지 기억할 수 있었다. 나는 낚시 여행과 농어 한 마리로 준비한 저녁 식사만으로 그렇게 기분이 좋을 수 있다는 사실에 놀랐다.

나는 사진을 부엌으로 가져왔다. 한스에게 보여주고 싶었기 때문이다. 그날을 기억하는지 물어보고도 싶었다. 내가 사진을 식탁 위에 내려놓자 식스텐이 소파 위로 뛰어올라 내 곁으로 다가왔다. 개가 내 다리 위에 머리를 얹었다. 나는 식스텐을 물끄러미 바라보며 잠시 주저하다가 곧 생각을 바꾸고 사진을 다시 벽에 걸어놓기 위해 자리에서 일어났다.

12시 10분

출근하니 보는 부엌 소파 위에서 자고 있었음. 팬케이크를 데워서 잼과 크림을 얹은 후 그를 깨웠음. 그는 알아들을 수 없는 말을 중얼거렸고, 나는 그가 무슨 말을 하는지 이해할 수 없었음. 나는 점심시간이 되었다고 말하고 팬케이크를 주었음. 그는 내게 벽난로에 불을 지피라고 말했지만, 나는 화재가 날 위험이 있기 때문에 차마 불을 피울 용기를 낼 수가 없었음.

_마리에

눈을 뜨니 사방이 고요했다. 내 시선은 부엌 안을 헤매다가 창을 통해 새어 들어오는 햇살 한 줄기에 멈추었다. 벽난로의 불은 꺼졌고 시계는 멈춰 있었다. 나는 소파에서 일어나 벽시계의 태엽을 감았다. 어머니와 어머니의 부모님이 이 시계의 똑딱거리는 소리를 들으며 오후에 낮잠을 잤던 것을 생각하니 왠지 마음이 편안해졌다.

당신은 벽시계가 너무 화려하다고 생각했다. 하지만 내게 그 벽시계를 주었다. 내가 당신에게 넝마 깔개를 주었던 것처럼.

나는 아마도 오전에 음식을 먹은 후 잠시 잠에 빠졌던 것 같다. 내 앞에는 차갑게 식은 팬케이크가 접시 위에 놓여 있었다. 나는 요양보호사 일지를 펼쳐 누가 음식을 데웠는지 확인했다. 마리에. 비정규직 직원이었다. 내가 그녀를 기억하지 못했던 것도 그 때문이었을 것이다. 새로운 얼굴은 기억에 좀처럼 남아 있지 않다. 나는 팬케이크를 한 조각 베어 물었지만 금세 다시 뱉어버렸다. 팬케이크는 입안에서 지렁이의 잔해처럼 끈적거렸다.

벽난로에는 작은 불씨밖에 남아 있지 않았다. 요양보호사가 집을 나서기 전에 장작을 채워넣는 것을 잊어버린 것이 틀림없었다. 나는 장작을 넣고 다시 불을 지피기 위해 자리에서 일어났다. 머리가 어질어질해서 한동안 제자리에 가만히 서 있었다. 식탁 가장자리를 짚고 서서 고개를 드는 식스텐을 내려다보았다. 개는 뭔가 궁금해하는 것 같았다.

나는 벽난로 앞에 다가가서야 장작이 다 떨어졌다는 것을 알았다. 나는 다시 식스텐 쪽으로 걸어갔다. 식은 팬케이크를 데워 먹을까 생각하다 마음을 바꾸고 장작을 가져오기로 결심했다.

나는 현관문을 열고 신선한 5월의 공기를 들이마셨다. 마지막으로 내렸던 눈이 녹은 것이 불과 며칠 전이었다. 아마도 내 삶의 마지막 눈이었을 것이다. 어쩌면 나는 영하의 날씨를 다시는 경험할 수 없을지도 모른다.

보행기는 대문 앞에 세워져 있었다. 장작이 있는 헛간까지 가는 데 보행기를 이용하려다가 금방 생각을 바꾸었다. 헛간 바로 앞의 길은 너무나 울퉁불퉁해서 차라리 벽을 짚으며 천천히 걷는 게 더 쉬울 것 같았다.

개 우리가 있던 마당에는 잡초가 무성했다. 그곳에서 개를 키운 것은 꽤 오래전이었다. 자갈 위는 시든 분홍바늘꽃이 덮고 있었다. 곧 거기에는 새로운 분홍색 꽃이 자랄 것이다. 맞은편에는 개들이 공터를 볼 수 있도록 나무들을 듬성듬성 심어놓았다.

나무 꼭대기에서 부스럭거리는 소리가 들렸다. 식스텐이 귀를 쫑긋 세웠다. 다람쥐 한 마리가 조금 떨어진 곳의 소나무 둥치로 달려갔다. 식스텐이 그 뒤를 쫓았지만 다람쥐는 이미 옆에 있던 소나무 위로 올라간 후였다.

나는 단 한 번도 식스텐이 야생동물을 해칠까 봐 걱정한 적이 없었다. 행동이 느려 야생동물을 따라잡기에는 역부족이었기 때문이다. 그렇다고 해서 개가 불행해하는 것 같지는 않았다. 단지 사냥 그 자체를 즐길 뿐이었다.

식스텐은 개집이나 개 우리에 있을 필요도 없었고 오랫동안 홀로 남겨진 적도 없었다. 식스텐이 우리 집에서 살기 시작했을 때부터 나는 일을 그만두고 대부분의 시간을 집에서 보냈기 때문이다. 나는 이 마을의 다른 사람들과는 달리 엘크 사냥개를 집 안에서 키웠다. 개집과 개 우리를 사용했던 것은 내가 일을 할 때 뿐이었다. 마당에서 미친 듯 짖어대는 개는 누구도 좋아하지 않는다.

나는 진입로로 내려가 집 앞의 채소밭을 바라보았다. 여름이면 대부분의 작물에 햇살이 닿았다. 어머니가 신중하게 계획한 후에 작물을 심었기 때문이다. 내가 처음으로 어머니의 채소밭을 당신에게 보여주었을 때 당신은 매우 좋아했고, 나는 그런 당신의 모습에 기뻐했다. 나는 당신이 이곳에 얼른 적응할 수 있기를 바랐다. 당신은 어머니와 마찬가지로 4년에 한 번씩 윤작을 했다. 비트 재배 후에는 감자가 뒤를 이었고 감자를 수확한 후에는 콩을 심었으며 그 뒤에는 양배추를 심었다.

나는 바람을 막으려 울 스웨터의 지퍼를 올렸다.

"우리에게 숲이 있어서 다행이에요." 당신은 울부짖는 바람 속에서 말했다.

탁 트인 들판과 밭으로 둘러싸인 마을 아랫쪽과는 달리 우리 집 뒤에는 전나무와 소나무가 보호벽 역할을 했다.

나는 수염을 긁적이며 고개를 저었다. 식스텐이 채소밭 가장자리를 맴돌며 냄새를 킁킁 맡고 있었다. 이제 여기에선 당신이 쏟아부었던 모든 열정과 땀의 흔적을 찾아볼 수 없다. 낯선 이국 식물들이 침범해 채소밭을 점령해버렸기 때문이다. 남아 있는 것이라곤 채소밭의 작은 흙더미뿐이다.

당신은 5월이 되면 몇 주 동안 발아시켜 키운 양배추 모종을 채소밭에 심었다. 나는 그것을 작은 아이들이라고 불렀던 당신의 모습에서 당신에게 특별한 가치가 있다는 것을 알았다. 적어도 땅에 바로 심었던 비트와는 다른 의미를 지니고 있는 것이 틀림없었다.

가슴이 답답하게 조여와서 눈을 감았다.

"어머니는 나아지지 않을 거예요." 한스는 어느 여름날 저녁 채소밭을 둘러보던 내게 짜증스럽게 말했다. 당신이 브룽쿨라고 르뎅 요양원으로 떠난 직후였다.

나는 몸을 굽혀 재빨리 민들레를 뽑았다.

"젠장." 나는 그가 옳다는 것을 알면서도 정원용 장갑을 홱 벗어던지며 소리쳤다.

나는 당신의 건강이 악화된 것이 그에게도 큰 상처가 된다는 것을 알고 있었다. 당신과 그의 사이가 매우 가까웠기 때문이다. 그럼에도 나는 그런 말을 할 수 없었다. 그리고 나는 그가 매우 슬퍼한다는 것도 잘 알고 있었다.

나는 이웃집을 잠깐 들여다보기 위해 계속 진입로를 내려갔다. 이웃집 부부가 이혼한 후 나는 그들을 본 적이 없었다. 그들의 정원에는 블랙커런트 덤불이 우리 집보다 훨씬 많이 자라 땅쪽으로 무겁게 축 처져 있었다.

나는 톱과 절단기를 덮고 있던 두꺼운 방수포를 끌어 내렸다. 방수포는 때때로 불어오는 바람에 펄럭였다. 그것은 몇 년 동안이나 사용되지 않은 채 자리만 지켰다. 나는 밧줄을 둘러 방수포를 제자리에 고정시켰다. 이처럼 좋은 기계들이 전혀 사용되지 않았다는 것은 부끄러운 일이다. 한스는 내게 이 기계들에 가까이 가는 것조차 위험하다며 접근을 금지했다. 대신 이미 절단된 장작을 대량으로 주문해놓았다.

"사는 게 다 그런 거죠, 뭐." 그는 내가 한평생 그런 기계들을 사용해 일해왔다는 것을 모르는 것처럼 말했다.

나는 그가 톱날을 무서워하고 톱을 잘 다루지 못한다는 것을 잘 알고 있다. 그는 10대 시절까지만 해도 장작을 쪼개고 쌓는 일을 도와주었다. 하지만 단 한 번도 톱질을 해본 적이 없었다.

게다가 내게 아예 톱질을 해보라는 말조차도 꺼내지 말라고 엄포를 놓았다.

나는 발길을 돌려 숲을 향해 걷기 시작했다. 간간이 보이는 살얼음에 미끄러지지 않으려 조심해서 걸었다. 길 모퉁이 농가에 사는 여자는 겨울 내내, 아니 적어도 눈이 내렸던 날에는 제설기를 가져와 우리 집 앞의 눈을 치워주었다. 한스는 금액을 말하지 않으려 했지만, 나는 그가 여인에게 꽤 많은 돈을 지불했다고 확신했다. 그는 내가 구두쇠라고 여기며 이런저런 조그만 일에도 대가를 원하는 사람이라고 생각했다. 당신은 그 여자의 어머니를 매주 찾아보고 도와주면서도 단 한 번도 대가를 요구한 적이 없었다.

나는 예전에 노인이 화를 냈을 때 부스테르와 함께 달렸던 그 비탈길을 지나쳤다. 생쥐 때문에 그랬던 그날처럼. 당시 내 나이는 여덟 살 혹은 아홉 살도 채 안 되었다. 우리가 여기저기 설치했던 쥐덫은 대부분 쥐를 즉사시켰다. 전통적인 방식의 쥐덫은 쥐의 척추를 두 동강 내버린다. 우리는 쥐덫 중 몇 개에 음식 조각을 매달아 작은 우리 안에 설치해두었다. 쥐가 음식을 발견하고 먹으면 문이 닫히고 쥐는 그 안에 갇혔다.

"얼른 마당으로 가봐." 노인은 내게 삽을 쥐여주고 내 등을 떠밀었다. 삽으로 쥐를 죽이라는 것이었다.

하지만 작은 생쥐가 우리 안을 뛰어다니는 것을 보니 차마 죽일 수가 없었다. 작고 앙증맞은 발을 보고는 내 온몸이 거부했다.

나는 삽을 집어 던지고 생쥐가 도망칠 수 있도록 우리 문을 열어주었다. 이전에도 그렇게 한 적이 있었다. 지금도 그때처럼 기분이 좋았다. 작은 생쥐는 짧은 다리를 재빨리 움직여 비탈길과 숲 쪽으로 번개처럼 도망쳤다. 나는 그곳에서 생쥐의 가족이나 친구가 기다리고 있을지도 모른다고 상상해보았다.

찰싹! 갑자기 눈앞이 캄캄해졌다.

"도대체 무슨 짓을 한 거야?" 내 멱살을 거머쥔 아버지의 손에 더욱 힘이 들어갔다.

나는 시력을 되찾으려 눈을 깜박였다.

"죄송해요." 나는 더듬더듬 말했다.

아버지는 멱살을 잡아 쥔 채 나를 밀쳤다. 나는 균형을 잃고 바닥에 엉덩방아를 찧었다. 뺨이 얼얼했다. 눈물이 나오려 했지만 이를 꽉 깨물고 참았다. 내가 눈물을 흘리면 그는 눈을 반짝이며 더 좋아할 것이 틀림없었기 때문이다.

그가 빈 우리를 집어 들었다.

"내가 아무리 쥐를 열심히 잡아봤자 네가 이렇게 풀어준다면 무슨 소용이 있겠어?" 그가 침을 튀기며 소리쳤다.

나는 그가 내 뒤를 따라오지 않을 거라는 걸 잘 알고 있었지만 습관처럼 달리기 시작했다. 그의 검은 눈빛은 내가 더 빠르고 더 오래 달릴 수 있는 동기가 되었다. 나는 부스테르를 데리고 비탈길을 따라 들판을 가로지른 후 브로셍으로 향하는 오래된 오솔길을 벗어날 때까지 멈추지 않고 달렸다. 마침내 발을 멈춘 나는 비포장도로의 한가운데 자란 풀 사이를 폴짝폴짝 뛰기 시작했다. 마치 풀 틈에 자리한 돌멩이들이 물이라도 되는 것처럼.

나는 고개를 절레절레 저으며 장작 창고로 들어갔다. 코프 마트 봉지를 꺼내 장작 열 개를 넣었다. 집으로 돌아가는 길에는 매우 조심해서 발을 디뎠다. 뷜비켄의 상점 위쪽에 사는 크누트는 2년 전 길에서 넘어졌고 병아리처럼 고관절을 부러뜨렸다. 넘어졌다고 말하기에 민망할 정도로 작은 움직이었지만 뼈 여기저기 금이 가서 성한 곳이 없었다. 잉리드는 그 일 때문에 크누트가 지금도 걷는 데 큰 어려움을 겪는다고 말했다.

"아버지!"

나는 고개를 돌렸다. 한스가 걸어오고 있었고 식스텐은 그를 향해 뛰어갔다. 한스가 몸을 굽히자 개는 귀를 뒤로 젖히고 신나게 꼬리를 흔들었다.

나는 한스가 자신에게 무슨 짓을 하려는지 식스텐이 알았더라면 그처럼 반기지 않을 것이라고 생각했다.

한스가 고개를 들어 나를 쳐다보았다. 그의 얼굴은 당신의 얼굴과 너무나 닮아서 나는 순간적으로 흠칫했다. 불안감이 온몸에 퍼졌다. 이제 당신은 저렇게 내게 다가오지 못할 것이라는 생각 때문이었다.

그의 새 전기 자동차는 너무나 조용해서 나는 진입로에 차가 들어오는 것도 눈치채지 못했다. 차는 반짝반짝 빛이 날 정도로 깨끗했다. 나는 세차장에 차를 맡기는 아들이 있다는 사실이 믿기지 않았다. 그는 식스텐의 귀 뒤를 긁어주고 몸을 일으켜 내게 다가왔다.

"직접 장작을 가지러 가면 안 된다고 말씀드렸잖아요. 그 일은 제가 할게요." 그는 내게서 장작이 든 봉지를 빼앗으려 했다.

"나도 알아. 하지만 집 안에 장작이 다 떨어졌는걸." 나는 장작을 턱으로 가리키며 말했다.

가래침이 목 안에서 꾸르륵 소리를 냈다. 나는 얼른 커다란 가래 뭉치를 뱉어냈다. 한스가 못마땅한 듯 눈동자를 휘휘 굴렸다고 생각했지만 단지 내 상상이었을지도 모른다.

"만약 넘어져서 뼈라도 부러졌으면 어쩌려고 그러셨어요? 그랬다면 몇 시간이나 꼼짝 못 하고 여기 누워 있었을 거예요."

"그래, 정말 그랬다면 어땠을까?" 나는 짜증스레 말하며 땅에 넘어져 있는 나 자신을 상상해보았다. 고통은 얼마나 계속될까. 어쩌면 내 나이대의 사람들이 그런 종류의 고통을 겪으면 금방 정신을 잃을지도 모른다.

"아버지가 하시는 행동이 얼마나 유치한지 아세요? 아버지 때문에 걱정하는 사람이 한둘이 아니란 말이에요. 왜 그렇게 고집을 피우세요?"

나는 반박하기도 귀찮아 아무 말도 하지 않았다. 그가 이런 기분이면 어떤 말을 해도 소용이 없다. 그에게 시간을 주고 기다리는 수밖에 없다.

"진정하세요." 한스가 말했다.

나는 고개를 절레절레 저었다. 금방이라도 웃음이 터져 나올 것 같았다. 도대체 지금 진정해야 할 사람이 누구란 말인가?

우리는 한동안 각각 서로 다른 방향에 시선을 고정한 채 침묵했다. 만약 당신이 여기 있었더라면 무슨 말이라도 했을 것이다. 우리 사이의 정적은 점점 더 커졌다.

한스는 창고에 가서 봉지에 장작을 가득 담았다. 그는 최근 몇 년 동안 살이 퉁퉁하게 불었다. 요즘도 운동을 하는지 물어봐야 할까. 그는 평소 유도를 했다. 당신이 그랬던 것처럼 조심스레 물어볼 수도 있을 것이다.

"이건 제가 들고 갈게요." 그가 봉지를 들어 올리며 말했다.

나는 그가 몸을 돌리기 직전에 뭔가 아쉬워하는 듯한 눈빛을 보였다고 생각했다.

"여기서 잠시만 기다리세요. 장작을 가져다 놓고 얼른 다시 돌아올게요."

나는 혼자서도 그 10여 미터를 문제없이 걸을 수 있었지만 순종적인 아이처럼 자리에서 기다렸다. 나는 그의 등을 눈으로 따랐다. 심지어는 등에도 살이 붙어 뚱뚱해진 것 같았다.

집 앞까지는 지난 겨울의 잔재인 작은 자갈들로 뒤덮여 있었다. 한스는 대문 앞길에 필요 이상으로 많은 자갈돌을 뿌려놓았다. 나는 앞에 있는 작은 자갈 더미를 툭 차려고 한쪽 발을 조심스레 올렸다. 내가 화를 내고 있다는 걸 보여주고 싶어서였다. 하지만 발을 올리자마자 균형을 잃어버렸기에 얼른 다시 내려야만 했다.

당신은 항상 침착했다. 한스가 아무리 화를 내도 차분함을 유지했다.

"화를 내는 것은 교육상 좋지 않아요."

나는 한스가 문을 쾅 닫고 나갈 때면 당신이 큰 소리로 야단을 쳐야 한다고 말했다. 나는 그가 우리를 무시하고 우리가 그를 위해 해주었던 모든 일을 완전히 잊어버린 것처럼 행동할 때면 화가 머리끝까지 치밀어 견딜 수가 없었다.

"교육이라……."

나는 혼잣말로 중얼거리며 내게 소리를 지르고 손찌검을 했던 노인을 떠올렸다. 그런 아버지 밑에서 자랐음에도 지금 나는 이처럼 잘 살고 있다는 것을 당신에게 말해주고 싶었다.

하지만 지금 우리 아들이 내게 다가오는 걸 보고 있자니 어쩌면 그때 당신 말이 옳았을지도 모른다는 생각이 스쳤다. 그가 소리를 질렀던 대상은 당신이 아니라 나였다. 그때 나는 화를 참을 수가 없었고, 분노가 파도처럼 나를 덮쳤다.

화가 가라앉자 방금 자갈돌을 툭툭 치며 분노를 표출하려 했던 행동이 후회되기 시작했다. 나는 이제 화를 내지 않겠다고 마음먹었다. 좀 더 부드러운 사람이 될 것이다.

"다음 주 토요일에 어머니를 뵈러 갈 생각이에요. 아버지도 같이 가실래요?"

그의 눈빛은 어렸을 때 상점에서 스니커즈를 몰래 훔쳤을 때와 비슷했다.

나는 이 일에 휘말리는 것을 원하지 않았기에 아무 대답도 하지 않았다. 그가 왜 내게 당신을 만나러 함께 가자고 고집하는지 이해할 수가 없었다. 이제 당신에게 남아 있는 것은 껍데기뿐인데. 당신의 모습으로 위장한 정신 나간 사람일 뿐인데.

그가 내 팔을 부축했고, 우리는 함께 대문을 향해 걷기 시작했다. 문득, 그의 덩치가 너무나 크다는 생각에 깜짝 놀랐다. 나보다 키도 훨씬 크고 몸집도 훨씬 크다는 사실을 믿을 수가 없었다. 그는 세상에 태어났을 때 겨우 2724그램에 불과했지만 지금은 나를 안아 올릴 수 있을 만큼 크다.

"여기 오는 길에 마리타를 만났어요. 트랙터로 밭일을 하고 있더군요. 아버지께 안부 전하라고 했어요."

나는 고개를 끄덕이며 낡은 빨간색 트랙터를 운전하는 그녀의 모습을 떠올렸다. 한스의 따스한 체온 덕분에 마음이 한결 진정되었다. 하지만 내 삶을 통제하려 한다는 생각 때문에 여전히 분노를 삭일 수가 없었다. 동시에 그가 나를 놓아버리지 않기를 원하는 마음도 없지 않았다.

"물론 네 어머니를 보러 함께 가야지." 나는 나직이 중얼거리며 그의 팔을 더 힘껏 꽉 잡았다.

그가 나를 안락의자에 앉혔다. 요즘에는 사람들이 내가 마치 조수석에 묶여 있는 것처럼 여기저기 나를 데려다 앉히곤 한다.

한스는 식스텐의 목줄을 느슨하게 풀어주기만 했을 뿐 빼주지는 않았다. 식스텐은 혼란스러운 듯 현관에 가만히 서서 귀를 쫑긋 세운 채 나를 빤히 바라보았다.

"창고에 가서 뭘 좀 가져올게요." 한스는 내 손에 신문을 쥐여 주며 말했다. "그동안 이걸 읽고 계세요. 우편함에 있는 걸 가져왔어요."

내가 안경을 가져다 달라고 말하기도 전에 대문이 닫혔다. 나는 안경 없이는 커다란 헤드라인조차도 읽을 수가 없다.

나는 잠을 자고 싶을 뿐이었다. 그래서 직접 안경을 가져오는 대신 눈을 감았다. 나는 원하기만 하면 잠 속으로 피신할 수 있다. 그곳에서는 여전히 내가 하고 싶은 말을 자유롭게 할 수 있다.

"제가 뭘 찾았는지 보세요!"

나는 움찔하며 눈을 떴다. 한스가 낡은 낚시 도구 상자를 들고 환한 미소를 머금고 있었다.

"이 상자와 관련된 기억이 참 많아요." 그가 천천히 고개를 저으며 말했다. "우리가 얼마나 자주 낚시를 하러 갔는지 기억하세요? 여름만 되면 선착장 옆의 다리 밑에서 낚시를 했어요. 기억하시죠?"

물론 나는 기억하고 있다. 내가 다양한 미끼를 사용해 낚시하는 방법을 보여줄 때마다 그의 눈동자가 양철 접시처럼 커졌던 것도 기억한다.

"조심해. 굉장히 날카로워서 손을 다칠 수도 있어."

작은 소년의 몸은 내게서 너무나 가까웠기에 나는 그의 숨결까지도 느낄 수 있었다. 그는 나의 손놀림을 하나도 놓치지 않으려는 듯 집중해서 보았다.

나는 우리 아들을 자랑스러워했다. 나는 그가 혼자 힘으로 물고기를 처음 잡았을 때 얼마나 자랑스러웠는지 말해주고 싶었다. 집으로 돌아가는 차 안에서 그가 자랑스러운 기분을 드러내지 않으려 얼마나 애썼는지, 물고기를 얼마나 많이 잡았는지 당신에게 자랑하고 싶어 집 앞 진입로를 쏜살같이 달려 대문을 획열어제꼈던 그의 모습도 말해주고 싶었다.

나는 미소를 감출 수 없었고, 한스도 내게 미소를 지었다.

나는 홀로 낚시를 하기 시작했던 날도 기억한다. 그가 시간이 없다고 말하면서부터 함께 낚시를 하는 횟수도 줄어들었다.

그가 낚시 도구 상자를 식탁 위에 내려놓았다.

"그러고보니 꽤 오랫동안 아버지와 함께 낚시를 하지 않았다는 생각이 드네요. 왜 그랬을까요?" 그가 나를 쳐다보지도 않은 채 말했다.

그가 식탁 맞은편 의자에 앉았다. 상자를 열고 작은 서랍을 당겨 그 안에 들어 있던 갖가지 색의 미끼를 하나하나 살폈다.

그가 나를 힐끔 쳐다보았다. 나는 그가 식스텐 이야기를 꺼내 이 순간을 망칠까 봐 두려웠다. 하지만 다시 시선을 미끼로 돌렸고 손가락으로 미끼들을 하나하나 쓰다듬었다.

나는 그에게 조심하라고 말하고 싶었지만 아무 말도 하지 않았다. 오직 그의 머리에 손을 얹고 숱이 적은 머리가 헝클어지도록 쓰다듬어주고 싶을 뿐이었다.

18시 10분

내장을 다진 고기, 감자, 맥주. 보와 함께 앉아 옛날이야기로 시간을 보냈고, 부스테르에 대해 더 많이 알게 되었음. 보는 내가 퇴근하기 전에 잠들었음. 나는 라디오를 끄지 않았음. 낚시 도구 상자는 다시 창고에 넣어두었음.

_잉리드

나는 식스텐이 기지개를 펴는 바람에 잠에서 깼다. 개가 소파 등받이를 발로 힘껏 밀어 내 몸이 조금 밀려났다. 소파가 조금만 더 비좁았더라면 바닥에 떨어졌겠지만, 다행히도 어머니가 어렸을 때 살던 집의 부엌 소파는 공간이 넉넉했다. 소파 아래에는 여러 가지 물건을 수납할 수 있는 공간도 충분했다.

나는 천장의 넓직한 판자를 따라 시선을 옮겼다. 나무 판자는 오랜 세월 부엌의 조리 연기를 쐐 거뭇거뭇하게 변했다. 연녹색 벽의 못은 검은색 점처럼 보였다. 몇 년 전 한스는 엘리노르에게 부엌 벽을 닦는 일을 시키고 돈을 지불했다. 나는 불필요한 일이라고 생각했지만 아무 말도 하지 않았다. 엘리노르가 돈을 벌어 기뻐하는 모습을 보니 나도 기분이 좋았기 때문이다.

"여기 환풍기는 있으나 마나예요." 한스가 고개를 절레절레 저으며 말했다. "아버지도 한번 보세요."

나는 그 말이 옳다는 것을 알고 있었기에 반박하지 않았다. 가끔 아침에 벽난로에 불을 때기가 어려울 때도 있었다. 하지만 대문을 열고 잠시 환기를 시키면 괜찮았다. 일단 불이 붙으면 그다음부터는 아무런 문제도 없었다.

천장 판자는 길고 넓직한 고급 목재였다. 노인은 몇 킬로미터 떨어진 윗마을의 한 가족으로부터 그 목재를 구입했다.

나는 내가 죽으면 한스가 천장을 다시 칠할지, 아니면 그대로 집을 팔 것인지 궁금해졌다. 엘리노르는 이 집에서 살고 싶어 하지 않을 것이기 때문이다.

넓직한 판자의 옹이와 물결 모양의 나이테 흔적을 보고 있자니 란비켄에서 처음으로 톱질을 시작했을 때가 떠올랐다. 히스모포르스가 아니라 내가 열두 살 때 노인을 처음 따라갔을 때 말이다.

나는 그가 나오기를 기다리며 한동안 자전거 옆에 서 있었다. 그날을 얼마나 고대해왔는지 모른다. 마침내 노인을 따라가도 된다는 말을 들었을 때부터 그날이 오기만을 가슴 졸여 기다렸다. 학교를 그만두고 제대로 된 인생을 시작하게 되었다는 생각 때문이었다. 물론, 나는 그 전에도 노인을 따라 제재소에 간 적이 있었다. 여름방학이 되면 제재소에서 장작을 쌓는 일을 도와주곤 했지만, 그때와는 상황이 달랐다. 학교는 끝났고 나는 진짜 인생을 시작할 준비가 되어 있었다. 노인과 다른 사람들처럼.

들뜬 마음에 뱃속과 다리가 간질거렸다. 나는 얼른 자전거를 타고 가서 일을 시작하고 싶었다. 자작나무에 돋아난 새싹은 너무나 푸르러서 눈이 아플 정도였고, 호수는 잔잔했다. 제재소 너머로 교회 첨탑이 가문비나무 숲 위로 높이 뻗어 있었다.

마침내 노인이 나왔다. 그는 현관에 잠시 멈춰 서서 마치 무언가를 기다리듯 숲 쪽을 바라본 후 등 뒤의 대문을 닫았다.

"이제 갈까."

그는 자전거에 앉아 도로 쪽으로 페달을 밟았다.

내리막길이 시작되자 노인은 내게서 점점 멀어졌다. 나는 있는 힘을 다해 자전거 페달을 밟았다. 길이 평평해지자 그제야 그의 옆으로 바짝 다가갈 수 있었다. 나는 그의 기분이 어떤지 확인하기 위해 조심스레 흘낏 돌아보았다.

나는 그날 내가 무슨 일을 하게 될 것인지 그에게 물어보고 싶었다. 목재에 마킹을 하게 될지 나무를 베게 될지 또는 톱밥을 실어 나르게 될지 궁금했기 때문이다. 그는 피곤해 보였다. 거의 매일 그 시간이면 항상 피곤해 보였다. 그래서 나는 아무 말도 하지 않았다. 내가 긴장하는 모습을 그가 눈치채지 않기를 바랐다. 내게 주어진 일을 기대만큼 잘해낼 수 있을 정도로 성숙한 사람이 되었다는 것을 보여주고 싶었기 때문이다.

그날 저녁 식사 시간이 되자 어머니는 평소보다 더 자주 내게 눈길을 주었다. 나의 하루가 어땠는지 듣고 싶어 하는 눈치였다. 나는 금방이라도 이야기를 늘어놓고 싶었지만 애써 참았다. 내가 무슨 일을 했는지, 감독관은 어떤 사람이었는지, 노인은 어땠는지, 그리고 점심시간은 어땠는지. 하지만 나는 노인이 먼저 입을 열기를 기다렸다.

"말해보렴." 잠시 후 어머니가 말했다.

노인은 의아한 표정으로 어머니를 바라보았다.

"아가, 오늘 어땠어?" 어머니는 나를 돌아보며 말했다.

아가라니. 나는 속으로 코웃음을 치며 고기 조각을 조심스레 포크로 찔렀다. 나는 더 이상 어린아이가 아니었다.

노인은 맥주를 한 모금 마시고 나를 돌아보았지만 나는 여전히 아무 말도 하지 않았다. 그의 침묵은 영원처럼 느껴졌다.

그가 잔을 들어 올렸다.

"보세를 위하여! 오늘 열심히 일을 잘해냈거든."

나는 입가가 간질간질해서 미소를 짓지 않을 수 없었다. 나는 노인도 내게 미소를 지어주었다고 생각했다.

"아니, 이게 누구야. 보세잖아?"

그날 아침 제재소 앞에 자전거를 주차했을 때 한 남자가 내게 인사를 건넸다. 그는 내 손을 아플 정도로 힘껏 잡아 쥐며 악수를 했다. "오늘은 정말 중요한 날이야, 그렇지?"

학교 친구 몇 명도 나를 보세라는 별명으로 불렀지만 친척들 중에서 그렇게 부르는 사람은 아무도 없었다.

"내가 네 이름을 보라고 지은 건 다 이유가 있어서란다." 누가 나를 보세라고 부를 때마다 어머니는 그렇게 말했다.

하지만 저녁을 먹으며 그 이야기를 듣던 어머니는 웃으면서 노인에게 따뜻한 눈길을 보낼 뿐이었다.

예전과 같은 분위기가 아니었다. 이제는 어머니와 노인과 함께 부엌에 앉아 있는 것도 전혀 불편하지 않았다. 몸은 뻣뻣했지만 불편할 정도는 아니었다. 나는 그제야 삶이 무엇인지, 또 삶을 어떻게 살아야 하는지 이해할 수 있을 것 같았다.

부엌 창은 열려 있었다. 두루미들의 트럼펫 같은 울음소리가 식탁에까지 들려왔다.

"이젠 너도 날개를 시험해볼 때가 되었구나." 어머니가 물을 한 모금 마시며 말했다.

나는 어머니를 보고 고개를 끄덕이며 얼굴 한가득 미소를 지었다. 어머니도 내게 미소를 지으며 등을 쭉 폈다. 그리고 식탁 위로 몸을 쑥 내밀어 내 접시에 비트 조각을 여러 개 올려주었다.

오순절 전날

08시 10분

출근했을 때 보는 소파 위에서 자고 있었음. 그는 로즈힙 수프

와 절인 소고기를 올린 빵을 원했음. 식스텐은 밖에 나가고 싶

어 했으나 내겐 개를 산책시킬 시간이 없었음. 보가 식스텐과

산책을 하겠다고 말했고, 나는 그에게 숲속으로 들어가지 말고

길만 조심해서 걸어야 한다고 말해주었음.

_요한나

나는 조심스레 발을 내디뎠다. 식스텐은 내 앞에서 달리다가 때때로 내가 잘 따라오는지 확인하기 위해 멈춰서곤 했다. 오솔길은 지난가을 다람쥐들이 먹고 남긴 도토리 껍데기로 뒤덮여 있었다. 길 양옆에 떨어진 나뭇잎들과 잔가지들은 흙과 섞여 구분할 수가 없을 정도였다. 노인은 장작을 패고 남은 것들을 태우고 싶지 않을 때면 이곳에다 버리곤 했다.

　"장작을 태워 얻을 수 있는 온기보다 장작을 팰 때 나는 열이 더 많단다." 그는 잔가지가 수북이 쌓인 손수레를 가리키며 말했다.

　잔가지들은 그다지 무겁지 않았지만 나는 외발 손수레가 옆으로 넘어지지 않도록 정신을 바짝 차려야만 했다. 나 같은 소년을 위해 만들어진 손수레가 아니었기 때문이다.

　"잠깐만." 노인이 내 왼쪽 어깨를 거머쥐며 말했다. 그는 몸을 굽히고 잔가지를 한 더미 들어 올려 손수레 위에 꾹꾹 눌러 담았다. 잔가지들이 툭툭 부러지며 소리를 냈다. 언젠가는 나도 노인처럼 힘이 세질 날이 올 것이라고 생각했다.

나는 노인이 경사진 마당에 지어놓은 지하실 앞에서 멈춰 섰다. 지하실은 그다지 크지 않았지만 어머니가 수확했던 뿌리 식물과 직접 담근 잼을 저장하기에는 충분했고, 세월이 지난 후엔 당신이 수확한 음식과 손수 만든 잼이 그 자리를 채웠다. 나는 지금 대부분 냉동음식으로 배를 채우니 지하실을 사용할 일이 없다.

내가 어렸을 때는 근처에 우리 집밖에 없었다. 지금 다른 집들이 서 있는 자리는 경작지로 쓰였다. 나는 제재소에서 일을 시작하기 전에는 여름에 건초 말리는 일을 하면서 용돈을 벌었다. 노인은 내게 낫 가는 법을 가르쳐주었고, 어머니는 내가 처음 일을 하러 나갈 때 샌드위치 두 개를 도시락에 넣어주었다. 나는 그 일을 좋아했다. 하루 종일 밖에 있을 수 있어서 좋았고, 일을 할수록 실력이 느는 것을 느낄 수 있어 좋았다. 낫을 휘두르면 풀이 휙휙 소리를 내며 쓰러졌다. 나는 노인이 그런 내 모습을 보길 바랐다. 나는 들판에 서서 일을 할 때면 반짝이는 알루미늄 부품이 장착된 새 모나르크 자전거를 손에 넣을 수 있는 날을 꿈꾸곤 했다. 계속 돈을 모으면 언젠가는 내 힘으로 자전거를 살 수도 있을 것이다.

오후가 되어 집으로 돌아오니 대문 밖에 노인이 서 있었다. 내가 집으로 가는 진입로를 걷고 있는 동안 그의 눈은 불꽃처럼 이글이글 타고 있었다. 나는 무슨 일이 생겼다는 것을 알아차렸다. 나는 대문 앞 몇 미터 떨어진 곳에서 발을 멈추고 왼쪽 어깨의 배낭을 고쳐 멨다. 그러고는 그에게 인사를 한 다음 곧장 숲쪽으로 발을 옮겼다. 그의 눈을 똑바로 쳐다보면 안 된다는 것은 이미 오래전에 배운 터였다. 나는 그가 아무 말도 하지 않기만을 바랐다.

"돼지우리를 둘러보고 올게요."

그는 여전히 아무 말도 하지 않았다. 하지만 내가 배낭을 대문 앞에 내려놓는 순간, 그가 오른쪽 바지 주머니에서 손을 꺼내 내 앞에 펼쳐 보였다.

나는 그가 왜 내게 울퉁불퉁한 손을 펼쳐 보이는지 이해할 수가 없었다.

"너는 인생이 공짜라고 생각하니?" 그가 한참 후에 투덜대듯 말했다.

전혀 예상치도 못했던 상황에 화가 치밀어 올랐다. 너무나 불공평하다는 생각이 들었다. 그것은 내가 에베르트손 씨의 밭에서 일을 하고 받은 대가였다. 하루 종일 땡볕 아래서 풀을 베고 번 돈이었다. 어디서 용기가 났는지 알 수 없지만 나는 고개를 들고 노인의 눈을 똑바로 쳐다보았다. 그리고 주머니에 손을 넣어 동전을 꽉 움켜쥐었다.

내가 그곳을 벗어나려는 순간, 노인이 내 어깨를 쥐고 어느덧 자신의 키만큼 훌쩍 자란 내 몸을 마구 흔들었다.

"내 말이 안 들려? 얼른 돈을 내놓으란 말야!"

그가 말하며 튀긴 침이 내 얼굴에 떨어졌고, 나는 얼굴을 찡그렸다. 내 어깨를 단단히 거머쥔 그의 손 때문에 그렇지 않아도 피곤에 지친 팔이 아파오기 시작했다. 마침내 그가 나를 놓아주었을 때 나는 재빨리 한 발짝 뒤로 물러섰다. 평소 같으면 숲속 비탈길로 도망쳤을 테지만, 그날은 가만히 서 있었다. 그러면 노인의 화를 더 돋울 것이라는 사실을 알았지만 전혀 두렵지 않았다. 오히려 내 안에서는 분노가 치밀어 오르고 있었다.

그가 내게 한 발짝 다가왔다. 나는 천천히 뒷걸음질을 쳤다. 그의 검은 눈이 더욱 짙어졌다.

"라르스에리크, 이제 그만하세요!"

노인과 나는 동시에 움찔했다. 우리는 어머니가 부엌 창문을 열고 지켜보고 있었다는 사실을 전혀 알아차리지 못했다.

"그 애는 오늘 하루 종일 힘들게 일했어요."

어머니는 창밖으로 상체를 쑥 내밀며 말했다. 어머니의 이마는 걱정스러운 주름으로 가득했다. 노인이 선을 넘었다고 생각할 때면 생겨나는 주름이었다.

어머니가 중재하려고 끼어들었음에도 내 분노는 가라앉지 않았다. 하지만 노인은 내가 그 말을 하기라도 한 것처럼 뒤로 물러나 나를 노려보기만 했다. 나는 이를 꽉 깨물었다. 노인의 눈동자에서 검은 빛이 사라졌다. 그는 손으로 이마를 짚으며 앓는 소리를 냈다. 잠시 후 다시 내 앞으로 손을 내밀었다. 하지만 이번에는 조금 전과 달리 주저하는 듯 어색하기만 했다.

그의 망설임은 나를 잠시 기다리게 했다. 나는 꼼짝 않고 서서 그를 노려보기만 했다. 다시 그의 눈동자에 거뭇거뭇한 빛이 깃들기 시작했다. 나는 동전 두 개를 꺼내 노인의 손바닥 위에 올려놓았다.

"돼지우리 일을 좀 도와주겠니, 보?" 내가 동전 한 개를 더 꺼내려는 찰나 어머니가 물었다.

나는 손을 멈추고 어머니가 서 있던 텅 빈 부엌 창문을 흘깃 돌아본 후 다시 노인을 바라보았다. 주머니 속에 남아 있던 마지막 동전을 손이 아플 정도로 힘껏 쥐었다. 그는 내게 돈이 더 있다는 것을 알고 있는 게 분명했다.

"그게 전부예요." 나는 흥분과 두려움을 동시에 느끼며 말했다.

우리는 어머니가 밖으로 나올 때까지 아무 말도 하지 않고 서 있었다. 노인은 어머니가 나오자 천천히 고개를 숙였다. 그 순간, 나는 세상이 뒤집어졌고 내가 노인보다 위에 있다는 느낌에 사로잡혔다.

나는 재빨리 몸을 돌려 어머니를 따라 돼지우리로 갔다. 미소가 절로 나왔다.

숲 아래쪽에서 삐걱거리는 소리가 꽤 오래 들려왔다. 식스텐은 썩은 나무 그루터기에 코를 집어넣었다. 개가 힘없이 꼬리를 흔드는 모습을 보노라니 겨울 동안 기운을 잃어버린 생쥐가 떠올랐다.

나는 오른쪽으로 방향을 틀어 숲속의 시냇물을 향해 걸었다. 식스텐은 울창한 나무를 헤치고 내 뒤를 따랐다. 아직 새싹도 돋지 않았고 풀도 겨우 머리를 내미는 정도였지만 여전히 나무 사이를 헤치고 걷는 것이 쉽지 않은 것 같았다. 사시나무와 가문비나무가 개의 코를 때렸다. 마침내 시냇가에 이르자 개는 잠시 쿵쿵 냄새를 맡더니 졸졸 흐르는 시냇물을 껑충 뛰어넘어 반대편 오솔길을 달리기 시작했다.

나는 때때로 식스텐처럼 개가 되었다고 생각할 때가 있다. 그럴 때면 발이 땅에 닿을 때 몸의 근육이 어떻게 반응하는지 느껴보려 노력했다. 개는 초원을 달릴 때면 속도를 내기 위해 온몸의 근육을 사용하곤 했다.

공터에 도달한 나는 균형을 잃고 비틀거렸고 넘어지려는 찰나 재빨리 균형을 되찾았다. 사고는 예상치도 못한 순간에 다가오기 마련이다. 나무 그루터기에 등을 기대고 앉았다. 나는 지금까지 키웠던 모든 강아지와 함께 이곳까지 산책을 하곤 했다. 그리 오래 걷지 못하는 작은 강아지들에겐 충분한 거리였다.

눈이 녹은 물이 오솔길에 웅덩이를 만들었다. 이곳에는 매년 봄이 되면 눈 녹은 물이 넘쳐난다. 당신은 깊은 물 웅덩이를 좋아했다. 긴 장화의 방수력을 시험하기 위해 웅덩이 속에서 첨벙첨벙 걸을 때도 있었다.

나는 풀이 무성하게 자란 숲 안쪽을 바라보았다. 그곳을 잘 모

르는 사람이라면 숲속에 작은 오솔길이 있다는 것도 모를 정도
였다. 거기 숨은 듯 자란 키 큰 풀과 링곤베리 덤불은 어렸을 적
내 일상의 일부였다. 이미 수십 년 전의 일이다. 노인이 그 일을
한 이후, 나는 차마 숲 안쪽으로 들어갈 수 없었다. 나는 몇 주
동안이나 숲으로 향하는 길을 걷는 것조차 힘들어했다. 나무들,
개미들, 흐르는 시냇물 모두가 그의 잔인함을 떠올리게 했기 때
문이다.

나는 재빨리 시선을 돌렸다. 아픈 기억을 다시 떠올리고 싶진
않았다.

나는 퉁퉁 부은 손을 주머니에 넣어 빵 한 조각을 꺼냈다. 한
스는 장을 볼 때마다 이카 막시 마트에서 커다란 봉지에 든 빵을
사 오곤 했다. 나는 빵을 한 조각 베어 물었다. 당신이 카르다몸
을 넣어 만든 빵과는 맛이 완전히 달랐다. 씹기가 힘들었지만 침
으로 축여 부드럽게 만드니 그나마 좀 나았다.

식스텐이 멈춰 서서 나를 돌아보았다.

"걱정하지 마. 잠시 쉬고 싶어서 그랬어."

개는 내게 다가와 무릎 위에 머리를 얹었다. 머리를 긁어달라
고 기다리는 것 같았다.

문득 저 멀리 숲 언저리에서 무언가 툭 부러지는 소리가 들렸
다. 식스텐은 내가 목줄을 거머쥐기도 전에 귀를 쫑긋 세우고 소
리나는 쪽으로 달리기 시작했다. 커다란 엘크 두 마리가 공터를
가로질러 걷고 있었고, 식스텐은 그 뒤를 따랐다.

"식스텐!"

나는 큰 소리로 개를 한 번 불렀지만 더 이상 소리치지 않았다. 목청을 높여 불러도 소용 없다는 것을 잘 알고 있었기 때문이다.

나는 식스텐이 엘크를 공격하지 않을 것이기에 위험한 일은 생기지 않을 것이라고 생각했다. 식스텐은 단지 사냥개의 본능 때문에 엘크를 따라간 것뿐이다.

몸을 일으키는 순간 현기증이 났기에 얼른 자리에 다시 앉았다. 나는 공터의 반대편에 있는 숲 언저리를 바라보았다. 식스텐이 엘크의 뒤를 따라 달려간 곳이었다. 나는 그가 금방 돌아올 것이라는 것을 알고 있었음에도 그가 사라진 지점에서 눈을 뗄 수가 없었다.

나무둥치에 머리를 기대고 조금 더 멀리 보이는 사냥 전망대로 시선을 옮겼다. 최근에는 그곳을 찾는 사람이 거의 없었다. 나는 사냥 전망대가 여전히 사용되는지 궁금해졌다. 나는 동물을 쏘는 것을 싫어했다. 그래서 당신이 나를 겁쟁이라고 생각한다는 것을 잘 알고 있었다. 나는 방아쇠에 손가락을 얹을 때마다 동물들의 두려움을 온몸으로 느꼈고, 그럴 때마다 내가 나 자신에게 총구를 겨냥하는 것처럼 속이 불편하게 뒤틀렸다.

나는 당신에게 사냥하는 것이 지루해서 싫다고 말했다. 노인에게도 그렇게 말했지만, 그는 코웃음만 쳤다. 가을이 되어 그가 내게 사냥을 하러 가자고 말했을 때 나는 대답하지 않았다. 당신은 내 말이 거짓인지 잘 알고 있으면서도 아무 말 하지 않았다. 비록 당신은 내가 당신의 아버지처럼 사냥감을 들고 의기양양하게 집으로 돌아오는 것을 바랐겠지만 말이다.

다시 기운이 나서 눈을 떴다. 시선은 즉시 공터로 향했지만 식스텐은 어디에도 보이지 않았다.

다리 힘은 돌아왔지만 실망스러운 기분은 사라지지 않았다. 어리석게 들릴 수도 있지만 현기증과 무기력함이 그처럼 갑자기 나를 덮칠 때면 나는 이제 내 차례가 되었으면 좋겠다고 바랐다. 하지만 동시에 마음이 놓였다. 투레에게 전화를 해야 하기 때문이다. 나는 소매를 걷고 손목시계를 확인했다. 이제 집으로 돌아갈 시간이 되었다.

나는 개가 내 목소리를 듣지 못한다는 것을 알고 있었다. 개는 내게서 너무나 멀리 떨어져 있었다. 그럼에도 나는 있는 힘을 다해 식스텐을 불렀다.

시냇물을 지나니 다시 피곤해지기 시작했다. 나는 언젠가 한스가 '작은 돌'이라고 불렀던 바위 위에 앉아 잠시 쉬었다. 나는 그의 여덟 살 생일날 이곳에 작은 오두막을 짓는 일을 도와주었다. 그는 커다란 오두막을 짓기 위해 목재와 재료를 원했고, 우리는 그가 원하는 것을 만들어주려고 하루를 소비했다. 우리는 집으로 가서 당신이 차려놓은 점심을 먹었고, 그는 접시를 비우자마자 다시 이곳으로 달려왔다.

나는 때때로 뒤를 돌아보며 식스텐이 오는지 확인했다. 개의 이름을 부르고 잠시 멈춰 서서 발소리가 들리는지 귀를 기울이기도 했다. 하지만 식스텐은 오지 않았다. 나는 계속 오솔길을 걸었다. 누군가가 식스텐을 발견할 수 있도록 마리타가 사는 서쪽으로 가길 바랐다.

나는 행여 엘크들이 화를 내거나 겁에 질려 식스텐을 뒷발로 걷어차지만 않았으면 좋겠다고 생각했다. 안데르손의 개는 엘크의 발굽에 걷어차여 거의 기절할 뻔한 적이 있었다.

집으로 돌아온 나는 접시를 가져와 현관 바닥에 내려놓았다. 접시가 벽돌에 부딪히며 금속성 소리를 냈다. 식스텐은 어렸을 때 이 소리를 들으면 곧장 돌아왔지만, 지금은 아무리 소리를 내도 소용이 없다.

다시 피곤함이 몰려들었다. 나는 신발과 재킷을 벗고 부엌으로 들어갔다. 메모지에 '식스텐!'이라고 쓴 후 타이머를 15분으로 설정해놓았다. 나는 타이머를 식탁 위에 내려놓기도 전에 똑딱거리는 소리와 함께 잠에 빠졌다.

타이머의 공허한 알람 소리가 더 깊은 잠을 가로막고 나를 끌어당겼다. 내가 어디에 있는지, 어떤 상황 속에 있었는지 기억하기까지 시간이 걸렸다. 내 몸은 잠에서 깨지 않으려 완강히 저항했다.

나는 몸을 일으켜 앉았다. 얼굴을 비비고 식탁 위의 물을 한 모금 마셨다. 물에서 먼지 맛이 났다.

식탁 위에 있는 메모지를 발견했다. 식스텐! 너무 빨리 일어서는 바람에 눈앞이 캄캄해지고 현기증이 났다. 나는 비틀거리며 다시 소파에 앉았다. 잠시 가만히 앉아 있다가 다시 천천히 몸을 일으켰다.

장화를 신고 대문을 열어보았다. 때때로 식스텐은 대문 앞에서 기다리기도 했기 때문이다. 하지만 대문을 여니 정적만 나를 덮쳤다.

"식스텐!" 나는 개를 부르며 대문을 나섰다.

나는 집을 한 바퀴 돌아 뒷마당으로 가보았다. 당신이 거름으로 사용하기 위해 음식 찌꺼기를 버렸던 곳에 식스텐이 있는지 확인하기 위해서였다. 하지만 식스텐은 거기에도 없었다. 문득 투레에게 전화를 해야 한다는 생각에 집 안으로 다시 들어왔다. 식스텐은 신나게 놀다가 곧 집으로 돌아올 것이라 생각하며 애써 마음을 진정시켰다.

나는 부엌 소파에 털썩 앉아 안경을 끼고 핸드폰을 집어들었다. 핸드폰 화면에는 어지러울 정도로 많은 아이콘이 있었다.

통화 목록에 투레, 한스 그리고 엘리노르의 이름이 보였다. 한스는 내 핸드폰 화면의 글자와 숫자가 아주 크게 표시되도록 설정해놓았다. 나는 투레의 이름 옆에 보이는 녹색 버튼을 눌렀다. 신호음이 들리자마자 스피커폰 기능을 누르고 소파에 누운 후 핸드폰을 배 위에 올려놓았다.

그는 내가 전화를 할 것이라는 것을 알면서도 당장 전화를 받는 일이 없었다. 가끔은 자동응답기가 연결될 때도 있었지만 그럴 때면 잠시 후 전화를 걸어오곤 했다.

"보, 내 친구!"

그의 목소리에 가슴이 따뜻해졌다. 투레의 목소리는 내 목소리보다 훨씬 맑았다. 그는 나처럼 가래 때문에 고생하지 않기 때문이다.

"투레, 투레." 나는 웃으며 말을 이었다. "오늘은 어쩐 일로 전화를 빨리 받았네."

그의 목소리를 듣는 것만으로도 식스텐에 대한 걱정이 줄어들었다.

"맞아, 오늘은 자네가 전화를 걸기도 전에 커피를 끓여놓았어."

투레는 우리가 전화 통화를 할 때 자주 커피를 마셨다. 젊었을 때도 그랬다. 그는 전화를 하며 커피를 마시면 우리가 카페에 앉아 있는 것이나 마찬가지라고 말했다.

"오늘은 커피에 뭘 곁들여 먹고 있나?"

"마사랭 과자." 그가 만족스럽게 말을 이었다. "말린이 헴숍에서 세일 중인 과자를 여러 개 사서 냉동실에 넣어두었어."

그는 경제적으로 여유가 있음에도 세일 중에 쇼핑하는 것을 좋아했다. 그는 내가 코프 마트에서만 장을 본다는 것을 잘 알고 있으면서도 시내 여기저기 마트에서 어떤 음식이 세일 중인지 자주 내게 알려주곤 했다.

말린은 그의 잉리드였다. 우리는 요양보호사를 통해 거의 비슷한 수준의 서비스를 받고 있었다. 그들은 집에 와서 우리를 씻겨주고 음식을 먹여주고 청소를 해준다. 우리는 우리가 해야 할 유일한 일은 입을 벌리고 그들이 욕실로 가자고 말할 때 따라가는 것뿐이라고 자주 농담을 주고받았다.

우리는 말린을 제외하면 그를 방문하는 요양보호사들보다 잉리드를 비롯해 나를 찾는 요양보호사들이 훨씬 낫다는 데 동의했다. 처음에 우리는 그들이 얼마나 일하는지 시간을 재곤 했다. 비록 똑같이 긴 샤워를 하고 용변을 보는 데 도움을 받지만, 내게 도움을 주는 요양보호사들이 평균적으로 더 많은 시간을 쓴다는 것을 알아냈다. 심지어 우리 집에 오는 요양보호사들은 근무 시간을 넘기면서 머무를 때도 있었다. 비정규직 직원은 그러지 않았지만 말이다.

투레가 마사랭 과자를 씹는 소리를 들으니 아주 맛있는 것 같았다. 초콜릿이 남아 있는지 확인하려고 곁눈질로 보았지만 식탁 위에는 아무것도 없었다.

당신은 투레를 그다지 좋아하지 않았다. 그렇다고 진절머리를 낼 정도로 싫어했던 것은 아니었다. 한번은 투레가 왔을 때 왜 그렇게 조용했냐고 묻자 그가 어디로 뛸지 모르는 이상한 사람이라 그랬다고 대답했다.

당신은 그가 이상하다고 티를 내진 않았지만 우리와 함께 있을 때 평소와 행동이 달랐던 것은 분명했다. 레네스에서 그가 우리를 처음 방문했을 때처럼 말이다. 우리는 히스모포르스에서 그곳으로 이사한 지 얼마 되지 않았고, 투레는 여름 내내 예테보리에서 지냈다. 나는 당신에게 특별히 좋은 고기를 굽고 당신만의 특별한 소스를 만들어달라고 부탁했다. 한스는 주말에 당신의 여동생 집에 머물렀기에 집에는 당신과 나 둘뿐이었다.

"단지 그 사람이 온다는 이유로 이렇게나 신경을 써야 하나요?" 당신은 내게 등을 돌린 채 빵 반죽을 하며 말했다.

"우리는 손님이 오면 항상 좋은 고기를 대접했잖아요." 나는 당신의 등에서 눈을 떼지 않은 채 말했다.

"쳇." 당신은 반죽을 더욱 거칠게 치대며 코웃음을 쳤다.

우리는 한동안 아무 말도 하지 않았다. 당신이 왜 화를 내는지 이해할 수가 없었다. 나는 벽난로에 장작을 한 개 던져 넣었다. 가을 저녁은 점점 쌀쌀해지기 시작했다.

"어른이 호수 괴물 인형을 수집하다뇨?" 당신은 다시 코웃음을 치며 돌아서서 나를 빤히 바라보았다. 당신은 내 설명을 기대했지만 나는 무슨 말을 해야 할지 알 수 없었다.

나는 고개를 저으며 벽난로의 문을 닫았다. 나 역시 나무나 도자기로 만든 호수 괴물 인형을 수집하는 게 이상하다고 생각하기는 마찬가지였다. 하지만 그건 중요하지도 않고 당신이 화낼 필요도 없다고 생각했다.

"그가 쫓고 있는 게 무엇인지 당신은 알고 있나요?"

"그게 무슨 말인가요?"

나는 질문을 던지자마자 이해할 수 있었다. 히스모포르스에서는 최근 투레에 관한 소문이 돌았다. 하지만 투레는 단 한 번도 내게 그런 내색을 하지 않았기에 나는 그의 동료이자 친구로서 소문에 연연할 필요가 없다고 생각했다.

"그런 엉뚱한 말은 하지 마세요."

나는 당신에게 짜증을 냈고, 당신은 홱 돌아서서 다시 빵 반죽을 치대기 시작했다.

나는 당신이 무슨 생각을 하고 있는지 알 길이 없었다. 나는 벽난로 앞에 쪼그려 앉아 있다가 장작을 더 가지고 오려고 현관으로 나갔다. 세상에 떠도는 모든 소문에 귀를 기울인다면 우리의 삶은 어떤 모습으로 변할까?

"알았어요, 알았다고요." 당신은 거의 들리지 않을 정도로 나직이 말을 이었다. "난 단지 당신이 조심하길 바랄 뿐이에요."

나는 장작을 한 봉지 더 가져오기 위해 다시 현관으로 나가 장화에 발을 집어넣었다. 창고에는 여전히 장작이 많이 쌓여 있었다. 이제 얼마 지나지 않아 첫눈이 내릴 것이다.

다시 안으로 들어온 나는 조리대 위에 당신이 올려둔 작년에 잡은 새끼 돼지의 살코기를 보았다. 나는 안락의자에 앉아 뜨개질을 하고 있는 당신을 보고 고개를 끄덕였지만, 우리는 아무 말도 주고받지 않았다.

다음 날 투레는 오후 6시 정각에 대문을 두드렸다. 그는 항상 시간 약속을 철저히 지켰다. 나는 오랜만에 만난 그에게 새로 이

사한 집을 보여주려 고대하고 있었다. 비좁은 현관에 들어선 투레는 모자를 벗어 선반에 올려놓았다. 그의 풍성한 머리카락이 전구 불빛에 반짝였다. 우리는 서로에게 포옹을 건넸다. 나는 우리가 다시 만나 그도 나처럼 기뻐할 것이라고 짐작했다.

우리는 부엌에 가서 앉았다. 투레는 부엌 소파에 자리를 잡았고 나는 그의 맞은편 식탁 의자에 앉았다. 당신은 스토브 앞에 서서 소스를 만들고 있었다. 나는 저녁상을 멋지게 차리느라 당신이 많은 노력을 기울였다는 것을 알아챘다. 식탁 위에는 종이 타월 대신 예쁘게 접힌 냅킨, 그리고 당신이 부모님에게서 물려받은 고급 나이프와 포크가 있었다.

"예테보리에서는 어떻게 지냈나?" 나는 라거 맥주 한 병을 따서 투레에게 건네주며 말을 이었다. "뭘 하고 지냈지?"

"자주 바닷가를 산책하면서 운송선이 짐을 싣고 내리는 모습을 보았어." 그가 맥주를 받아 쥐며 말을 이었다. "자네도 거기 있었더라면 좋아했을 거야. 얼마나 규모가 큰지 놀랍기만 했어."

그는 맥주를 한 모금 마시고 맥주병을 무릎 위에 내려놓은 채 등을 기댔다. 나는 그에게서 예테보리 여행 이야기를 듣는 것을 좋아했다. 그는 내가 본 적이 없는 낯선 장소와 내가 모르는 사람들에 대해 이야기해주었다.

"게다가 생선을 얼마나 많이 먹었는지 몰라." 그가 웃으며 말했다. "프레드리카, 당신이 그곳의 수산시장을 가봤어야 했는데 말이죠."

"그런가요?" 당신은 방금 만든 링곤베리 잼을 소스 속에 한 숟가락 넣으며 말했다. "그런데 예테보리 어디쯤 머물렀나요?"

투레는 어깨를 으쓱 추켜 보였다.

"사촌 집에서 머물렀답니다." 그는 맥주병을 식탁 위에 올려놓고 창밖을 바라보았다.

"여기 경치가 참 좋군요. 오비크산의 풍경은 바다의 수평선과는 비교도 할 수 없을 정도로 아름다워요."

나는 바다의 수평선을 한 번도 본 적이 없지만 고개를 끄덕였다. 문득 그의 눈에 실망감이 스쳤다고 생각했다.

"얼른 드세요."

당신은 소스컵을 식탁에 내려놓고 투레에게 감자를 덜을 수 있는 숟가락을 건네주었다.

나는 고기를 잘랐고 모두 배부르게 저녁 식사를 했다. 소스에는 생크림이 들어가 특별히 더 맛있었다.

"예테보리에 사촌이 사는 줄은 몰랐어. 자네 사촌은 한 번도 여기 온 적이 없지?" 나는 잠시 후 그에게 물었다.

"응, 아마 관심이 없어서 그럴 거야." 투레는 냅킨으로 입가를 닦으며 당신에게 고개를 돌렸다. "프레드리카, 정말 맛있게 잘 먹었어요. 요리 솜씨가 굉장한걸요."

당신은 조심스레 미소만 지을 뿐 아무 말도 하지 않았다.

"이제 한스도 곧 개학하겠군. 그렇지?" 투레는 포크와 나이프를 내려놓으며 말했다.

그는 때때로 학교에 관한 이야기를 꺼냈고, 한스에겐 교육이 매우 중요하다는 말도 했다. 나는 그런 면에선 그가 좀 성가신 사람이라고 생각했다. 그도 그럴 것이 한스는 여전히 어린 소년에 불과했기 때문이다. 나는 물론 학교 공부도 좋지만 교육을 많이 받지 않더라도 삶을 사는 데는 전혀 문제가 없다고 생각했다. 그건 나만 봐도 알 수 있다. 나는 교육을 많이 받지 않았지만 그럴듯한 일자리를 얻었고 지금까지 단 하루도 일이 없어 논 적이 없었다. 하지만 교육에 관해서라면 나보다는 투레가 더 많이 알 것이라 생각했기에 아무 말도 하지 않았다. 게다가 한스도 학교 공부를 싫어하는 것 같지는 않았다. 나는 고기 한 점을 소스에 찍으며 한스의 새로운 선생님이 빌헬미나에서 온 사람이라고 말했다.

"혹시 아이를 가질 생각은 없나요?" 갑자기 당신이 투레를 돌아보며 물었다.

당신은 그때까지 아무 말도 하지 않았기에 투레와 나는 갑작스러운 당신의 말에 조금 놀랐다. 투레가 고기를 써는 동안 나는 눈썹을 치켜뜨고 당신과 눈을 마주쳐보려 애썼다. 당신은 평소 사람들에게 호기심 어린 질문을 던지는 법이 없었다.

"아시다시피 난 일을 굉장히 많이 해요." 투레는 말을 하며 맥주병을 들어 올렸지만 맥주를 마시지는 않았다.

"다른 남자들은 일을 많이 해도 다들 자식을 보던걸요."

나는 너무나 당황해서 한 마디도 할 수가 없었다. 당신은 투레가 여자에게 관심이 없다는 것을 잘 알고 있었다. 그런데도 그런 말을 하다니, 갑자기 정신이 나간 것은 아닐까?

"아시다시피 내겐 아내가 없어요." 그가 맥주병을 다시 내려놓으며 말했다.

당신은 고개를 끄덕이며 우유를 한 모금 마셨다. 나는 여전히 아무 말도 할 수가 없었다. 식탁 위에는 침묵이 흘렀다.

그날 저녁 식사 후, 나와 투레는 둘만의 시간을 더 많이 보내게 되었다. 그는 가끔 저녁 식사를 하거나 커피를 마시기 위해 우리 집에 왔지만, 당신이 함께 있으면 분위기가 이상해졌다. 절대 당신이 무례하게 굴거나 그를 무시하진 않았지만 말이다. 사실, 그가 우리 집에 오는 대신 내가 시내로 가거나 그의 여름 별장으로 가는 것도 나쁘진 않았다.

투레가 헛기침을 하며 목을 가다듬었다.

"식스텐은 잘 있나?" 그가 물었다.

"그런 것 같아. 그런데 오늘 아침에 도망을 쳤지 뭐야. 공터에서 엘크 두 마리를 보더니 정신없이 뛰어가더군."

"아, 그런데 그런 일이 처음은 아니지?"

"음……." 나는 식스텐이 지난가을 엘크 사냥 기간 때 거의 반나절 동안 모습을 보이지 않았던 것을 기억해냈다. 그날 저녁 네일라가 라노센에서 발견했다며 식스텐을 집으로 데려왔다.

"곧 돌아올 거야." 투레가 말했다.

나는 고개를 끄덕이며 그레타와 스티세가 키우던 수렵견 한 마리가 숲속을 달리다가 뾰족한 나뭇가지에 찔려 폐에 구멍이 나는 바람에 안락사를 시켜야 했던 일을 떠올렸다.

집중해! 나는 고개를 절레절레 저었다.

"그건 그렇고, 한스는 내가 개를 데리고 숲에 산책을 가면 안 된다고 우기고 있어." 나는 목을 가다듬고 말을 이었다.

"개를 데려가겠다고 하더군."

그 말을 하고 나니 목이 조여오는 것 같아 말을 이을 수가 없었다.

"아직도 그래? 도대체 한스는 뭘 그렇게 두려워하는 거지?" 투레가 물었다.

"내가 넘어져서 뼈를 부러뜨릴까 봐 그렇다는군."

적어도 잉리드의 말에 따르면 그랬다.

"그건 쉰일곱 살 먹은 사람에게도 생길 수 있는 일이잖아?" 투레가 투덜거렸다. "어쨌든 자네는 시내에서 살지 않는 것만 해도 다행으로 여겨야 해. 여기는 식스텐 같은 개를 산책시킬 장소도 없어. 불가능한 일이지."

갑자기 식스텐과 한스 이야기를 꺼냈던 것이 후회가 되었다. 그런 이야기를 하는 것만으로도 우울해졌기 때문이다. 동시에 나를 진심으로 위해주고 내 이야기에 귀를 기울여주는 사람과 대화를 할 수 있다는 사실에 마음이 진정되었다.

"잉리드는 틀림없이 이 문제를 해결해줄 거야." 잠시 후 투레가 말했다.

나는 고개를 끄덕이며 식스텐의 빈 물그릇을 바라보았다.

우리는 한동안 아무 말도 하지 않았다. 핸드폰 너머로 투레가 후루룩 커피를 들이켜는 소리와 그가 부모님에게서 물려받은 벽시계 소리가 들렸다. 내 벽시계는 그처럼 큰 소리를 내지 않는다.

비록 오랫동안 만나지 못했지만 나는 그가 커피잔을 앞에 두고 앉아 있는 모습을 선명히 그려낼 수 있었다. 그가 테니스공처럼 작은 꽃무늬 문양의 커피잔을 들어 올리는 모습, 떨리는 손으로 잔을 입술에 가져가는 모습. 그는 커피잔을 반 이상 채우는 법이 없었다. 뜨거운 커피를 쏟아 화상을 입는 것을 피하기 위해서였다.

나는 그에게 최근에 텔레비전에서 재밌는 것을 본 적이 있는지 물어보았다. 그는 시리즈물을 좋아했다. 나는 시리즈물을 그리 좋아하지 않지만, 투레가 이야기하는 것을 듣는 건 좋아했다.

"그건 그렇고, 엘리노르는 어떻게 지내는지 궁금하군. 최근에 소식을 들어본 적이 있나?"

나는 손녀 엘리노르를 언제 마지막으로 보았는지 기억할 수 없었다. 지난번 투레와 대화를 나누기 전이었던가, 아니면 그 직후였던가. 시간과 기억이 한데 섞여 구분하기가 쉽지 않았다. 가끔은 당신과 함께했던 첫해가 바로 지난주처럼 느껴지기도 했다. 느닷없이 옛 스승과 학교 친구들이 떠오르기도 하고, 애써 억눌렀던 기억들이 찾아오기도 했다.

한스는 가끔 내가 엉뚱한 말을 하거나 다른 시대에 속한 사람처럼 행동한다고 생각하는 것 같았다. 그럴 때면 침묵을 지켰고 눈에는 슬픈 빛이 어렸다. 때로는 얼른 화제를 바꾸기도 했다. 나는 바보가 된 것 같은 기분에 설명을 해주려 했지만 그는 내 말을 듣고 싶어 하지 않는 것 같았다.

"며칠 전에 만나서 이야기를 했지." 나는 확실히 알지 못하면서도 말을 시작했다. 하지만 투레의 기억력도 내 기억력과 비슷하기 때문에 같은 말을 두 번 해도 별문제가 되지 않았다.

"재밌는 뒷소문이라도 있으면 얼른 늘어놓게나."

내가 웃음을 터뜨리자 배 위에 있던 핸드폰이 들썩거렸다. 나는 엘리노르가 했던 이야기 중에서 투레가 좋아할 만한 것이 있는지 기억을 헤집어보았다.

그는 항상 사람들의 뒷말을 하는 것을 좋아했고, 특히 그가 마을의 가십이라고 부르는 뒷소문을 좋아했다. 나는 그가 참으로 엉뚱하다고 생각했지만 동시에 마을 사람들의 뒷말을 하다 보면 그가 흥분할 정도로 좋아했기에 웃지 않을 수가 없었다. 그 때문에 가끔 마을에 떠도는 소문을 과장해서 그에게 들려줄 때도 있었다. 전화 통화에 더 잘 어울리도록 이야기에 양념을 치는 셈이었다.

"그 아이는 동시에 두 남자를 만난다고 했어. 물론 상대 남자들은 그 사실을 모르지." 나는 잠시 생각한 후에 말문을 열었다.

그 애는 할아버지인 내게 온 세상과 사랑에 빠졌던 이야기를 해줄 때면 참으로 행복하다고 말한 적이 있었다. 그 애의 이야기

에 나는 자주 얼굴을 붉혔지만, 그 애는 눈치채지 못하는 것 같
았다.

투레는 거의 비명을 지를 듯 좋아했다. 그가 커피를 쏟지 않기
위해 잔을 내려놓자 쨍그랑 소리가 났다.

"나는 그 애가 투레 삼촌과 비슷한 유형의 사람이라는 걸 전
혀 몰랐어." 그가 매우 만족스러운 듯 말했다.

"얼른 이야기를 계속해봐."

13시 30분

보가 벽난로에 불을 피웠음. 집 안은 따뜻하고 아늑하지만 밖은 구름이 가득한 날씨임. 식스텐은 오늘 산책 중에 도망을 갔지만 보는 틀림없이 곧 돌아올 것이라고 확신했음. 과일 콩포트와 우유, 간 고기 파이를 넣은 샌드위치를 먹었음. 보는 식욕이 좋았음. 눈 상태는 조금 나아진 것 같음.

_칼레

부엌 소파에서 잠을 자던 나는 문을 살그머니 두드리는 소리에 일어났다. 부엌문 옆에 어둑어둑한 사람의 형체가 보였다.

"저예요, 아버지."

눈을 몇 번 깜박이자 흐릿하던 형체가 선명하게 보이기 시작했다. 밖은 환했다. 나는 몸을 일으키려 했지만 힘이 들어 포기했다.

한스가 신발을 벗고 부엌 안으로 들어왔다.

"나는 왜 아버지가 이렇게 딱딱한 소파에서 자려고 하는지 이해할 수가 없어요." 그가 고개를 절레절레 저으며 말했다. "침실에 편안하고 좋은 침대가 있잖아요?"

부엌 소파도 충분히 편안하고 잠도 잘 잘 수 있다고 말하고 싶었다. 그래서 기침을 하며 가래를 넘기려 했지만 마음처럼 잘 되지 않았다.

싱크대로 다가간 한스는 물 한 컵을 가져와서 식탁 위에 올려 놓았다.

다리에 기대어 있는 식스텐이 없으니 몸을 더 자유롭게 움직일 수 있었다. 나는 얼굴을 한 번 쓰다듬은 후 요양보호사의 일지로 눈을 돌렸다. 칼레가 식스텐에 관한 글을 썼던 것을 기억해 냈다.

"아버지……." 한스는 말을 맺지 않고 침묵했다.

나는 펼쳐져 있는 일지를 덮기 위해 식탁 위로 손을 뻗었다. 한스가 일지 내용을 보는 것을 원하지 않았기 때문이다. 식스텐이 도망쳤다는 것을 알게 되면 분명 나를 책망할 것이다. 식스텐을 돌보기에는 내가 너무 늙었다고 말할 것이다.

하지만 여전히 잠에서 깨어나지 못한 내 몸은 소파에서 미끄러졌다.

한스는 식탁과 소파 사이에 끼어들어 내가 몸을 일으켜 앉을 수 있도록 부축해주었다. 나는 그가 나를 들어 올릴 수 있을 만큼 힘이 세다는 사실에 적잖이 놀랐다.

문득, 내가 그를 안아 올리는 것을 그만두었을 때 그는 몇 살이었는지 궁금해졌다.

"더 빨리, 더 빨리." 그는 내가 두 팔을 잡고 빙글빙글 돌릴 때 소리를 지르며 웃음을 터뜨렸다.

"아버지." 그가 다시 나를 불렀고 침묵이 뒤를 이었다.

"왜?"

그가 천천히 긴 숨을 내쉬었다. "이제 식스텐의 미래에 대해 이야기할 때가 온 것 같아요."

나는 고개를 돌렸다. 때는 이미 늦었다는 생각이 스쳤다. 그는 식스텐이 산책 중에 도망쳤다는 사실을 이용해 나를 설득할 것이 분명했다.

하지만 가만히 서서 나를 바라보기만 했다. 나는 그 기회를 이용해 얼른 말문을 열었다.

"들려줘서 고마워." 나는 그가 다른 생각에 사로잡혀 식탁 위의 일지를 펼쳐보지 않도록 재빨리 말했다.

그는 쓴웃음을 지으며 부엌 의자를 꺼내 앉았다. 내가 대화의 주제를 바꾸어도 좋다는 듯 아무 말도 하지 않았다. 나는 한스가 우편물을 살펴보는 동안 조심스레 일지를 덮었다.

그는 매우 피곤해 보였고, 나는 잠시 식스텐에 관한 일을 잊었다. 나는 맞은편에 앉아 우편물과 청구서를 살펴보는 아들을 가만히 바라보았다. 그에게 일을 줄이라고, 좀 더 편하게 지내라고 말해주고 싶었다.

그가 봉투 하나에 손가락을 찔러 넣어 열었다.

"날씨가 따뜻해지니 전기 사용료도 눈에 띄게 줄었어요." 그가 청구서를 옆으로 밀쳐놓으며 말했다.

나는 그에게 스스로를 위해 쉬엄쉬엄 살라고 말해주고 싶었다. 하지만 내 입을 통해 나온 말은 생각했던 말과 달랐다. 이미 엎질러진 물이었다. 내가 쏟아놓은 말들은 뻣뻣하고 무겁기만 했다.

"그래, 하지만 나는 장작불도 때는걸." 나는 투레와 이야기를 하는 것이 얼마나 더 쉬운지 생각하며 혼잣말처럼 중얼거렸다. 그와 이야기를 할 때면 우리가 낚시를 했던 시냇물처럼 말이 술술 흘러나왔다.

벽난로의 불씨는 아직 살아 있었다. 한스는 자리에서 일어나 어렸을 때 내게 배운 대로 장작을 넣고 조심스레 입김을 후후 불었다. 잠시 후 불꽃이 되살아나자 장작을 한 개 더 넣었다.

"요즘 직장 일은 어때?" 나는 한참 후 그에게 물었다.

"나쁘지 않아요." 그는 얼굴을 문지르며 말을 이었다. "얼마 전에 새로운 프로젝트를 시작했어요."

그는 여전히 벽난로 앞에 앉아 불꽃을 바라보고 있었고, 그의 직장일이 그와 나 사이를 가로막고 있었다. 그의 이상한 업무. 만약 그가 국무총리라도 된다면 나는 그가 밤낮없이 일하는 것을 이해했을 것이다. 하지만 그는 누구에게도 득이 되지 않는 회사에서 일한다. 그런데도 그처럼 바쁘다는 건 내게 큰 수수께끼였다.

그가 일어나 전기주전자의 전원을 켠 후, 커피프레스와 잔 두 개를 가져왔다. 그의 옅은 색 셔츠가 등을 꽉 조였다.

항상 이랬던 것은 아니었다. 그가 어렸을 때는 우리의 대화가 물 흐르듯 자연스러웠고, 쉴 새 없이 종알거리는 입을 다물게 하기가 쉽지 않았다. 그는 내가 퇴근 후 부엌 소파에 발을 쭉 뻗기도 전에 내 발치에 앉아 자신의 하루에 대해 이야기하곤 했다. 대부분의 날이 비슷비슷했던 것은 문제가 되지 않았다. 그는 매일 저녁 똑같이 열정적으로 수다를 떨었다.

"이제 아버지 차례예요." 그는 할 말을 다 하고 나서 내 다리를 찰싹 때리며 말했다.

당신은 청어에 빵가루를 묻히며 미소를 지었다. 말을 많이 하지는 않았지만 가끔 웃기도 하고 질문을 던지기도 했다.

"점심은 누구랑 먹었나요? 누구랑 점심을 같이 먹었냔 말이에요." 한스는 내가 점심시간에 있었던 일을 잊고 말하지 않으면 그렇게 물었다.

우리 아들이 부엌에 서서 커피를 끓이는 모습을 보니 가슴이 뭉클해졌다.

"식료품 저장실 옆에 꽃무늬 상자가 있는데 그 안에 마사랭 과자가 있어."

나는 식스텐이 사라졌다는 것을 알아채기 전에 얼른 집으로 보내야 했지만 나도 모르게 그렇게 말하고 말았다. 그가 좀 더 머물렀으면 좋겠다는 마음 때문이었을 것이다. 나는 그가 어떻게 지내는지, 일은 잘되고 있는지 물어보고 싶었다.

나는 최근에 사교춤을 추러 간 적이 있는지, 아니면 그도 전화를 이용하는지 물어보고 싶었다. 잉리드는 요즘에 사람들을 만나려고 춤을 추러 가는 사람은 아무도 없다고 했다. 모두들 전화를 이용해 서로의 안부를 묻는다고 했다.

"저도 알아요. 아버지도 하나 드실래요?" 그는 과자 한 조각을 먹었다.

나는 여전히 배가 불렀지만 그의 제안을 거절하지 않았다. 예전과 같은 맛을 느낄 수 있는 유일한 것은 단맛이 나는 음식뿐이었다.

나는 당신의 스카프를 담아놓은 항아리를 흘낏 쳐다보며 당신이 여기 있었다면 무슨 말을 했을까 궁금해했다. 만약 당신이라면 지금 한스가 미소를 지을 수 있는 말을 하고, 마사랭 과자도 함께 먹었을 것이다.

"맛이 좋구나."

빵을 씹어 넘기기가 힘들었다. 빵 부스러기가 입 밖으로 나와 수염에 달라붙었다.

한스는 내게 냅킨을 건네주며 고개를 끄덕였다. 나는 내가 바보가 된 것 같은 느낌에 사로잡혔다.

"이미 말씀드렸던 것처럼 저는 이번 주 토요일에 브룽쿨라고르덴 요양원에 갈 거예요. 아버지도 같이 가실 거죠?"

나는 그건 내가 원하는 것이 아니라는 생각을 하며 커피를 한 모금 마셨다.

"아버지가 별로 원하지 않는다는 건 잘 알아요." 그는 말을 한 후 침묵을 지켰다. "하지만 어머니를 그곳에 홀로 버려둘 수는 없잖아요?"

버려둔다고? 나는 도대체 누가 버려두었는지 묻고 싶었다. 이제 당신은 천천히 사라져가는 삶의 기억을 안고 사는 사람이 아니다. 치매에 걸린 후 낯선 사람으로 변했기 때문이다.

나는 어깨를 으쓱 추켜올리며 마사랭 과자를 한 입 더 베어 문 후 나머지를 접시 위에 내려놓았다. 한스의 미간 주름은 해가 갈수록 더욱 짙어졌다. 어렸을 때는 미간의 주름을 거의 볼 수 없었지만 지금은 너무나 깊어서 그 사이에 먼지가 낄 정도다. 거뭇거뭇한 똥처럼.

식스텐의 물그릇은 텅 비어 있었다. 나는 한스가 식스텐이 집 안에 없다는 것을 아직도 눈치채지 못했다는 것에 자못 놀랐다.

한스의 주머니에서 윙윙거리는 소리가 났다. 그는 재빨리 핸드폰을 꺼내 쥔 후 거실로 사라졌다.

잠시 후 다시 부엌으로 돌아온 그는 핸드폰을 내려다보며 식탁 의자에 앉았다.

그를 바로잡아주고 인생의 다른 길을 선택하도록 도와주고 싶다는 생각이 다시 스쳤다. 하지만 아무리 노력한다 하더라도 내 뜻대로 안 된다는 것을 너무나 잘 알고 있었다. 그가 무언가를 가르쳐주려 하는 내 말에 귀를 기울였던 것은 너무나 오래전 일이었다.

"그렇게 소리 지르는 대신 한번 차분하게 물어보세요." 당신은 어느 날 저녁 식사를 마친 후, 내게 그렇게 말했다. "그 애가 무슨 말을 하는지 단 한 번만이라도 귀 기울여 들어보세요."

당신은 평소 내가 우리 아들을 키우는 방식에 관여하지 않았지만, 그날은 달랐다. 당신은 그라탱 접시에 붙은 음식을 조심스레 긁어내고 남은 미트로프를 플라스틱 상자에 담아 뚜껑을 덮었다.

"내가 지금 이 자리에서 그 아이의 빌어먹을 회사와 이런 자유 저런 자유에 대해서 꼭 들어야 하나요?" 나는 신문지로 식탁을 내려치며 말했다.

당신은 아무 말도 하지 않았다. 단지 냄비 뚜껑을 열고 그 속에 든 음식만 물끄러미 바라보더니, 잠시 후 플라스틱 상자와 냄비를 냉장고 안에 넣었다.

"이 정도면 당신이 이틀 동안 먹을 음식으로는 충분할 거예요." 당신은 말을 마친 후 몸을 돌려 싱크대의 온수를 틀었다.

나는 핸드폰에 정신이 뺏긴 한스를 보며 당신이 옳았다는 것을 깨달았다. 나는 그에게 야단을 쳐서 미안하다는 말을 하고 싶었다. 그의 말에 더 귀를 기울였어야 했다고. 이제서야 그것을 깨달았다고.

나는 한스에게 식스텐에 대해 이야기를 해볼까 잠시 생각했다. 어쩌면 식스텐을 찾는 데 그가 도움을 줄 수 있을지도 몰랐다. 하지만 그렇게 하면 머지않아 나를 설득하는 데 이 일을 이용할 것이 분명했다.

그에게 어떻게 지내냐고 물어보려는 찰나 두 다리 사이가 뜨끈뜨끈해졌다. 나는 얼굴이 화끈거려 고개를 숙였다. 다행히도 바지에는 젖은 자국이 보이지 않았다. 아침에 칼레의 말대로 기저귀를 찼기 때문이다.

우리 아들의 눈빛에는 무언가를 애원하는 듯한 아픔이 담겨 있었다.

"그래, 네 말대로 완전히 버려둘 수는 없지." 내 목소리가 갈라졌다.

그는 고개를 끄덕였다. 나는 그의 얼굴에서 미소를 본 것 같았다. 우리는 한동안 아무 말도 하지 않고 서로를 바라보았다. 갑자기 그가 벌떡 일어났다.

"이제 가야 해요. 식스텐에 대해서는 다음번에 이야기하도록 해요." 그가 말했다.

문득 분노가 가슴속에서 치밀어 올랐다.

"아시겠죠?" 그가 내 시선을 찾으며 말했다.

나는 소파에 등을 기대고 얼른 시선을 돌렸다.

18시 30분

출근하니 보는 부엌 소파에서 자고 있었음. 저녁 식사로 삶은 감자와 청어를 준비해 식탁 위에 올려놓았음. 식스텐은 보이지 않았지만 한스에게 전화할 시간이 없었음. 보에게 밖에 나가지 말라고 주의를 주었음.

_요한나

이렇게 오래 걸린 적은 없었다. 나는 식스텐이 대문 앞에 앉아 있는지 여러 차례 밖으로 나가 확인해보았다. 하지만 대문을 열 때마다 텅 빈 자리만 보일 뿐이었다. 결국 대문을 활짝 열어놓고 안으로 들어왔다.

　나는 아직도 숲속에 있을지 모르는 식스텐을 떠올렸다. 공터를 가로질러 엘크의 뒤를 쫓던 식스텐의 모습과, 식스텐의 앞에서 나무 그루터기와 덤불 사이를 달리던 커다랗고 유연한 엘크의 모습이 머릿속을 스쳤다.

　너무 늦기 전에 한스에게 전화를 해 도움을 요청해야겠다고 마음먹었다. 밤새도록 식스텐을 밖에 혼자 두면 안 된다고 생각했기 때문이다. 하지만 전화를 걸기 전에 저녁 식사부터 하기로 했다. 식스텐에게 좀 더 시간을 주기 위해서였다.

　나는 청어 두 조각을 접시 위에 올려놓았다. 만약 식스텐이 돌아오지 않는다면 한스가 원하는 대로 될 것이다.

마지막 청어 조각을 입안에 넣는 순간, 누가 대문을 두드렸다. 나는 포크를 접시 위에 내려놓고 현관 쪽으로 고개를 돌렸다.

마리타의 목소리가 들렸다.

"안녕하세요, 집에 계세요?"

기침을 하고 우유를 한 모금 마시며 목을 가다듬었다. 그녀는 현관으로 들어와 부츠를 벗고 재킷의 지퍼를 내렸다.

"어서 들어와요." 나는 그녀가 부엌에 얼굴을 들이밀 때가 되어서야 가까스로 말을 할 수 있었다.

"강아지를 데리고 산책하던 중에 갓길에서 이걸 발견했어요." 그녀는 머위 꽃으로 만든 작은 꽃다발을 들어 올리며 말했다. "봄 기운을 느낄 수 있을 거예요."

마리타가 내게 꽃다발을 건넸다. 나는 꽃을 거의 떨어뜨릴 뻔했다. 줄기가 짧아서 나의 퉁퉁한 손가락으로 잡아 쥐기가 쉽지 않았다. 그녀가 싱크대 앞으로 가더니 찬장에서 커피잔 하나를 꺼내 수돗물을 받았다.

"어떻게 지내셨나요?" 그녀는 커피잔에 꽃을 꽂아 식탁 위에 내려놓으며 말하더니 의자를 당겨 앉았다.

"보다시피 내겐 청어도 있어요." 나는 식탁 위의 청어 통조림을 가리켰다. "불평할 거리는 없답니다."

나는 식스텐에 대한 이야기를 해야 할까 잠시 망설였다.

나는 그녀에게 커피를 권하기 위해 자리에서 일어났다. 현기증이 나서 얼른 식탁 가장자리를 짚었다.

"앉아 계세요. 저는 아무것도 필요 없어요." 그녀가 재빨리 말했다.

"휴."

나는 몸의 균형을 되찾기 위해 잠시 기다렸다.

갑작스러운 일에 당황한 나는 그녀에게 어색한 미소를 지어 보였다. 나는 커피를 담은 잔 두 개를 가져와 식탁 위에 내려놓았다.

"설탕은 여기 있어요."

나는 설탕이 담긴 노란 세라믹 용기를 그녀에게 내밀었다. 당신의 부모님에게서 물려받은 용기였다.

그녀는 뚜껑을 열고 각설탕 두 개를 꺼내 커피 속에 넣었다. 짧은 손톱 밑에는 거뭇거뭇한 흙이 끼어 있었다.

"그런데 식스텐은 어디 있나요?" 그녀가 부엌을 두리번거리며 물었다.

갑자기 가슴속에 있던 응어리가 녹아내리는 듯했다. 나는 그날 아침에 있었던 일을 이야기하기 시작했다. 엘크의 뒤를 쫓던 식스텐이 어떻게 달렸는지. 나는 폭포수처럼 말을 내뱉었다.

"목줄에 이름과 전화번호가 새겨져 있었죠?" 그녀가 물었다. "식스텐이 당신의 개라는 건 마을 사람들이 다 아니까 걱정 마세요. 곧 누군가가 연락을 해올 거예요."

나는 고개를 끄덕였다. 마음이 한결 편해졌다. 나는 개를 키우는 사람이라면 자신의 우체통에 개 사진을 붙여놓는 것이 좋다고 생각했다. 그렇게 하면 개가 도망을 쳐도 누구 집 개인지 금방 알 수 있을 테니까.

"아직 아무도 연락해온 사람이 없었나요?"

나는 고개를 끄덕였다.

"잠시만요, 제가 페이스북을 확인해볼게요." 그녀가 핸드폰을 집어 들며 말했다.

식스텐이 어디 있는지 그걸로 어떻게 알 수 있을까?

"브로셍 그룹에도 공지를 남길게요. 엘크 뒤를 쫓아갔다면 아주 멀리 갔을 수도 있으니까요."

나는 고개를 끄덕였지만 브로셍 그룹이 무슨 일을 하는지 전혀 알지 못했다.

"됐어요. 이제 누가 댓글을 다는지 기다리기만 하면 돼요." 그녀가 핸드폰을 식탁 위에 내려놓으며 말했다. "그건 그렇고 최근에 아랫마을에 다녀오신 적이 있나요?"

"아니, 꽤 오래되었어요. 요즘은 한스가 장을 봐주거든요. 그래서 아랫마을에 갈 일이 거의 없어요." 나는 커피를 한 모금 마시며 말했다. 커피에서 탄 냄새가 났다.

"롯스가 소유한 땅이 어디 있는지 아시죠? 지금 거기에 집을 짓고 있는데 곧 완성될 것 같아요." 그녀가 커피를 후루룩 마시며 말을 이었다. "대저택을 짓고 있더군요. 아마 이 집 세 채는 들어갈 정도로 클걸요." 그녀가 고개를 절레절레 저으며 말했다.

마리타의 길 건너편에 사는 롯스는 마을 숲의 절반을 소유하고 있었다. 나머지 절반은 마리타와 그의 남편 네일라 소유였다. 마을 중간쯤에 자리한 그들의 집은 마을에서 가장 오래된 집 중 하나였다. 나는 그녀의 부모인 롤프와 구닐라와 함께 학교를 다녔다. 그들은 농사를 크게 지었고, 마리타는 그들에게서 밭과 숲을 물려받았다.

최근 그녀는 이웃 마을의 농부에게 경작지를 임대하기 시작했다. 그녀의 아버지가 했던 것처럼 숲도 잘 관리하고 있었다. 나무를 함부로 베거나 건물을 짓지도 않았다.

마리타가 가끔 나를 방문하지 않았다면 나는 마을에서 무슨 일이 일어나고 있는지 전혀 몰랐을 것이다. 나는 한스에게 마을의 최근 소식을 물어보는 것을 그만두었다. 그는 마을 일을 알지도 못했고 관심도 없는 것 같았기 때문이다.

"얼마 전에 주민 전화번호 목록과 고기 한 점을 가지고 그들을 찾아갔어요." 그녀가 식탁 위에 있던 지역신문을 뒤적이며 말을 이었다. "아주 젊은 부부더군요. 곧 아이가 태어날 거라고 했어요."

나는 고개를 끄덕였다. 마을에 새로 이사 오는 사람들에게 주민들의 전화번호 목록과 선물을 주자는 것은 나와 마리타가 함께 내놓았던 의견이었다. 우리는 마을 자치단체 내에서 팀을 이루어 함께 많은 일을 해냈다. 네일라가 순록들을 관리하느라 오랫동안 집을 비우는 일이 많고, 아이들도 커서 독립을 했기 때문에 그녀는 홀로 보내는 시간이 많았다.

"요즘은 집을 얼마나 크게 짓는지 몰라요." 나는 커피 한 모금을 마시고 말을 이었다. "새로 이사 온 가족에겐 반려견이 있던가요?"

"네, 털이 곱슬곱슬한 조그만 강아지가 한 마리 있더군요." 그녀가 이맛살을 찌푸리며 말했다. "저는 개를 키우는 가족이 마을에 이사를 올 때마다 우체통에 개 사진도 함께 붙여놓으면 좋겠다고 말했어요."

나는 고개를 끄덕였다.

"그건 그렇고 마을 자치단체 상황은 어떤가요?" 나는 잠시 후 그녀에게 물어보았다.

마리타는 어깨를 으쓱 추켜 보였다.

"예전과는 많이 달라요."

나는 꽤 오래전에 자치단체의 임원직에서 물러났다. 요즘에는 새로운 얼굴들이 임원직을 맡고 있다.

"그들은 항상 바빠요. 뭘 할 때마다 시간이 없다고 불평하거든요."

나는 커피잔을 내려놓고 마리타를 쳐다보았다.

"그들은 회의가 빨리 끝나기만을 바라죠. 간식을 함께 먹을 시간도 거의 없답니다." 그녀가 고개를 절레절레 저으며 말했다. "뭐가 그렇게 바쁜지 몰라요."

"음……."

그녀가 커피를 마셨다.

우리는 한동안 아무 말도 않고 가만히 앉아 있었다. 한스도 자신이 어디로 가고 있는지 모르는 채 항상 바쁘게 돌아다닌다. 나는 젊은이들을 이해할 수 없다. 그들은 마치 죽을 날이 일주일밖에 남지 않은 듯 정신없이 살고 있다.

식스텐이 여기 있었더라면 분명 마리타에게 다가갔을 것이다. 그녀의 무릎에 머리를 얹고 그녀가 긁어주기를 기다렸을 것이다.

"오케손 씨의 딸은 최근에 집을 증축하기 시작했어요. 자동차 세 대를 주차할 수 있을 만큼 마당이 넓더군요." 그녀는 눈썹을 치켜올리며 말했다.

"고향으로 돌아올 생각이라 하던가요?"

"글쎄요, 그렇진 않은 것 같아요. 하지만 여름 휴가철이 되면 여기서 지내겠죠. 그런데 자동차 세 대라뇨? 말도 안 돼요." 그녀는 했던 말을 반복하며 커피를 마셨다.

나는 웃음을 터뜨렸다.

"그러는 당신도 트랙터를 세 대나 가지고 있잖아요." 내가 말을 끝내고 막 커피잔을 들어 올리려는 순간 기침이 났다.

그녀가 웃으며 자리에서 일어나더니 식탁을 돌아 내게 다가왔다. 내가 가래를 뱉어낼 수 있도록 주먹을 쥐고 내 어깨 사이를 두드렸다.

"트랙터는 달라요." 그녀가 중얼거렸다.

그녀의 핸드폰이 울렸다.

그녀는 집게손가락을 움직여 화면을 켜고 아이콘 하나를 눌렀다.

"지금 브로셍 위쪽에 있나 봐요."

"누가? 식스텐이? 누가 식스텐을 발견했나요?"

안도감이 온몸에 번졌다. 저절로 웃음이 나왔다.

마리타는 웃으며 고개를 끄덕였다. 그녀의 엄지손가락이 핸드폰 화면 위에서 움직였다.

"그들이 목줄에 적힌 번호로 전화를 걸어봤다고 하네요."

"아무도 내게 전화한 사람은 없는데……." 나는 이맛살을 찌푸리며 말했다. 항상 핸드폰이 문제였다.

"이건가요?" 그녀가 내 핸드폰을 들어 올리며 물었고, 나는 그렇다고 대답했다.

"부재중 전화가 다섯 통이나 왔어요." 그녀가 미소를 지으며 고개를 저었다. "소리가 거의 꺼져 있군요. 높여드릴게요."

마리타는 내 핸드폰을 만지작거렸고, 나는 입가에 번지는 미소를 감출 수 없었다. 식스텐이 발견되었다는 것 때문만은 아니었다. 한스의 도움 없이 문제를 해결할 수 있어서 기뻤다.

마리타가 일어나서 자신의 핸드폰을 주머니에 넣었다.

"그러잖아도 시내에 갈 참이었어요. 오는 길에 식스텐을 데려올게요." 그녀는 식탁 의자를 안으로 밀어 넣으며 말했다. "커피 잘 마셨어요. 또 올게요."

그녀는 내가 고맙다는 말을 하기도 전에 현관으로 사라졌다.

나는 식탁에 몸을 기대고 요양보호사의 일지를 집어 들었다. 식스텐이 도망쳤다는 메모를 모두 지운 후에 만족스럽게 쿠션을 베고 누웠다.

몇 시간 후에 마리타가 다시 왔다. 식스텐이 달려와 부엌 소파 위로 껑충 뛰어올랐다. 나는 깨어 있었기에 집 앞에서 들려오는 차 소리를 들을 수 있었고, 소파에 누워 개가 되돌아올 것에 대비해 마음의 준비를 했다.

식스텐이 뛰어오르자 가슴이 터질 것만 같았다. 개는 내 겨드랑이에 코를 들이밀고 드러누웠다. 나는 식스텐의 등을 쓰다듬어주었다. 털에서 한기가 느껴졌다.

"숲속에서 식스텐을 발견했던 사람은 브로셍 위쪽에 새로 이사 온 부부였어요. 그들이 식스텐을 집으로 데려가 보살펴주고 있었답니다." 마리타가 집 안으로 들어와 재킷을 벗으며 말을 이었다. "괜찮은 사람들 같았어요. 부인은 백셰 출신의 정신과 의사라고 하더군요."

나는 식탁에 손을 짚고 서 있는 마리타를 쳐다보았다.

"고마워요."

마리타가 미소를 지었다. 나는 아무 말도 더 하지 않았다.

"참 예쁜 개예요." 그녀는 식스텐에게서 눈을 떼지 않은 채 말했다.

나는 자랑스러워 어쩔 줄 몰랐다.

6월 10일 토요일

08시 15분
_____

보가 잠에서 깨어 집 안을 돌아다녔음. 아침 식사로 빵 한 개와

차만 마셨음. 나는 장작을 가져오고 꽃을 꺾어 화병에 꽂아놓았

음. 보는 우울해 보였음. 아내가 있는 브룽쿨라고르덴 요양원에

가기 싫다고 말했음. 약 복용.

_잉리드
_____

나는 창고 여기저기를 뒤져보았다. 분명히 엘리노르의 어릴 때 사진이 여기 어딘가에 있다는 것을 알고 있었기 때문이다. 창고 안은 어둑어둑해서 제대로 살펴보기가 쉽지 않았다. 수납 상자들이 모두 빈틈없이 꽉 차 있는 데다 대부분 손잡이가 없었기에 짜증이 났다. 나는 상자 양쪽에 손가락을 넣기 위해서 땀을 뻘뻘 흘리며 애쓰다가 겨우 상자 하나를 꺼낼 수 있었다.

상자 속은 종이, 엽서, 사진으로 가득했지만 나는 내가 찾는 것이 무엇인지 정확히 알고 있었기 때문에 그것들을 거들떠보지도 않았다.

피곤해지기 시작했다. 내 몸은 부엌 소파로 되돌아가기를 원했다. 나는 조금 떨어진 작업대 앞에 있는 등받이가 떨어져 나간 의자를 바라보았다. 마침내 나는 그것을 찾을 수 있었다. 엘리노르가 6학년 학예회에서 호박벌 복장을 한 사진이었다. 아이는 매우 자랑스러워했고, 그건 우리도 마찬가지였다. 아이가 내 손을 잡고 있는 사진 한 장을 발견했다. 뵐비켄에 있는 학교 교문 앞에서 찍은 사진이었다. 자랑스레 등을 쭉 펴고 있는 아이의 얼굴은 환한 미소로 가득했다. 아이가 옷을 어디서 구했는지는 기억할 수 없지만 그 옷을 입고 있는 아이는 정말 커다란 호박벌처럼 보였다.

엄지손가락으로 사진 속 아이의 얼굴을 쓰다듬었다. 한스도 이 사진들을 본다면 기뻐할 것이다. 나는 그의 기분이 좋아질 것이라고 확신했다. 나는 한스가 이것을 보면 식스텐에 대한 마음을 바꿀 것이라고 생각하며 호박벌 사진들을 모았다. 이 사진들만 있다면 우리 사이도 다시 좋아질 수 있을 것 같았다.

안간힘을 써보았지만 상자를 원래 자리에 밀어 넣을 수가 없어 의자 위에 내려놓았다. 문득, 한스의 방 벽에 페인트칠을 할 때 발을 디딜 것이 필요해 그 의자의 등받이를 톱으로 잘라내고 사용했던 기억이 떠올랐다.

눈이 여전히 따끔거렸다. 눈물이 줄줄 흐르고 가렵기도 했다. 나는 잠시 눈을 감았다. 투레를 떠올렸다. 그에게는 엘리노르 같은 딸이 없다. 그의 가문은 그와 함께 사라질 것이다. 그의 심장이 멈추면 그때부터 대가 끊어지는 것이다. 나는 사진들을 힘주어 꽉 쥐었다. 어떤 면에서 보자면 나는 엘리노르를 통해 계속 살아갈 것이라 해도 과언이 아니다. 어쩌면 그 애는 자녀들에게 당신과 내 이야기를 해줄지도 모른다. 나는 그 애가 무슨 이야기를 할지 궁금해졌다.

나는 사진을 가만히 보았다. 엘리노르가 태어났을 때 한스는 너무나 자랑스러워했고 시간만 나면 아이 얘기를 했다. 그는 갓난아기의 작은 움직임 하나하나에도 기뻐했다. 당신은 아무것도 물어볼 필요가 없었다. 질문을 하기도 전에 대답이 술술 나왔으니까. 당시 우리는 다른 사람들이 모르는 것을 우리만 알고 있는 것처럼 특별한 눈길을 주고 받았다. 우리는 다른 사람들이 접근할 수 없는 그 무언가를 공유하고 있었다.

그 생각을 하고 있자니 우울해지고 화가 치밀어 오르기 시작했다. 심장이 찢어질 것 같았다. 문득, 오늘 당신을 보기 위해 브룽쿨라고르덴 요양원에 가기로 했던 것이 떠올랐다. 당신은 나를 낯선 사람 보듯 쳐다볼 것이다.

언젠가 한스도 여기 이렇게 앉아 있을지도 모른다. 엘리노르가 낳은 손주들의 사진을 보면서. 어쩌면 한스가 요양서비스를 받을 수 있도록 엘리노르가 연락을 할지도 모른다. 나는 나이 든 한스의 모습을 상상하기가 쉽지 않았다. 그는 결코 나처럼 머리와 수염을 기르지 않을 것이다. 깔끔하게 면도를 하고 애프터셰이브를 바를 것이다. 나는 미소를 띠고 고개를 절레절레 저으며 수염을 긁적거렸다.

만약 엘리노르가 한스에게 스스로를 돌보지 못하니 혼자 살수 없다고 말한다면 그는 어떤 반응을 보일까? 은퇴를 하고 몸이 삶을 포기하기 시작하면 누구와 함께 시간을 보내게 될까?

문득, 한스가 나이가 들면 당신처럼 될지도 모른다는 생각이 스쳤다. 엘리노르도 잊어버리고 홀로 방황할지도 모른다. 그 생각을 하노라니 목이 메어왔다. 그런 생각은 더 하고 싶지 않았다.

모든 것을 바로잡고 싶다는 생각이 나를 덮쳤다. 나는 오직 한스가 행복하게 잘 지내기만을 바랄 뿐이었다. 다시 다리에 힘이 생긴 것 같아 몸을 일으켰다. 사진을 가져가는 것도 잊지 않았다.

식스텐은 부엌 바닥 가운데에 앉아 나를 기다리고 있었다. 따스한 초여름의 햇살이 얼룩덜룩한 회색 털을 비추어 내렸다. 나는 사진을 들지 않은 손으로 개의 등 위쪽, 털이 가장 풍성한 곳을 긁어주었다. 식스텐은 기분이 좋을 때면 항상 그러하듯 목에서 그릉그릉하는 소리를 냈다. 갑자기 다시 화가 치밀어 손이 부들부들 떨리기 시작했다. 갈비뼈를 갉아먹는 듯한 통증도 다시 고개를 들었다. 나는 식스텐을 쓰다듬는 것을 멈추어야만 했다. 갑작스럽게 화가 치밀어 오르는 일이 점점 더 잦아졌다. 그럴 때면 내 속에 불이 붙은 것 같았다.

나는 식스텐을 떠올렸고, 한스를 떠올렸다. 나는 사진들을 식탁 위에 내던졌다. 만약 엘리노르가 내 손녀가 아니라 딸이었다면, 한스가 아니라 그 애가 결정을 내릴 수 있다면 훨씬 좋았을 것이라는 생각이 스쳤다.

그 애라면 결코 내게서 식스텐을 빼앗지 않을 것이다.

09시 30분

브룅쿨라고르덴 요양원에 어머니를 만나러 가기 위해 아버지를

모시러 갔음. 점심은 우리 집에서 먹었음. 아버지의 냉장고에

음식을 채워놓고 휴지와 비누도 사놓았음.

_한스

비록 헛된 일이라는 걸 알면서도 나는 여든 살 생일날 당신이
선물로 주었던 셔츠를 입었다. 당신은 기억하지 못할 것이 분명
하지만, 그럼에도 그 셔츠가 멋있다고 생각할지 모른다.

머리를 빗었다. 욕실 거울에 비친 빗을 시선으로 따랐다. 긴
머리카락을 뒤로 빗어 넘겼다. 머리를 감고 나면 긴 머리카락이
옆으로 내려오지만 지금은 기름기가 충분해 뒤로 넘겨 고정시키
기가 어렵지 않았다.

거울 속의 얼굴은 야위어 보였고, 눈 밑의 살은 거뭇거뭇하게
늘어져 있었다. 나는 잉리드에게 입가의 수염을 다듬어달라고
부탁하지 않았던 것을 후회했다. 입술 위에까지 덥수룩한 수염
이 지저분해 보였기 때문이다. 나는 턱을 긁었다. 엘리노르는 어
렸을 때 내가 산타클로스를 닮았다고 했다.

나는 식탁 위에 호박벌 차림을 한 엘리노르의 사진들을 나란

히 늘어놓았다. 잊어버리지 않기 위해서였다. 잊어버린다 하더라도 언젠가는 한스의 눈에 띌 것이다. 그가 부엌에 들어서면 엘리노르와 내가 함께 찍은 사진을 보지 않을 수 없을 것이다.

긴 콧수염을 옆으로 당기는 순간, 사진들을 보호하려면 봉투에 넣어두는 것이 좋겠다는 생각이 스쳤다. 나는 봉투가 어디 있는지 기억해내려 잠시 가만히 서 있었다. 다락방에 있을 것 같았다. 거기에는 당신이 펜과 봉투, 편지지와 테이프 등을 담아두었던 상자가 아직도 자리를 지키고 있었다.

식스텐이 내 뒤를 졸졸 따랐다. 나는 거실을 가로질러 창고 문을 열 때 개의 몸 위로 넘어질 뻔했다. 개는 뭔가 평소 같지 않은 일이 일어나고 있다는 것을 알아차리는 것 같았다. 내가 정장 차림을 하는 경우는 흔하지 않기 때문이다.

나는 불을 켜고 녹색 상자를 찾기 위해 두리번거렸다.

"아버지?"

등을 돌리자 한스와 눈이 마주쳤다. 짙은 청색 셔츠와 청바지를 입고 있었다.

"여기 계셨군요. 그런데 왜 대답을 안 하셨어요?"

나는 미처 대답할 틈이 없었다. 한스가 집에 오면 갑자기 모든 것이 정신을 잃을 만큼 빨리 진행될 때가 있다. 마치 영화를 빨리 감을 때처럼 말이다. 내가 미처 생각을 정리하기도 전에 새로운 일이 일어나곤 했다.

"걱정했잖아요." 그가 이맛살을 찌푸리며 말을 이었다. "이렇게 대답을 안 하면 어떡해요."

나는 창고 문을 닫고 욕실로 들어가는 한스를 바라보았다. 그는 온수기 위, 휴지가 들어 있는 벽장 문을 열었다.

그 순간 나는 민망해져서 얼굴이 화끈거렸지만 여전히 아무 말도 꺼내지 못했다. 왜 수치심이 나를 덮쳤는지 이유를 알 수 없어 당황스러웠다.

"준비되셨나요?" 한스는 벽장에서 아무것도 꺼내지 않은 채 문을 닫았다.

무슨 준비를 말하는 걸까? 다행히도 나는 한스가 알려주기 전에 생각할 시간을 얻을 수 있었다.

"오늘 어머니를 뵈러 가기로 했잖아요. 잊으셨어요?"

나는 우리 아들의 시선과 마주쳤다. 눈 밑에는 당신처럼 다크서클이 자리잡고 있었다. 당신은 입과 턱을 제외한다면 그가 당신을 꼭 닮았다고 말했다. 넓은 이마와 둥근 코. 문득, 그가 어렸을 때는 우리를 섞어놓은 것 같았다는 생각이 스쳐 놀랍기도 하고 이상하기도 했다. 지금 우리는 그때와 달리 서로에게 낯선 사람이 되었다.

"아냐, 잊지 않았어." 나는 단호하게 몸을 돌리며 말을 이었다. "이제 갈까?"

나는 바로 현관으로 가서 외출용 구두에 발을 집어넣었다.

한스는 내가 안전벨트 매는 것을 도와주고 차 문을 닫았다. 요즘은 시내까지 가는 데 30분이면 충분하다. 다리가 건설되기 전 페리로 왕복을 할 때는 시내까지 가는 데 최소 45분이 걸렸다. 당신이 자주 찾던 미용사가 살던 집이 차창 밖으로 스쳐 지나갔다. 그녀는 개를 키워 분양했다. 우리는 그녀가 키우던 털이 곱슬곱슬한 작은 개들을 보고 웃음을 터뜨리곤 했다. 우리는 그 강아지들을 개 같지 않은 개라고 불렀다. 이미 오래전 일이다. 미용실은 문을 닫았고 그녀는 지금 저세상 사람이 되었을지도 모른다.

"곧 졸업할 학생들처럼 보이는군요." 한스는 버스 정류장에 서 있는 한 무리의 소년들을 턱으로 가리키며 말했다.

"엘리노르가 저 버스를 탄 지도 벌써 4년이 지났어요."

그가 한숨을 내쉬었다.

나는 고개를 끄덕였지만 기억이 잘 나지 않았다. 전통 모자를 쓰고 찍은 그 애의 사진이 냉장고 문에 붙어 있다는 건 알고 있지만, 그 애의 졸업식 날에 관한 기억은 전혀 없었다. "좋은 날이었지." 나는 거짓말을 하며 한스의 졸업식 날을 떠올렸다.

우리는 너무나 자랑스러워서 그가 운전면허증을 따는 데 필요한 비용의 절반이나 내주었다. 눈 하나 깜짝하지 않고 여름 휴가 자금을 사용했던 것이다.

그는 이사를 가기 일주일 전까지도 대학에 지원했다는 사실을 우리에게 말하지 않았다. 여름 내내 이 사실을 혼자 간직했다. 우리는 그가 자신만의 무언가를 찾는 데 목표를 두고 있다는 것은 알고 있었지만, 설마 웁살라까지 그렇게 먼 곳으로 가리라곤 생각지도 못했다.

그는 이미 고등학교 때부터 사업을 하고 싶다고 말했다.

"돈을 벌면서 자유롭게 살고 싶어요." 그는 꿈꾸는 듯한 눈빛으로 말했다.

나는 도로에 시선을 고정시킨 한스를 곁눈질로 바라보며 그가 지금은 얼마나 자유롭게 살고 있는지 궁금해졌다.

그가 이사를 한 후 처음으로 우리를 방문했을 때, 우리는 얼마 지나지 않아 서로에게 소리를 지르며 말다툼을 했다. 그는 정치에 대해 토론하고 싶어 했고, 마치 지난 몇 년 동안 사회민주당이 해왔던 일에 대해 내게 책임을 묻는 것 같았다. 그는 짜증을 내며 교수들에게서 들었음직한 멋진 단어를 사용해 비판의 말을 늘어놓았다.

"우리 나라 사람들은 너무나 소극적이라서 자신의 삶조차도 스스로 책임을 지지 않아요." 그는 마치 정의와 복지가 사람들을 억압하는 것처럼 말했다.

당신은 우리가 소리를 지르며 말다툼을 하기 전까지는 끼어들지 않았다.

"이제 그만해!"

갑자기 당신이 너무나 큰 소리로 단호하게 말해서 우리는 깜짝 놀라 움찔했다. 심지어 개들도 놀라서 당신에게 다가갔다.

그것은 도움이 되었다. 우리는 정치 이야기를 잠시 제쳐두고 가을 수확에 대해 이야기했다. 그는 당신에게 도움이 필요한지 물었다.

나는 한스가 내게 했던 것처럼 노인에게 대든 적이 없었다. 그런 일은 있을 수 없었다. 그에게는 모든 결정권이 있었고, 더 이상 왈가왈부할 여지가 없었다. 나는 다른 방식의 삶에 대해선 상상도 하지 못했다. 하지만 한스는 자신의 아버지에게 이런저런 이유로 소리를 지르고 대드는 데 아무런 문제가 없어 보였다.

그가 속도를 늦추고 다리 쪽으로 방향을 틀었다. 스토르셴 호수 아래 경사진 마을이 눈앞에 펼쳐졌다. 비록 그의 무례하고 건방진 태도는 여러 번 나를 화나게 만들었지만 나는 가끔 그런 그가 부럽기도 했다. 그는 내게 맞설 권리가 있다는 스스로의 믿음에 확신이 있는 것 같았다.

한스의 전기 자동차는 브룽쿨라고르덴 요양원의 치매 병동 주차장으로 소리 없이 들어섰다. 가슴이 조여왔고, 알 수 없는 거부감이 온몸을 감쌌다. 그는 평소와 마찬가지로 어린이집과 병원 사이에 자리한 자작나무 앞에 차를 세웠다. 그가 안전벨트를 풀고 핸드폰을 집어 들었다.

"젠장. 이젠 주차비도 내야 하는군." 그가 혼잣말로 중얼거리며 핸드폰에 무언가를 썼다.

당신이 이곳에 처음 왔을 때만 하더라도 방문객들은 무료로 주차할 수 있었다.

나는 내가 핸드폰으로 모든 일을 해결하는 사람이 아니라서 기뻤다. 솔직히 핸드폰이 없으면 주차도 할 수 없다는 사실에 사람들이 왜 항의를 하지 않는지 이해가 되지 않았다.

엘리노르와 한스는 몇 년 전 내게 노인 친화적인 핸드폰이라고 불리는 것을 사주었다. 스마트폰보다 버튼이 더 크고 기능이 더 적은 것 같았지만 여전히 이해할 수 없는 것은 마찬가지였다. 투레는 내가 어리석고 불만이 많은 사람이라고 했다. 하지만 나는 솔직히 뭐가 그렇게 흥미로운지 이해가 되지 않았다. 그는 내가 노력도 해보지 않고 불평을 늘어놓는다고 말했다. 하지만 그건 사실이 아니다. 엘리노르는 핸드폰으로 할 수 있는 모든 것을 내게 보여주었는데 나는 전부 다 우스꽝스럽게만 보였다.

차 문이 열리고 한스가 안으로 고개를 쑥 들이밀었다.

"이제 가볼까요?"

나는 깜짝 놀라 운전석을 돌아보았다. 나는 그가 차에서 내린 것도 눈치채지 못했다.

조수석에서 힘겹게 발을 내밀었다. 왼쪽 발뒤꿈치가 아팠다. 최근 몇 년 동안 외출용 구두를 한 번도 신은 적이 없었다. 나는 천장의 손잡이를 잡고 몸을 일으켰지만, 현기증이 나서 다시 자리에 앉았다.

"잠깐만 여기 앉아 계세요. 제가 휠체어를 가져올게요."

나는 보행기만으로도 충분하다고 말하려 했지만 그는 내가 입을 열기도 전에 요양원 출입구 쪽으로 성큼성큼 걸어갔다. 모든

것이 너무나 빨리 진행되었다. 왜 그렇게 서두르는 것일까? 요즘
엔 모든 사람이 정신을 잃을 정도로 바쁘게 움직인다.

나는 등받이에 어깨를 기대고 몸을 축 늘어뜨렸다. 요양원 간
판에 시선을 고정했다. 사회민주당의 로고를 연상시켰다.

잠시 후 한스가 휠체어를 가지고 열려 있던 반대편 유리문을
통해 나왔다. 유리문이 저절로 닫히기 전에 나오려 서둘렀지만
휠체어가 문에 끼고 말았다. 그가 투덜거리더니 열림 버튼을 누
르려고 손을 뻗었다. 그의 뒤에서는 간호사가 참을성 있게 기다
리고 있었다.

당신이 머무르는 병동의 복도는 하나의 긴 복도로 이루어져
있었다. 환자들의 외로움과 불안을 덜어주려고 병원 측이 꽤 노
력을 한 것 같았다. 벽에는 자연을 주제로 한 그림들이 걸려 있
고, 여기저기 안락의자와 소파가 있었다. 복도 끝에 있는 창문에
서 여름 햇살이 새어 들어왔다. 주차장을 향해 뻗어 있는 복도
끝에는 안락의자와 신문이 쌓인 작은 테이블이 있었다. 우리가
이곳에 올 때마다 거기엔 누가 앉아 있었다. 이곳에 들어오는 사
람은 점점 더 많아졌다. 정신이 오락가락하는 사람은 당신뿐만
이 아니었다.

"치매 환자들을 어떻게 이런 곳에 놔둘 수 있는지 이해를 할
수가 없어요." 한스가 중얼거렸다.

그는 길고 텅 빈 복도가 사람들을 더 불안하게 만든다고 믿었
다. 나는 상관없다고 생각했다. 당신은 어차피 아무 생각이 없을

테니까.

복도 오른쪽에는 주방과 직원 탈의실로 통하는 문이 있었는데 항상 잠겨 있었다. 그 맞은편에는 식당과 텔레비전이 있는 방이 있었다. 처음에 당신은 다른 사람들과 함께 식사하는 것이 즐겁다고 생각했으나 시간이 흐르면서 방문을 나서는 일이 점점 드물어졌다.

한스는 휠체어를 멈추고 앞으로 다가가 연노란색 문을 열었다. 옷걸이 옆에는 숫자 14가 적힌 나무 문패가 걸려 있었다. 파란색으로 칠해진 숫자 주위는 옘틀란드 꽃무늬로 장식되어 있었다.

"어머니에게 잘 어울린다고 생각하지 않으세요?" 한스는 우리가 처음으로 당신을 방문했을 때 그렇게 말했다.

나는 그의 말이 맞다고 생각했지만, 동시에 이 세상에 이것과 어울리는 건 하나도 없다는 생각도 했다.

문패 아래에 걸려 있는 화이트보드에는 '프레드리카'라는 이름이 엉성한 손 글씨로 적혀 있었다.

한스가 휠체어에 타고 있는 나를 데리고 방 안에 들어가자마자 희미한 소독약 냄새와 오랫동안 환기를 시키지 않은 듯 퀴퀴한 냄새가 코를 찔렀다. 나는 낯선 냄새 속에서 이곳은 나와 아무 상관도 없는 곳이며 내가 여기서 할 수 있는 일도 없다고 생각했다.

한스는 출입문 왼쪽 선반 아래에 얇은 여름 재킷을 벗어 걸어 놓았다. 그는 내가 당신에게 칠순 선물로 주었던 구둣주걱을 실

수로 떨어뜨렸다. 바닥에 부딪히는 금속 소리는 귀를 찢을 정도로 날카로웠다.

"대체 누가 이 빌어먹을 물건을 여기에 걸어놨어?"

그가 구둣주걱을 집어 들어 벽 구석에 세워놓았다. 이제 당신은 부츠와 운동화를 신을 일이 거의 없다. 그들이 당신과 함께 산책할 때면 병원 밖 공원을 거니는 것이 전부다.

"실례합니다만 혹시 여기 있는 열쇠를 보셨나요?"

갑자기 당신이 두 팔을 축 늘어뜨린 채 비좁은 문 앞에 서 있었다. 당신은 몸이 작은데도 항상 강해 보였다.

최근 들어 당신이 열쇠를 보았냐고 자주 묻긴 했지만, 그럼에도 한스와 나는 적응이 되지 않아 깜짝 놀랐다.

"어머니, 우리예요." 한스는 당신의 팔에 손을 올려놓으며 말했다. 마치 이번에는 다를 것처럼. 마치 이번에는 당신이 우리를 알아보고 한스가 사두었던 커피와 빵을 내어 올 것처럼.

한스는 우리가 여기 오면 당신이 좋아할 것이라고 믿었다. 비록 당신에게선 그런 낌새도 볼 수 없었지만 나는 한스의 말이 옳을지도 모른다고 생각했다.

나는 한스를 흘낏 쳐다보았다. 그는 나와 시선을 마주쳤지만 아무 말도 하지 않았다. 그가 슬퍼하는 듯했기에 나는 그의 기분을 풀어주고 싶었다.

당신은 혼란스러워하더니 곧 의심이 담긴 눈빛으로 한스와 나를 번갈아 쳐다보았다.

당신은 집에 있을 때처럼 회색 운동복 바지를 입고 있었다. 아마 그것도 한스가 인터스포츠에서 구입했을 것이다. 상의는 낡은 블라우스를 입고 있었는데, 그 조합이 낯설어 보여 나도 모르게 웃음을 터뜨렸다.

그러던 중 나의 시선과 당신의 시선이 마주쳤고 말할 수 없는 슬픔이 나를 덮쳤다. 당신의 눈빛은 공허하기만 했다.

"가족이 오셔서 좋으시겠어요, 프레드리카."

뒤를 돌아보니 보라색 유니폼을 입고 가슴에 '레나, 요양보호사'라고 적힌 이름표를 단 여인이 미소를 짓고 있었다.

당신은 그녀를 본 척도 하지 않고 한스를 노려보았다. 당신의 얼굴은 혐오감을 담고 일그러졌다.

"어머니? 지금 나를 어머니라고 불렀나요?"

당신은 한스의 손을 뿌리치고 손이 닿았던 부분을 숨기듯 감쌌다.

"나는 낯선 사람이 내 몸에 손을 대는 것을 싫어해요."

평생 목소리를 높이는 일이 거의 없었던 당신이 화를 내며 소리쳤다. 나는 당신이 나 때문에 화를 낸다고 생각했다. 당신의 눈빛에 담긴 분노는 그동안 당신에게 소리쳤던 내 모습을 상기시켰기에 부끄러워졌다.

레나가 한스와 내게 미소를 지었다.

"저를 따라오세요. 접시와 컵이 어디 있는지 알려드릴게요." 그녀는 우리가 식당과 주방이 어디 있는지 알고 있는데도 그렇게 말했다.

나는 그녀에게 미소를 지었다. 그녀가 좋은 사람 같았기에 다행이라는 생각이 스쳤다. 그녀라면 당신을 잘 보살펴줄 것 같아서였다.

나는 한스가 얼른 그곳을 벗어나고 싶어 한다는 것을 알아챘다. 한스의 눈빛은 어렸을 때 넘어져 다쳤을 때의 눈빛과 비슷했다. 애원하는 듯한 눈빛. 어쨌거나 나는 그의 아버지였기 때문이다. 갑자기 그가 왜 이곳에 나를 데려오려고 고집을 피웠는지 이해할 수 있을 것 같기도 했다.

"우리도 가볼까." 나는 퉁퉁 부은 손을 그의 왼쪽 다리에 얹으며 말했다.

나는 그와 눈이 마주치는 순간 내가 그를 도와줄 수 없다는 것을 깨달았다. 그가 벗어나고 싶어 하는 것에는 나도 포함되어 있다는 것을 알아챘기 때문이다.

그가 휠체어 손잡이를 잡고 레나의 뒤를 따라 밀었다. 그녀의 얼굴은 낯설었지만 이전에도 만난 적이 있을지 모른다. 내 기억력은 당신과는 달리 조금씩 사라지고 있는 중이었다. 노력을 하면 더 나빠지는 것은 피할 수 있을지도 모른다.

접시와 컵을 가지러 부엌에 들어가자 레나가 우리를 향해 돌아섰다.

"여기서 잠시 기다리는 게 좋을 것 같아요. 프레드리카가 지금 매우 혼란스러워하고 있어요. 프레드리카에게 조금만 시간을 주면 진정할 수 있을 거예요."

"고마워요, 레나." 나는 그녀에게 감사를 표했다.

한스는 레나에게 미소를 지었지만 아무 말도 하지 않았다. 그는 '컵'이라고 적힌 메모지가 테이프로 고정되어 있는 찬장 문을 열고 컵 세 개를 꺼냈다.

나는 피곤해지기 시작했다. 부엌 소파와 잠과 식스텐 옆으로 돌아가고 싶었다.

우리가 당신의 방에 되돌아왔을 때, 당신은 창가 안락의자에 앉아서 자고 있었다. 예전과 마찬가지로 코를 골며 자는 당신을 보니 마음이 따뜻해졌다. 나는 한스와 눈을 마주쳤고 우리는 서로에게 미소를 지어 보였다.

한스가 안락의자 옆 테이블에 커피잔을 내려놓은 후 그 옆에 있는 의자에 앉았다. 당신은 그 소리에 잠을 깼다. 당신은 마치 무언가에 동의하는 듯 한스에게 고개를 끄덕인 후 창밖으로 시선을 돌렸다.

한스는 방 입구 바로 옆에 휠체어를 세워두었다. 내 옆의 벽에는 히스모포르스의 흑백사진들이 걸려 있었다. 당신이 이곳으로 올 때 한스가 액자에 넣어주었던 것이었다. 당신의 아버지와 나 그리고 당신의 남자 형제 세 명이 일했던 제재소 사진 한 장, 우리가 처음 만났던 마을회관 사진 한 장, 당신이 다녔던 학교 사진 한 장. 우리는 둘 다 6년 동안 학교를 다녔고, 졸업하자마자 바로 삶의 현장에 뛰어들었다. 우리가 처음 만났을 당시, 당신은 이웃 농장에서 가사도우미로 일을 하면서 시간이 날 때면 큰 언니의 농장일을 도와주었다. 당신은 레네스에서 반세기가 넘는 세월을 보냈지만 이젠 우리 집을 기억하지도 못한다. 그래서 우리는 사진들을 액자에 담았지만 보아하니 그건 오히려 당신을 더 혼란스럽게 만든 것 같았다. 하지만 당신에겐 여전히 히스모포르스에 대한 초기 기억이 남아 있고, 지금도 네 번째 사진에 보이는 당신 언니의 말 두 마리 이름을 똑똑히 기억하고 있다.

내가 히스모포르스에서 살고 싶다고 했을 때 당신은 안도했다. 그곳에는 당신이 소중히 여기는 모든 것이 있었기 때문이다. 형제들과 자매들, 사촌들 그리고 학교 친구들. 한스가 어렸을 때 우리는 당신의 가족들과 많은 시간을 함께 보냈다. 그들에겐 수많은 가축을 키우는 커다란 농장이 있어 자주 일손이 필요했다.

우리가 레네스의 집을 물려받았다고 말했을 때, 당신은 그리 좋아하지 않았음에도 아무 말을 하지 않았다. 어쨌든 우리는 히스모포르스의 방 하나짜리 삶에서 벗어나 우리만의 집을 소유하게 되었다.

조금 떨어진 벽에는 당신과 나 그리고 한스가 함께 찍은 커다란 컬러사진이 걸려 있었다. 사진 속의 당신은 진들딸기가 가득 담긴 커다란 양동이를 들어 올리려는 한스를 도와주고 있었다. 우리는 그날 투레의 별장에서 돌아오는 길에 진들딸기를 가득 땄다. 나는 의자에 앉아 미소를 짓고 있었다. 투레는 그런 우리의 모습을 사진으로 찍어 몇 주 후 우리에게 보내주었다.

당신은 가만히 앉아 지방 자치단체 건물의 삼중 유리를 통해 밖을 내다보았고, 나는 그런 당신의 모습을 보며 레네스에 살던 때를 떠올렸다. 당신은 그때도 의자에 앉아 저 멀리 보이는 오비크산을 바라보곤 했다. 당신은 레네스에 이사 온 지 처음 몇 주 동안은 거의 아무 말도 하지 않았다. 나는 당신이 향수병에 걸렸다고 생각했다.

"이게 우리에게 도움이 될 수 있을지 궁금하네요."

당신은 어느 날 밤, 한참 동안 아무 말도 하지 않다가 신문에서 오려낸 광고 하나를 내 앞에 내려놓았다.

나는 식탁 위의 접시를 옆으로 밀어놓고 그것을 보았다. 비서 양성 과정을 모집하는 광고였다. 경력은 필요 없다고 적혀 있었다.

"당신도 참! 당신은 일을 안 해도 돼요." 나는 광고를 내려놓으며 말했다.

그 후, 우리는 그 일에 대해서 더 이상 이야기하지 않았다.

벽에 걸린 사진들을 보고 있자니 왠지 속이 울렁거렸다. 나는 그때 당신이 일하는 것을 죽자고 반대할 생각은 없었다. 단지 일하는 것이 불필요하다고 생각했을 뿐이다. 우리는 내 월급만으로도 충분히 살 수 있었으니까. 나는 이제야 그때 당신에게도 무언가 자신만의 일이 있었으면 좋았으리라고 깨닫게 되었다.

"올해는 유난히 여름이 빨리 오네요." 갑자기 당신이 말문을 열었다. "하지만 서두르지 말고 기다려야 해요. 꽃이 필 때까지."

"음……." 한스가 중얼거리듯 신음 소리를 냈다.

그는 어렸을 때 작은 밭 두 개를 직접 가꾸었다. 무엇을 심고 무엇을 수확할지 계획하는 것을 좋아했다. 비트와 양배추가 몇 킬로그램이나 될 것인지, 또 그것들을 상점에 내다 팔면 얼마를 벌 수 있을지 계산하곤 했다.

나는 화장실에 가기 위해 휠체어에서 조심스레 몸을 일으켰다.

"조심하세요, 아버지."

"응, 걱정하지 마." 나는 화장실 문을 닫으며 말했다.

단추를 풀기가 쉽지 않았지만 결국엔 성공할 수 있었다. 기저귀는 가볍고 신축성이 있어서 팬티를 내리는 것보다 어렵지 않았다. 엄지손가락을 가장자리 안쪽으로 가져가기만 하면 문제없이 내릴 수 있었다.

세면대 위에는 거울이 달린 수납장이 있었다. 열어보니 당신의 칫솔과 치약이 보였다. 로션과 더 이상 사용하지 않는 귀걸이도 있었다. 당신은 평소 장신구를 자주 착용하지 않았다. 하지만 한스와 내가 처음으로 당신을 만나러 이곳에 왔던 날, 당신은 보라색 보석이 박힌 귀걸이를 하고 있었다.

내가 화장실에서 나오자 한스가 문 앞에 서서 기다리고 있었다. 떠날 채비를 하는지 이미 재킷을 입고 있었다.

"아마 지금 가는 게 좋을 것 같아요. 어머니도 쉬셔야 하니까요."

"어머니? 도대체 누구 어머니가 쉬어야 하는데?" 방 안쪽에서 당신이 소리를 질렀다.

나는 재킷을 입을 수 있도록 도와주는 한스를 위해 팔을 뻗었다.

나는 당신에게 작별 인사를 하기 위해 다시 안으로 들어가려다가 마음을 바꾸어 먹고 한스에게 휠체어를 문밖으로 밀어달라고 말했다.

나는 끙 하고 앓는 소리를 내며 조수석에 털썩 몸을 내려놓았다. 그리고 휠체어를 반납하러 다시 안으로 들어가는 한스를 백미러로 지켜보았다. 빈 휠체어를 미는 그의 등이 너무나 외로워 보였다.

나는 한스가 차 문을 열고 운전석에 앉는 순간 잠을 깼다.

"졸고 계셨어요?" 그가 물었다.

나는 그의 얼굴에서 미소를 보았기에 행복했다. 잠을 완전히 떨쳐버리기 위해 고개를 끄덕이고 눈을 깜박였다.

우리 아들은 무릎 위에 손을 느슨하게 내려놓고 차창 밖을 바라보았다. 저 멀리서 놀고 있는 아이들에게 시선이 고정되어 있었다. 그에게서는 지금도 가끔 이처럼 우울한 표정을 볼 수 있었다. 집 밖에 나가기를 거부하던 그때처럼.

나는 무엇을 어떻게 해야 할지 알 수 없었다. 그저 모든 일이 잘되기만을 바랄 뿐이었다. 당신을 만난 후에는 자주 이런 기분에 사로잡히곤 했다.

어떤 면에서 보자면 당신을 만나기 위한 마음의 준비는 내가
더 잘하는 것 같기도 했다. 나는 당신의 예전 모습을 가슴속에
간직하고 그것에 의지하는 반면, 한스는 그러지 못한 것 같았다.
그는 지금 당신의 모습만 볼 뿐이었다.

한스가 손바닥으로 얼굴을 문질렀다. 나는 그의 기분이 나아
질 수 있도록 무슨 말이라도 해주고 싶었다.

"어머니의 모습에 마음이 아프니?" 나는 저 멀리서 뛰어노는
아이들을 바라보며 그에게 물었다.

"그런 건 아니에요."

그는 핸들에 이마를 기댔다. 키가 커서 몸을 구부릴 필요도 없
었다.

"어쨌든 우리가 오는 게 네 어머니에게도 좋을 거야." 나는 목
을 가다듬으며 말을 이었다. "그래, 그럴 거야. 네 어머니가 표현
은 하지 않았지만 좋아했으리라고 믿어."

한스가 고개를 돌려 익숙한 눈빛으로 나를 바라보았다. 그 눈
빛은 우리가 서로에게 속해 있다는 것을 뜻했다.

"정말 그렇게 생각하세요?"

"응, 나는 그렇게 생각해. 보아하니 네 어머니는 저기서 잘 지
내고 있는 것 같더구나. 레나도 좋은 사람 같고." 나는 숨을 깊이
들이마신 후 말을 이었다. "네가 어머니를 여기로 모신 것은 잘
한 일이야."

나는 그가 처음 브룽쿨라고르덴 요양원 이야기를 꺼냈을 때

내가 얼마나 화를 냈는지 떠올리며 서둘러 말을 이었다.

"적어도 나는 그렇게 생각한단다."

한스가 고개를 끄덕였다. 나는 그의 등을 토닥여주었다.

"이제 너희 집으로 가서 뭘 좀 먹자꾸나."

한스가 아파트 대문을 열기 위해 먼저 엘리베이터에서 내렸다. 내가 여기 온 것은 꽤 오랜만이었다. 대부분은 그가 나를 찾아왔기 때문이다. 나는 보행기를 대문 옆 복도에 세워두었다. 보행기의 반사광이 벽에 닿으며 만들어내는 소리가 복도에 메아리쳤다. 한스는 불을 켰고 나는 비좁은 현관으로 들어갔다.

가장 먼저 눈에 띈 것은 커다란 엘리노르의 사진이었다. 전에는 본 적이 없는 것이었다.

"성탄절 선물로 받았어요." 한스가 사진 쪽으로 고개를 끄덕이며 말했다. "여기엔 자기 어릴 때 사진밖에 없다고 투덜대면서 이 사진을 주더군요."

그가 내게 구둣주걱을 건넸다. 금속 재질의 구둣주걱은 꽤 길어서 허리를 굽힐 필요도 없었다. 병원에 있던 구둣주걱은 플라스틱인 데다 짧막하고 품질도 그다지 좋지 않았다.

"이케아에서 샀어요." 한스가 말했다. "사실 아버지께 드리려고 산 건데……."

나는 신발을 내려다보며 미소를 지었다. 감동을 받았기 때문이다.

"얼른 점심을 준비할게요. 어제 버섯수프를 사놓았어요. 참, 커피도 끓일게요. 타게스에서 구입한 디저트도 있답니다."

한스가 무거운 발을 끌며 부엌으로 갔다.

여전히 어두운 기분은 우리를 떠나지 않았다.

"아, 그래. 고마워. 고맙구나." 나는 재킷을 옷걸이에 걸며 말했다.

내가 예전처럼 생크림 맛을 느낄 수 없다고 몇 번이나 말해도 소용 없었다. 그는 디저트를 살 때마다 예전에 내가 좋아했던 것들, 특히 과일 생크림 케이크를 자주 구입했다.

"아버지 살을 좀 찌우려고 샀어요. 너무 말라 보여서요." 그가 부엌에서 큰 소리로 말했다.

한스가 음식을 준비하는 동안 나는 거실로 들어가 앉았다. 거실은 내가 기억하는 것보다 훨씬 텅 비어 보였다. 예전에는 발코니를 향한 창틀에 녹색 식물이 가득했는데 지금은 화분 몇 개에 바짝 말라 시든 식물만 그 자리를 지키고 있을 뿐이었다.

거실에는 회색과 흰색과 검정색뿐이었다. 유일하게 색을 띠는 것은 소파 맞은편 벽에 걸려 있는 대형 스크린에 번갈아 나타나는 이미지들뿐이었다. 사막의 낙타, 높은 산맥, 알록달록한 새.

나는 그가 이 사진들을 도대체 어디서 얻었는지 궁금해졌다. 낙타 사진은 여러 번 나왔는데 어떻게 공중에서 그런 식으로 사진을 찍을 수 있었는지 도저히 이해할 수가 없었다. 비행기에서 찍은 것일까.

갑자기 다리에 뭔가 부딪히는 것 같아 움찔했다. 젠장. 그가 고양이를 키우기 시작한 걸까? 바닥을 내려다보니 검정색의 플라스틱 물건이 내게서 천천히 멀어지고 있는 중이었다.

"그건 로베르트라고 해요." 한스가 말했다. "로봇 청소기랍니다."

"로봇 청소기라고?"

나는 놀라움을 감추기 힘들었다. 한스는 그런 나를 보며 미소를 지었다.

"제가 말씀드린 적이 있을 텐데요. 매주 저 대신 집 청소를 한답니다. 아주 편리해요."

그의 만족한 표정에 나도 미소를 지을 수밖에 없었다.

"아버지에게도 한 대 사드릴까 마음먹었는데 아버지 집은 너무 지저분해서 있으나 마나라고 생각했어요. 아니, 지저분하다기보다는 여기저기 물건들이 너무 많아서……."

그가 핸드폰을 들고 어디론가 사라졌다.

나는 가만히 앉아 잠시 청소기를 지켜보았다. 그리고 고개를 절레절레 저으며 웃음을 터뜨렸다. 그것은 먼지를 먹으며 반질거리는 바닥을 여기저기 돌아다녔다. 그다지 크진 않았다. 나는 먼지를 비울 때는 어떻게 해야 하는지 궁금해졌다. 갑자기 그것이 획 돌아서서 내게 다가왔다. 나는 옆으로 물러나 한스의 서재 옆 모퉁이에 섰다. 그는 서재에서 하루의 마지막 업무를 처리한다고 말했다. 기억하건대 소니아가 있을 때는 그 방에 재봉틀이 있었다.

벽에 걸려 있는 사진들은 대부분 엘리노르의 어릴 때 모습을 담고 있었다. 가만히 보니 우리 사진도 거기 있었다. 당신의 환갑날 사진. '60세!'라고 적힌 리본을 두른 커다란 모자를 쓰고 있는 당신은 매우 행복해 보였다. 그 모자는 소니아가 당신에게 준 것이었다. 갑자기 그녀의 안부가 궁금해졌다. 나는 그녀가 한스를 떠난 후엔 아무런 소식을 듣지 못했다. 사진을 훑어보던 나는 집 안 어디에도 소니아의 사진이 없다는 것을 알아차렸다.

두 사람이 이혼한 후 수년이 지났기에 그다지 이상한 일은 아니라고 생각했다. 한스는 이혼을 하고 매우 힘들어했다. 우리는 그 당시 한스를 거의 보지 못했다. 가끔 저녁 식사에 그를 초대했지만 그는 일이 많다는 핑계로 오지 않았다. 주말에도 마찬가지였다.

"누구나 밥은 먹어야 해." 나는 그에게 이렇게 말했고, 결국 그도 가끔 저녁을 먹으러 오기 시작했다.

그러나 그는 대부분 음식에만 시선을 고정한 채 식사를 했다.

우리는 이혼에 관한 이야기를 가급적이면 꺼내지 않았다. 무슨 말을 했어야 할까? 그녀는 그를 떠났고, 나는 그의 아픈 상처를 더 크게 만들고 싶진 않았다. 그게 전부였다.

당신은 한스가 일에만 몰두했기 때문에 소니아가 그를 떠났다고 믿었다.

"어쩌면 다른 사람이 생겼을지도 몰라요." 나는 이혼 서류를 접수했다는 말을 듣고 마음이 아프다고 불평하는 당신에게 그렇게 말했다.

"말도 안 되는 소리 하지 마세요. 소니아는 그런 사람이 아니에요." 당신이 입을 삐죽거리며 말했다. "절대 그런 짓은 하지 않을 거라고요."

나는 어깨를 으쓱 추켜 보였다. 도대체 당신이 뭘 그리 잘 알길래? 나는 그녀에게 다른 사람이 생겼다 해도 이상하게 생각하지 않았을 것이다. 그들은 우리와는 달랐다. 우리 사이는 좋았다. 당신과 나 말이다. 말다툼을 한 적도 없었고 함께 행복한 시간을 보냈다. 하지만 한스와 소니아는 가끔 말다툼을 심하게 했다. 사람들이 모인 장소에서 싸울 때도 있었다. 우리가 레스토랑에 갔을 때 소니아가 늦게 도착한 한스에게 거기 있던 모든 사람이 들을 수 있을 정도로 크게 소리를 질렀던 것처럼.

한스도 머리끝까지 화를 내며 소리를 지를 때가 있었다. 기분이 나쁠 때면 아무것 아닌 일에도 소니아에게 소리를 지르곤 했다. 물론 나도 심술을 부릴 때가 있다. 하지만 그가 소니아에게 화를 내듯 당신에게 화를 낸 적은 단 한 번도 없었다.

그는 우울증에 빠졌다. 나는 그에게 함께 낚시를 해보자고 말했지만 그는 싫다고 했다. 당신은 가끔 그에게 오두막에서 직접 키웠던 채소들을 가져다주곤 했다. 모두 그가 좋아하던 채소였다.

이혼한 후 2년이 지난 어느 월요일 저녁, 그는 퇴근 후 저녁을 먹으러 우리 집에 들렀다. 어쩐 일인지 평소와 달리 기분이 꽤 좋아 보였다.

"이번 주말에 산드비켄에서 댄스 파티가 열린다는 소리를 들었어." 당신은 식탁 끝자리에 앉아 앞치마의 주름을 펴며 말했다. 당신은 항상 부엌 조리대에 가까이 앉아 있기를 원했다. 식사 중에 필요한 것이 있으면 금방 가져올 수 있도록.

당신은 그가 오기 전에 내게 그 말을 했다. 한스가 댄스 파티에 가서 기분 전환을 하는 것도 좋을 것 같다고. 나는 당신 말에 동의했고 그에게 이 말을 해주어야 한다고 생각했다. 우리는 한스가 이제 새 사람을 만나 새출발을 할 때가 되었다고 믿었다. 그에게도 삶을 함께할 여인이 있으면 좋을 것이라고 생각했던 것이다.

한스가 음식을 씹다가 멈췄다.

"갑자기 생각이 나길래 말했을 뿐이야." 당신이 부드럽게 말을 이었다. "시간이 꽤 지났잖아."

나는 그가 무슨 말을 할지 궁금해서 조심스럽게 쳐다보았다. 그는 말없이 접시에 시선을 고정한 채 앉아 있었다. 나는 내가 끼어드는 것보다는 당신이 이 일을 처리하는 게 훨씬 낫겠다는 생각으로 아무 말도 하지 않았다. 하지만 당신은 식탁 밑에서 내

다리를 툭 걸어찼다. 나는 놀라 움찔했지만 다행히도 한스는 눈치채지 못한 것 같았다.

"네 어머니 말이 맞아." 나는 맥주를 한 모금 마시며 말했다. 당신은 내게 그것만으로는 부족하다는 눈빛을 보냈다.

"댄스 파티에 가보는 것도 참 좋……."

"새로운 사람을 사귀는 일은 없을 거예요. 이제 더는 이 문제에 관해 왈가왈부하는 일이 없으면 좋겠습니다." 한스는 우리를 쳐다보며 말했다. 먼저 당신을 보았고 그다음에 나를 보았다.

눈빛이 너무나 단호했기에 우리는 그 말이 진심이라는 것을 알 수 있었다. 그래서 나는 더 말하지 않았다.

"아버지도 어머니만큼 말 이름을 잘 기억하시나요?"

나는 깜짝 놀랐다. 한스가 거실에 들어오는 것을 눈치채지 못했기 때문이다.

암말의 발굽을 깨끗하게 닦아주는 당신의 모습이 머릿속에 떠올랐다. 나는 말을 다루는 당신의 모습이 참으로 건강하고 강해 보인다고 생각했다. 그런 당신의 모습을 멀리서 지켜보는 것을 좋아했다. 내가 자작나무 아래 그늘에 누워 있으면, 당신은 때때로 내게 무거운 것을 들어달라거나 그렇게 누워 있지만 말고 도움이 되는 일을 하라고 소리치곤 했다. 하지만 대부분의 경우엔 유유자적하는 나를 가만히 내버려두었다.

"그렇긴 하지만, 난 네 어머니처럼 말들을 좋아하지 않았어."

한스는 고개를 끄덕였고, 우리는 잠시 침묵을 지켰다. 그는 생각에 잠겨 있는 것 같았다. 나는 그가 무슨 생각을 하는지 궁금했다.

그가 입가에 미소를 지었다.

"참 이상하죠?" 그가 부엌으로 들어가며 말했다.

나는 그가 당신의 기억력을 두고 말했다고 생각했기에 그 말에 동의했다. 당신에게서 얼마나 많은 것이 사라졌는지 생각하니 참으로 이상했다. 우리가 함께했던 삶. 하지만 나는 여전히 당신에게서 사라지지 않은 것이 분명히 있을 것이라고 생각했다. 나는 때때로 영화의 한 장면처럼 당신이 창밖을 바라보는 모습을 떠올렸다. 그렇게라도 하지 않으면 너무나 마음이 아프기 때문일까.

나는 벽에 걸린 사진을 향해 다시 몸을 돌렸다. 엘리노르가 탄 나무 썰매를 끌어주는 내 모습이 담긴 사진을 물끄러미 바라보았다. 그 사진은 당신이 찍었던 것이 틀림없었다. 나는 썰매 끈을 허리에 메고 등을 쭉 편 채 한 손에는 지팡이, 한 손에는 톱을 들고 있었다. 보아하니 나무를 베기 위해 숲으로 내려가는 중인 것 같았다. 엘리노르는 아주 행복해 보였고, 뺨은 장밋빛으로 물들어 있었다. 주위가 환한 것으로 보아 한낮인 것 같았다. 우리는 매년 성탄절 무렵에 숲에 가서 크리스마스트리로 사용할 나무를 베어 오곤 했다. 엘리노르가 아주 어렸을 때는 양가죽 담요로 꽁꽁 싸서 썰매에 태우고 스키를 탔다. 당신과 나 그리고 엘리노르.

"이제 식사하러 오세요!"

부엌에 들어서자 살구버섯 냄새가 확 풍겼다. 나는 한스가 빼준 의자에 앉았다. 한스가 사용하는 식탁과 의자들은 당신의 부모님 것이었다. 소니아가 이혼하면서 부엌 가구들을 모두 가져갔기 때문에 한스는 우리가 사용하던 것을 물려받았다. 어차피 우리에겐 그처럼 큰 식탁이 필요 없었다.

"아버지는 투레 아저씨랑 자주 숲에 가서 살구버섯을 따곤 하셨죠?" 그가 숟가락을 입으로 가져가며 말했다. 그는 수프를 후후 불어 식힌 후 먹었다.

나는 그에게 미소를 지으며 언젠가 25킬로그램이나 되는 버섯을 따 왔을 때 당신이 몇 주 동안이나 좋아했었다는 이야기를 해주었다. 살구버섯 수프, 살구버섯 빵, 살구버섯 스튜, 살구버섯 소스. 그래도 우리는 살구버섯에 질리지 않았다.

우울함은 어느 정도 가라앉은 것 같았다. 오랜만에 그가 행복해하는 모습을 보는 것 같아 가슴이 먹먹할 정도로 기뻤다.

"그건 그렇고 투레 아저씨는 요즘 어떻게 지내시나요? 본 지 꽤 된 것 같네요."

"세상 일이 다 그렇지 뭐. 우린 요즘 주로 전화로 대화를 한단다."

한스는 고개를 끄덕이며 컵에 물을 따랐다.

나는 그가 어렸을 때 투레의 오두막에 갔던 것을 기억하는지 물어보고 싶었다. 우리가 거기 함께 갔던 기억은 내가 간직하고 있는 가장 행복한 추억 중의 하나였다.

"회사일은 잘되고 있니?" 나는 마음과는 다른 질문을 던졌다.

"최근에는 야근을 꽤 많이 했어요. 하지만 그건 일이 잘되고 있다는 의미이기도 해요."

나는 근무시간을 줄이는 데 모든 이들이 동의한다고 믿었는데 내가 잘못 알고 있었던 건 아닌가 의아해하며 숟가락으로 수프를 저었다. 사람들은 일을 더 적게 하길 바라지 않았던가? 하지만 한스의 말을 들어보면 요즘 젊은이들은 자발적으로 일을 더 많이 하는 것 같았다. 투레는 최근에 직장인들에게 더 많은 자유 시간을 부여해야 한다고 주장하지 않는 정당은 하나도 없으며 사람들은 이것을 당연하게 생각한다고 말했다.

"요즘도 정치에 관심이 많니?"

한스가 한숨을 내쉬었다.

"저는 이미 수십 년 전에 정치에 대한 관심을 접었어요."

그가 셔츠의 소매 단추를 풀고 팔꿈치까지 걷어올렸다.

"그렇구나." 나는 그런 줄 알고 있었음에도 모르는 척 말했다.

비록 오래전 일이지만 지금도 그 일을 떠올리면 가슴이 찢어질 것 같다. 방학을 맞아 웁살라에서 돌아온 그는 당신이 식탁 위에 감자를 올려놓을 때 자신이 온건 청년회에 가입했다고 말했다.

나는 아무 말도 하지 않고 포크를 접시 위에 내려놓았다. 11월이었지만 눈이 내리기 전이었다. 나는 어둠 때문에 그의 표정을 제대로 볼 수 없었다.

그날 오후에 그가 대문을 열고 들어서는 순간부터 나는 그가 달라졌다는 것을 느낄 수 있었다. 헐렁하고 이상한 셔츠에 양복을 입은 옷차림 때문만은 아니었다. 행동과 분위기가 너무나 낯설었다.

그는 혼자만의 생각에 갇혀 있는 듯 예전보다 훨씬 조용했다. 게다가 이유는 알 수 없었지만 그가 나를 지켜보고 있다는 느낌도 지울 수가 없었다.

"왜 이렇게 조용해?" 당신은 그의 배낭을 받아 바닥에 내려놓으며 말했다.

그는 내게는 단 한 번도 보여준 적이 없는 미소를 당신에게 지어 보였다.

당신은 그의 뺨을 어루만지고 그를 위해 샌드위치를 만들기 시작했다.

그럼에도 나는 함께 저녁 식사를 하던 아들이 온건파 당원이 되었다는 말에 놀라지 않을 수 없었다. 기업과 경제 문제는 그렇다 치더라도 실제로 부자들의 편에 서서 정치 활동을 한다는 것은 또 다른 문제라는 것을 잘 알고 있었기 때문이다.

"사회민주당의 이념은 매우 훌륭하지만 장기적으로 본다면 아무런 도움도 되지 않아요." 그가 고개를 홱 돌리며 열정적으로 말하는 바람에 앞머리가 흘러내렸다.

나는 당신의 생각도 내 생각과 같다는 것을 잘 알고 있었다.

당신과 나의 아들이 그런 식으로 말을 한다는 건 있을 수 없다는 것을. 하지만 당신은 아무 말도 하지 않았다. 그저 고기 한 점을 잘라 브라운소스에 찍어 입에 넣기만 할 뿐이었다.

"사람들이 원하는 것을 모두 손에 쥐여줄 수는 없어요. 그들도 일을 하도록 만들어야 해요." 한스는 마치 힘든 노동이 무엇인지 잘 아는 것처럼 말했다.

나는 치밀어 오르는 분노를 참을 수 없었다.

나는 그의 이마에 늘어뜨린 그 멍청한 머리카락에서 눈을 뗄 수가 없었다. 빌어먹을 헤어젤 냄새에 숨을 쉴 수가 없을 정도였다.

"우리 집 사람들은 다 노동자들이야." 나는 주먹으로 식탁을 쾅 내리치며 소리 질렀다. 그 바람에 식기들이 부딪혀 달그락거리는 소리를 냈다.

당신은 촛대를 조금 멀리 밀어놓았다.

한스는 내게 씨익 웃으며 고개를 저었다.

"이젠 더 이상 그런 식으로 작동하지 않아요."

도대체 뭐가 더 이상 작동하지 않는단 말인가? 나는 그에게 물어보고 싶었지만 콧방귀를 뀌며 맥주를 한 모금 들이켰다.

"이 손을 본 후에도 내가 노동자가 아니라고 말해봐!" 나는 주먹을 들어 올리며 말했다.

"젠장. 아버지! 그렇게 흥분하실 필요는 없잖아요. 저는 아버지가 노동자라는 사실을 부인하지 않아요. 단지 사람들은 특정

정당의 색깔을 지니고 태어나진 않는다는 말을 하고 싶었을 뿐이에요."

나는 그가 한 말이 맞다고 생각했지만 아무 말도 하지 않았다. 당신은 여전히 접시만 내려다보며 포크와 나이프로 잘게 자른 고기를 천천히 입에 넣었다.

갑자기 내가 주먹을 휘둘렀다는 사실이 후회되었다. 바보가 된 것 같은 느낌이었다.

"아버지와 어머니는 이런 것들을 이해하지 못해요." 한스가 한숨을 내쉬며 말했다.

당신은 그 말에 동의한다는 눈빛을 내게 보냈다.

우리는 한동안 아무 말도 하지 않고 식사를 했다. 들리는 것은 시곗바늘이 움직이는 소리뿐이었다. 나는 접시를 비운 후 자리에서 일어나 선 채로 맥주병을 비웠다. 당신은 내가 맥주를 잔에 따라 마시는 것을 더 좋아한다는 것을 알면서도 말이다.

나는 개를 데리고 나가서 숲 언저리에 앉았다. 당신이 걱정한다는 것을 잘 알면서도 디저트를 먹으러 집에 가지 않았다.

나는 냅킨으로 입가를 닦고 한스를 바라보았다. 헤어스타일은 그때나 지금이나 똑같았다. 여전히 코를 찌를 듯 강렬한 냄새를 풍기는 헤어젤도 마찬가지였다 하지만 셔츠는 예전과 비교해 몸에 더 꽉 끼는 듯했다.

시냇가에 앉아 있던 나는 패배자라는 느낌에 사로잡혔다. 내가 무언가를 크게 잘못한 것 같기도 했다.

"아버지 질문에 대답을 하자면, 사실 요즘엔 정치에 그다지 관심이 없어요." 한스가 물을 한 모금 마시며 말했다

나는 순간순간 찾아드는 민망함과 부끄러움을 감출 수 없었다. 왜 그런 이야기를 꺼냈을까? 어쩔 수 없었다. 나는 내 입에서 나오는 말도 통제를 할 수가 없었다. 나는 그와 말다툼을 하고 싶지도 않았고, 그를 화나게 하고 싶지도 않았다. 그럼에도 나는 그가 싫어하는 말만 하고 있었다.

우리는 한동안 말없이 앉아 있었다. 한스는 그릇에 남은 수프를 숟가락으로 떠 올렸다. "그렇구나. 좋아." 나는 한참 후 말했다.

한스는 고개를 끄덕였다. 피곤해 보였다.

나는 잠든 그에게 이불을 덮어주고 이마를 쓰다듬어주고 싶었다.

"곧 아버지를 집으로 모셔다드릴게요. 많이 피곤해 보이세요." 그가 잠시 후 말했다.

나는 어깨를 추켜 보였다. 사실 집으로 돌아가 부엌 소파에 식스텐과 함께 앉아 있는 것보다 더 원하는 것은 없었다.

한스는 내가 대문을 여는 동안 차 안에 앉아 있었다. 나는 열쇠 꾸러미를 잊어버리지 않도록 벨트에 묶어놓았다. 대문을 닫기 전에 한스에게 손을 흔들어주었다. 그는 천천히 후진해 진입로를 벗어났다.

식스텐이 현관에서 나를 기다리고 있었다. 그가 한 발을 앞으

로 쭉 뻗고 하품을 했다. 나는 식스텐이 부엌 소파에 누워 있었다는 것을 잘 알고 있었다. 발을 쭉 뻗고 베개에 머리를 기댄 채 자고 있었던 게 틀림없다.

부엌에 들어서는 순간, 한스에게 주려고 꺼내놓았던 호박벌 분장을 한 엘리노르의 사진을 발견했다. 한스는 이미 집 앞 진입로를 벗어난 후였다. 나는 그에게 전화를 걸어 줄 것이 있다고 말하려 했다. 뜻밖의 선물이라도 주듯. 그러나 나는 운전 중의 그를 방해하고 싶지 않았다. 그래서 다음에 그가 다시 올 때까지 기다리기로 마음먹었다. 그때까지는 시간이 좀 걸릴 것이다.

나는 식탁 위의 사진이 음식이나 커피 때문에 지저분해지는 것을 원하지 않았다. 나는 사진을 쥐고 한참 제자리에 서 있다가 침실로 가서 당신이 사용하던 침대 위에 내려놓았다.

식탁 위 핸드폰 옆에 있는 메모지 한 장이 눈에 띄었다.

13시 15분. 식스텐과 함께 산책을 하며 배변을 시켜주었어요.

_잉리드

그녀는 아마 뒷문을 통해 들어왔을 것이다. 뒷문은 거의 항상 열려 있다. 벽시계가 오후 4시 20분을 가리켰다. 식스텐은 다시 밖에 나가고 싶어 할 것이 분명했다.

"잠시만 기다려. 먼저 조금 쉬어야 할 것 같아."

나는 식스텐의 머리를 긁어주고 부엌 소파로 걸어갔다.

21시 정각

저녁에 핫초콜릿을 마셨음. 모든 것이 정상임.

_칼레

6월 19일 월요일

03시 30분

야간 순찰대가 우체통 옆에서 보를 발견했음. 그는 프레드리카에게 꼭 편지를 보내야 한다고 말했으나, 지금이 한밤중인지도 모를 정도로 혼란스러워했음. 보를 집 안으로 데려가 부엌 소파에 눕혔음. 식스텐은 집 안에 있었음.

_야간 순찰대

우리는 함께 부엌 소파에 누워 있었다. 식스텐은 내 배 위에서 힘겹게 숨을 쉬었다. 내 몸에서는 아직도 서늘한 여름밤의 한기가 가시지 않았다. 요양보호사는 당신이 쓰던 낡은 담요를 찾아내 나를 덮어주었다. 그들이 어디서 그것을 찾았는지는 알 수 없었다. 나는 몇 년 동안 그 담요를 본 기억이 없었다.

나는 아무 잘못을 하지 않았는데도 수치심에 사로잡혔다. 하필이면 내가 밖에 잠시 나갔을 때 야간 순찰대가 그 앞을 지나가다니. 그들은 내가 당신에게 편지를 부치려고 했을 뿐인데도 큰일이 난 것처럼 야단법석을 떨었다. 단지 그 시간이 밤이었다는 이유만으로 말이다. 내겐 꼭 해야 할 일도 없었고, 나를 기다리는 사람도 없었다. 그들은 식스텐이 나와 함께 있는 것을 보고도 소란을 피웠다.

"만약 앞으로도 이런 일이 생긴다면 우린 밤에도 정기적으로 이곳에 오지 않을 수 없습니다." 전에는 본 적이 없는 낯선 여인이 내게 말했다.

도대체 언제부터 밤에 편지를 보내는 것이 불법이 되었나요? 나는 그렇게 소리를 지르고 싶었지만 아무 말도 하지 않았다. 그녀의 스트레스를 받은 것 같은 표정 때문에 침묵하지 않을 수 없었다. 내 분노가 유치하고 부당한 것처럼 여겨졌기 때문이다.

부엌 소파에 앉아 있으려니 다시 생각이 났다. 이젠 날도 밝았다. 지금은 밖에 나가도 위험하지 않을 것이다.

나는 목을 가다듬고 가래를 삼켰다. 무슨 말을 하려는 순간 현관문이 닫혔다. 긴 한숨이 새어 나왔다.

식스텐은 바닥에 있는 자신의 쿠션 위에 누워 있었다. 개는 밤에는 혼자 자고 싶어했다. 나와 함께 소파에서 자면 너무 덥기 때문이었다.

"잘 자." 나는 담요를 배 위로 끌어 올리며 나직이 중얼거렸다.

08시 10분

출근 즉시 보를 깨웠음. 천식약을 제대로 복용하는지 확인했음.
그는 불평을 늘어놓았지만 시간이 지나자 기분이 나아진 것 같
았음. 아침 식사로는 죽을 준비했고, 식사 후에 샤워를 해야 한
다고 상기시켜주었음.

_에바레나

나는 평소보다 훨씬 늦게 일어났다. 예전에는 새벽 5시 30분에 일어나 차를 한 잔 마셨지만, 요즘은 요양보호사가 이곳으로 출근할 때까지 잠을 잔다. 나는 비정규직 요양보호사가 선을 넘었다고 생각했다. 그녀는 혼자 일어나 앉기도 힘든데 내게 천식약을 흡입하라고 잔소리를 늘어놓았다.

　욕실 거울에 비친 내 시선은 우울해 보였다. 눈 밑에는 액체로 가득 찬 거뭇거뭇한 주머니가 있었다. 나는 눈앞에 낀 흐릿한 안개를 없애려고 수차례 눈을 깜박였다. 목을 가다듬고 침을 뱉었다. 세면대를 헹구려고 수돗물을 트니, 누런 가래침이 배수구로 흘러내리지 않으려는 듯 완강히 저항했다.

　나는 당신 꿈을 꾸었다. 그 때문에 당신에게 편지를 썼던 것이다. 나는 밖으로 나가서 산등성이의 분홍빛 지평선을 한참 바라보았다. 당신은 우리가 결혼하기 전, 매년 하짓날이 되면 히스모포르스의 집 맞은편 숲에서 꽃을 꺾어 오곤 했다.

"세상에 이보다 더 아름다운 것은 없어요." 당신은 흐드러지게 핀 꽃을 손을 쭉 뻗어 가리키며 말했다.

솔직히 말해서 나는 그처럼 늦은 시기에 꽃을 따고 싶어 하는 당신을 이해할 수 없었다. 하지만 당신의 눈빛은 내가 무엇이든 할 수 있게 했다.

비록 자정이 훨씬 지난 시간이었지만 나는 잠에서 깨어 있었다. 나는 당신이 줄기를 꺾어 꽃다발을 만들면서 노래를 부르듯 꽃 이름을 하나하나 흥얼거리는 소리를 들었다. 당신은 어렸을 때 하짓날 저녁이 되면 형제들과 함께 꽃을 꺾곤 했다고 말했다. 나는 점점 더 커지는 꽃다발을 손에 들고 다른 생각은 하지 않았다.

이 모든 것이 꿈을 통해 내게 되돌아왔다. 나는 감상에 젖어 편지를 썼다. 그런 뒤 비누로 손을 씻고 따뜻한 물로 헹구었다. 그 순간을 더 소중히 간직했더라면 좋았을 텐데. 적어도 나는 당신에게 서로 다른 꽃 이름을 물어보거나 당신의 말에 귀를 기울였어야 했다. 초롱꽃, 클로버, 데이지, 서양벌노랑이꽃. 내가 편지에 썼던 것은 그것이었다. 기억할 수 있는 모든 풀과 식물의 이름을 다시 듣고 싶다고. 하지만 이제 그건 불가능한 일이 되어 버렸다. 그리고 이젠 내 삶도 얼마 남지 않았다.

어리석은 짓이라는 것을 잘 알고 있었지만 당신이 내 편지를 받으면 과거의 기억이 되살아날 것이라고 생각했다. 내 방식대로 글을 쓰면 여전히 당신 가슴속에 남아 있을지도 모르는 그 무언가를 깨울 수 있을 것이라고 믿었던 것이다.

하지만 지금, 좀 더 냉정한 눈으로 바라보니, 그건 말도 안 되는 짓이었다는 것을 깨닫게 되었다.

"무슨 소용이 있을까?" 나는 거울 속의 내 눈을 바라보며 중얼거렸다.

나는 가능하다면 오늘을 건너뛰고 싶었다. 대문을 잠그고 식스텐과 함께 소파 위의 담요 밑으로 기어들어가고 싶었다. 그 누구와도 이야기하고 싶지 않았다.

부엌문이 열리는 소리가 들렸다. 나는 손으로 입가를 문지르고 한숨을 쉬며 거울 옆에 수건을 걸었다.

"안녕하세요!"

요한나의 목소리였다. 나는 오늘 그녀가 근무한다는 사실에 기분이 좋아졌다. 나는 요한나도 내가 샤워를 꼭 해야 한다고 생각하는지 궁금했다.

"정기적으로 샤워를 해야 해요." 그녀는 스웨터를 식탁 의자의 등받이에 걸어두며 말했다.

"그러지 않으면 늙은 노인네 냄새가 날 거예요."

그녀의 웃음소리에는 전염성이 있었다. 그녀는 어깨를 들썩거리며 온몸으로 웃었다. 나는 식스텐을 바라보았고, 식스텐은 고개를 들어 눈을 마주쳤다. 내게 노인네 냄새가 난다 하더라도 무슨 상관일까? 나는 투레와 함께 별장에 머무를 때 몇 주 동안이나 샤워를 하지 않았지만 몸에서 퀴퀴한 냄새가 났던 기억은 없다. 하지만 우리 몸이 더러웠던 것은 분명했다.

나는 어깨를 추켜 보이며 식스텐의 머리를 쓰다듬었다.

"오늘은 샤워하고 싶지 않아요." 나는 내 말투가 심각하게 들렸기에 자못 놀랐다.

그녀는 식탁 의자에 앉아 나를 바라보았지만 아무 말도 하지 않았다. 그러다 갑자기 활짝 웃었다.

"퀴퀴한 냄새를 풍기는 노인네가 되고 싶다면 샤워를 하지 않아도 돼요." 그녀가 의자에서 일어나며 말했다.

그녀는 냉장고에서 초콜릿을 꺼내 왔다.

"노인네들은 달달한 것을 좋아하죠." 그녀가 초콜릿을 조각내어 식탁 위에 올려놓으며 말했다. "커피 드시겠어요?"

나는 부엌 소파에 등을 기댔다. 두 다리를 쭉 뻗고 요한나에게 미소를 지었다. 식스텐이 소파 위로 껑충 뛰어올랐다.

그녀는 식탁 위에 커피를 내려놓고 내 안경을 집어 들어 닦아 주었다. 그리고 신문을 뒤적여 낱말 퍼즐을 찾아냈다.

"여기 있어요." 그녀가 내게 신문을 건네며 말을 이었다. "저는 아침 식사를 준비할게요. 내가 식사 준비를 마치기 전까지 당신이 이 퍼즐을 다 풀 수 있는지 내기할까요?" 그녀가 왼쪽 눈을 찡긋하며 말을 이었다. "대부분의 노인네들은 낱말 퍼즐을 아주 잘 푼다고 들었어요."

12시 30분

점심으로 돼지고기 요리와 소스를 준비했음. 보는 차려준 음식을 남기지 않고 다 먹었음. 그는 어젯밤에 프레드리카에게 편지를 보내려 했으나 야간 순찰대에 이끌려 집으로 되돌아왔다고 말했음. 보는 샤워를 하기 싫다고 말했음. 산중의 계곡물에 몸을 담그는 것은 괜찮지만 샤워는 하기 싫다고 고집을 부렸음. 조금 시간이 지난 후에 다시 샤워를 하라고 권해볼 생각임. 식스텐은 산책 중 배변을 했고 매우 만족스러워했음.

_요한나

눈을 감는 순간 톱질하는 소리가 들렸다. 나는 저린 오른쪽 어깨의 보호대를 바로잡았다. 왼쪽 겨드랑이의 가죽끈이 살갗을 파고들었다. 그들이 아르비드 앞에 새 목재들을 내려놓는 동안 나는 잠시 휴식을 취했다. 팔을 들어 올려 이마에 흐르는 땀을 닦았다. 나는 아르비드와 다른 직원 한 명과 함께 제재소에서 운반되어 온 목재들을 받아 내리고 쌓는 일을 하고 있었다. 목재들은 꽤 무거워서 호수에 띄워 운반하곤 했다. 나는 일을 하는 도중 때때로 장갑을 땅에 떨어뜨리기도 했다. 장갑이 너무나 커서 자주 내 손에서 벗어났기 때문이다. 하지만 허리를 굽혀 주워 올리는 것 외에는 내가 할 수 있는 일이 없었다.

"힘내, 보!"

나는 아르비드에게 고개를 끄덕인 후 그의 등 뒤로 가서 판자 다섯 개를 어깨 지지대에 올려주었다. 그러는 동안 내 눈은 호수 쪽을 향했다. 나는 호수 쪽에 배치되는 것을 선호했다. 물에 둥둥 떠오르는 목재들을 끌어 올려 제재소까지 운반하는 일, 호숫가에 서서 산등성이를 바라보는 일을 더 좋아했던 것이다.

그날 아침에 일어날 때부터 시작되었던 두통은 더 심해졌고, 내 어깨 위에 있던 마지막 판자는 평소보다 두 배나 더 무겁게 느껴졌다. 나는 아침 식사를 할 때 히스모포르스에서 일꾼을 구한다는 신문광고를 보았다. 나는 그곳의 근무시간도 긴지 궁금했다. 아르비드는 쌓아둔 목재 더미 옆에 서서 내 어깨 위에 있던 마지막 판자를 받아 내렸다. 나는 그 판자가 나라면 좋겠다고 생각했다. 어쨌든 이제 하루만 더 있으면 일요일이었다.

"거기 멍하니 서 있지만 말고 얼른 다음 일을 해." 누군가가 내게 소리쳤다.

나는 움찔하며 마을의 소매상들에게 가져가기 전에 목재들을 쌓아 말리는 곳으로 걸어갔다. 목재를 쌓을 때는 중간중간에 폭이 좁고 가느다란 판자를 신중하게 끼워 넣어야만 했다. 그렇게 하면 바람이 심하게 불어도 끄떡없었다. 나는 목이 말랐고 머리가 아팠다. 얼른 쉬는 시간이 되어 물을 마시고 싶었다. 어깨에 지고 있던 판자들이 뒤로 기울어지기 시작했다. 나는 균형을 잡기 위해 판자들을 받치고 있던 손을 조금 움직였다.

갑자기 오른손이 장갑에서 미끄러졌다. 얼른 장갑 속에 손을 밀어 넣으려 했지만 이미 때는 늦었다.

눈 깜짝할 새에 일어난 일이라 생각할 겨를도 없었다. 나는 판자들이 바깥쪽으로 떨어질 수 있게 하려 했지만 손이 계속 미끄러졌고, 그 때문에 판자들이 왼쪽으로 떨어져 아르비드를 덮쳤다. 아무것도 모르고 있던 그는 판자에 등을 맞고 앞쪽에 있던 목재 더미 위로 비틀거리며 쓰러졌다. 판자들이 땅에 떨어짐과 동시에 나도 땅에 머리를 박고 고꾸라졌다.

나는 얼른 몸을 일으켰다.

"젠장." 나는 투덜거리며 조금 떨어진 곳에 있던 아르비드를 바라보았다.

넘어져서 판자 밑에 깔려 있던 그가 천천히 몸을 일으켰다. 나는 그에게 뛰어가 바로 앉을 수 있도록 도와주었다. 너무나 수치스러워 땅속으로 들어가고 싶을 정도였다.

"괜찮아. 이것쯤이야……." 비록 그렇게 말했지만 나는 그가 고통스러워한다는 것을 알 수 있었다.

내가 일에 서툴렀던 건 둘째치고, 나 때문에 그가 다쳤다는 것이 너무나 미안했다. 순간, 틀톱 소리가 멈추었고 모든 이의 시선이 우리에게 쏠려 있다는 것을 깨달았다.

"빌어먹을. 장갑이 벗겨지는 바람에……." 나는 누군가가 나를 일으켜주기 전에 간신히 말했다.

"멍청한 자식 같으니. 지지대를 똑바로 착용했어야지."

노인의 목소리는 톱날보다 더 날카롭게 들렸다.

얼굴을 때리는 주먹은 조금 전 땅에 넘어졌을 때와 마찬가지로 갑작스럽기만 했다. 나는 한 걸음 뒤로 물러서서 고개를 저었

184

다. 그렇게 하면 분노도 더 빨리 가라앉았다.

잠시 후, 나는 사람들이 우리를 둘러싸고 있다는 것을 알아차렸다. 누군가가 아르비드를 부축해 우리가 도시락을 먹었던 벤치로 데려갔다. 나는 그들의 뒤를 따라 달려가고 싶었다. 그가 많이 다치지 않았는지 확인하고 그에게 사과를 하고 싶었지만 그 자리에 얼어붙은 듯 꼼짝도 할 수 없었다. 방금 무슨 일이 있었는지 이해하기도 쉽지 않았다. 노인이 내게 손찌검을 한 지는 꽤 오래되었다. 게다가 그가 사람들 앞에서 내게 손찌검을 한 적은 한 번도 없었다.

"도대체 얼마나 멍청했길래 이런 일이 생겼던 거야." 그가 검게 이글거리는 눈빛으로 소리를 질렀다.

나이가 좀 든 남자 두 명이 내가 땅에 떨어뜨린 판자들을 들어 올려 쌓기 시작했다.

"올해 들어 벌써 두 번째야. 도대체 언제쯤이면 제대로 배울 수 있겠니?"

나는 영원처럼 느껴지는 시간 동안 땅만 내려다보며 아무 말도 하지 않았다.

가슴속에서 화가 치밀어 올랐지만 한 마디도 입 밖에 낼 수가 없었다. 나는 그런 식으로 아들을 대할 수는 없는 일이라고 그에게 소리치고 싶었지만, 어쩐 일인지 내 몸의 조그만 근육 하나도 움직일 수 없었다.

사람들의 시선에 얼굴이 화끈거렸다. 말을 하는 사람은 아무도 없었다. 모두가 침묵했다. 귀에 들리는 소리라고는 노인의 목소리뿐이었다.

마침내 전기톱 소리가 들리기 시작했다. 나는 제재소 옆의 통나무에 몸을 기대고 내게 비웃음을 던지는 요나손을 보았다. 그는 집채만큼 몸이 컸고 커다란 통나무 하나를 혼자서도 쉽게 들어 올릴 수 있을 만큼 힘이 셌다. 그가 오른팔을 들어 힘을 꽉 주더니 불룩불룩한 근육을 내보이며 나를 향해 씨익 웃었다. 나는 못 본 척 눈을 돌리고 챙모자를 썼다. 그리고 전기톱 옆에 서서 통나무를 톱날 안으로 밀어 넣는 노인을 바라보며 장갑을 꼈다. 일을 잘 배울 수 있는 기회를 한순간에 잃어버렸다는 생각에 눈물이 쏟아질 것 같았다. 나는 목을 막아오는 덩어리를 삼키려 애썼다. 나의 상상일 뿐일지도 모르지만 왠지 모두가 나를 쳐다보고 있는 것 같았다. 그들은 노인과 마찬가지로 내가 쓸모없는 사람이라고 생각할 것이 분명했다. 이제 나는 그들 앞에서 노인처럼 톱을 잘 다룰 수 없다는 것을 증명한 것이나 다름없었다.

나는 그날 일을 마친 후 일부러 호수 쪽으로 내려가 먼 길을 돌아서 집에 갔다. 노인을 따라가고 싶지 않아서였다. 그를 보고 싶지도 않았다. 그저 어디론가 사라지고 싶을 뿐이었다.

나는 호수를 따라 조금 걷다가 숲속에 들어가기 위해 길을 건넜다. 숲은 란뷘에서 가장 끝에 자리한 한 농가 옆에서부터 시작되었다. 나는 농가 앞에 양옆으로 나란히 서 있는 자작나무 오솔길에서 발걸음을 늦추었다. 가느다란 나뭇가지 끝에 연녹색의 조그마한 싹이 튼 것을 보았다. 배가 고팠지만 최대한 천천히 발을 옮겼다. 집에 가고 싶지 않았다. 그와 함께라면 단 하루도 같은 식탁에 앉아 식사를 하고 싶지 않았다.

나는 레네스베켄강 위의 작은 다리를 건넜다. 강물의 수위는 산에서 내려온 눈 녹은 물 때문에 여전히 높았다. 눈앞이 탁 트인 들판으로 나온 나는 걸음을 멈추고 사시나무 옆에 쪼그려 앉았다. 너무나 피곤해서 몸이 축 처졌다. 나무둥치에 머리를 기대고 그날 있었던 일을 떠올렸다. 나는 집에 오기 전에 아르비드와 이야기를 나누었고, 다행히 그는 많이 다친 것 같지 않았다. 내게 화를 내는 것 같지도 않았다. 그런데도 그 일만 생각하면 안타깝고 불편했다. 노인의 태도. 그리고 요나손. 하지만 최악이라 여겨졌던 것은 바로 내게 향했던 침묵이었다. 노인이 내게 손찌검을 했을 때 사람들은 그곳에 서서 가만히 지켜보기만 했다. 나는 풀을 한 움큼 쥐어뜯었다. 나는 열여섯 살이고 이젠 그가 함부로 무시할 수 있는 어린아이가 아니었다. 나는 머위 꽃을 꺾어 코앞에 가져갔다. 강렬한 봄의 향기를 느낄 수 있었다. 갑자기 기분이 좋아졌다. 꽃을 몇 송이 더 꺾어 꽃다발을 만들었다. 그 순간, 신문의 구인 광고가 떠올랐다. 히스모포르스 제재소에서 사람을 구한다는 광고. 거기라면 일자리를 얻을 수 있을 것 같았다.

"그럴까…….." 나는 이맛살을 찌푸리며 중얼거렸다.

"정말 그렇게 해볼까…….." 나는 조금 더 크게 말하며 자리에서 일어나 사시나무 꼭대기를 쳐다보았다.

"그래, 난 히스모포르스 제재소에 지원할 거야." 나는 손에 들고 있던 꽃다발에 소리를 지른 후 휙 던졌다.

갑자기 허기와 피곤함이 사라졌고 온몸은 날아갈 정도로 가벼워졌다. 나는 등을 쭉 펴고 강기슭을 따라 걷기 시작했다.

광고에는 직원 사택이 제공된다고 적혀 있었다. 침대, 방, 나만의 집. 온몸이 짜릿해졌다. 얼른 집으로 가서 짐을 싸고 싶었다. 나는 히스모포르스까지 가는 직행버스가 있는지, 아니면 크로콤에서 내려 걸어가야 하는지 궁금해졌다.

트럼펫 소리를 연상시키는 새 울음소리 때문에 생각이 달아났다. 머리 위로 두루미 한 쌍이 커다란 날개를 활짝 펼친 채 날고 있었다. 나는 발을 멈추고 그들을 눈으로 따라갔다. 두루미는 힘찬 날갯짓을 하며 앞으로 나아갔다. 나는 두루미들이 남쪽으로 날아가기 전에 무슨 일이 있어도 이곳을 떠날 것이라고 다짐했다.

17시 15분

생선완자. 잠시 함께 앉아 대화를 나누었음. 보는 어깨 지지대
에 대한 이야기와 어떻게 목재를 쌓았는지 이야기해주었음. 처
음에는 일에 서툴렀지만 세월이 흐르면서 익숙해질 수 있었다
고 말했음. 샤워를 하는 데는 아무 문제가 없었음.

_요한나

6월 20일 화요일

08시 15분

습기 가득한 날. 보는 오래도록 잠을 잤음. 숨을 쉴 때 쇳소리가

났음. 침을 뱉고 기침을 한 후 아침으로 마련한 죽과 청어 샌드

위치를 먹었음. 한스가 방문했음. 그가 약 복용을 도와주었음.

_칼레

내가 일어났을 때 한스는 이미 와 있었다. 여기 오기 위해 업무 회의를 취소했다고 말했다. 그는 어제 오후에 그들의 전화를 받았고 내가 밤중에 밖을 돌아다녔다는 것을 알게 되었다고 했다. 보아하니 그들은 마치 내가 아무 목표도 없이 무작정 밖을 돌아다닌 것처럼 말한 것 같았다.

　전자레인지에서 신호음이 들리자 한스가 죽을 꺼냈다.

　"링곤베리 잼을 넣어드릴까요?" 나를 돌아보며 물었다.

　나는 고개를 끄덕이며 몸을 일으키기 위해 매트리스를 손으로 짚었다.

　그는 내 앞에 죽 그릇을 놓고 우유를 부어준 후, 전기주전자의 스위치를 올리고 핸드폰을 꺼내 들었다. 물이 데워지는 동안 엄지손가락이 화면 위에서 재빠르게 움직였다.

　"요양원 직원 올로프가 오늘 10시쯤 잉리드와 함께 여기 올

거라고 했어요." 그가 고개도 들지 않고 말했다. "제가 업무 회의를 여기서 해도 괜찮을까요? 거실에서 하면 될 것 같은데요."

나는 고개를 끄덕이며 죽 맛을 보았다. 표면에는 벌써 얇은 막이 생겨났다. 한스는 끓인 물을 컵에 따르고 티백을 담갔다.

"설탕도 탈까요?"

"응."

바닥에 누워 있던 식스텐이 일어나 한스에게 다가갔다. 그는 식스텐의 머리를 긁어주며 무슨 말인가 하려다가 입을 다물었다. 그가 내 앞에 잔을 내려놓고 가만히 서 있었다.

"고마워."

그는 앞으로는 이런 일이 생기면 안 된다고 몇 번 말했을 뿐, 지난밤에 있었던 일에 대해선 아무런 언급도 하지 않았다. 나는 도대체 앞으로 생기면 안 되는 일이 무엇인지 궁금해하며 그를 쳐다보았다.

"그럼 저는 회의를 하러 가볼게요."

그는 내가 무슨 말이라도 하길 기다리는 것 같았지만 나는 무슨 말을 해야 할지 알 수 없었다.

"알았어."

"온라인으로 하는 회의예요. 그 때문에 컴퓨터를 가지고 왔답니다."

"알았어."

"화장실에 가셔도 돼요. 방해받지 않도록 이어폰도 가져왔거든요."

"응, 알았어."

"그럼 좀 이따 봐요."

그가 거실 문을 닫으며 말했다.

고개를 끄덕이고 죽 한 숟가락을 입에 넣었다. 나는 거실을 활
용할 수 있어서 좋다고 생각했다. 우리 집에서 거실을 사용했던
사람은 거의 당신뿐이었다. 거실에는 재봉틀과 실 등이 있었다.
하지만 당신이 떠난 후에는 내가 화장실로 가는 통로로 이용되
었을 뿐이다.

식스텐은 내가 음식을 다 먹을 때까지 기다렸다가 소파에 뛰
어올라 내 곁에 누웠다. 그런 면에서 보자면 식스텐은 부스테르
를 연상시켰다. 부스테르도 항상 사람 옆에 가까이 있으려 했다.
게다가 자신의 접시에 담긴 음식이 아니면 눈도 돌리지 않았다.
둘 다 식탁 밑에서 음식을 구걸하는 법이 없었다.

나는 라디오를 켜고 소파 위에 누워 몸을 쭉 뻗었다. 낮은 톤
의 여자 목소리는 폭포에 대해 이야기하는 것 같았지만, 숨 쉴
새도 없이 말을 빨리 해서 나는 잘 알아들을 수가 없었다.

"물론 그렇습니다." 한 남자가 끼어들어 숨을 깊이 들이쉬며
말했다. "하지만 아버지들은 적어도 매달 일정 기간 휴가를 낼
수 있습니다." 그는 말이 매우 느렸다. "그렇기 때문에 양육수당
지원을 완전히 개별화하는 것이 매우 중요하다고 생각합니다."

보아하니 그들은 남자들도 여자들 못지않게 아이들과 함께 집

에서 많은 시간을 보내야 한다고 생각하는 것 같았다.

"여성들은 몇 년 동안 노동시장에서 벗어남으로써 경력에서도 뒤처지게 됩니다. 이로 인해 남성들에 비해 경제적으로 열악한 상황에 직면하게 되는 것이죠." 라디오의 여자가 매우 빠른 속도로 말했다.

나는 식스텐의 귀를 잡았다. 한스와 소니아는 그 육아휴직이라는 것을 번갈아가며 사용했다. 우리는 그게 왜 그렇게 복잡한지 이해할 수 없었다. 그 시스템 자체를 이해하기 위해선 특별 강좌를 들어야만 할 것 같았다.

"이번 크리스마스가 지나면 내 차례야." 한스는 엘리노르가 생후 7개월이 되던 어느 일요일, 점심 식사를 하며 이렇게 말했다.

나는 어쨌거나 그 아이를 업어 키운 사람은 소니아였다고 말하려 했다. 하지만 당신은 그 순간 내게 입을 다물고 있으라는 눈빛을 던졌다. 그러고는 한스를 향해 말없이 미소를 지어 보였다.

"요즘 젊은이들은 자신이 원하는 것을 하며 살아요." 당신은 한스 일행이 집으로 돌아간 후 내게 말했다.

원하는 대로. 요즘에는 모든 사람이 원하는 대로 산다. 사물이 존재하는 데는 각각의 방식이 있다. 나는 커피를 계량하는 당신을 바라보았다.

"남자들은 어린아이들을 돌보는 일에 적합하지 않아요." 나는 노인을 떠올리며 투덜댔다. 만약 내가 어렸을 때 그의 보살핌을 받았더라면 큰 재앙이 생겼을 것이다. 내 평생 가장 행복했던 시기는 바로 학교에 입학하기 전 몇 년 동안 어머니와 함께했던 날들이었다. 어머니는 인생에서 알아야 할 모든 중요한 것을 내게 가르쳐주었다. 노인이 오래 떠나 있을수록 내겐 더 좋았다.

"그럴지도 몰라요." 당신은 난로 위에 커피포트를 올려놓으며 말했다. "맞아요, 그럴지도 모르죠."

나는 눈을 감았다. 이젠 그런 일을 하지 않아도 되어서 좋다고 생각했다. 사람들이 그 힘든 일을 해낼 수 있다는 것도 놀랍게만 여겨졌다.

"남자다운 남자는 여자가 자식을 잘 키울 수 있도록 돌봐줘야 해. 그 이하도 그 이상도 아냐." 나는 식스텐을 향해 중얼거리며 묵직해진 눈을 감았다.

"날을 갈아야 할 것 같아요." 나는 노인에게 낫을 들어 보이며 말했다.

그는 아무 말도 하지 않고 문을 닫았다. 내가 노인보다 날을 더 잘 간다는 것은 그도 알고 나도 아는 사실이었다. 노인은 어깨를 으쓱 추켜 보이며 돼지우리로 걸어갔다.

"뭘 갈아야 한다고 하셨나요?"

나는 고개를 돌렸고, 부엌 소파에 내가 누워 있다는 것을 깨달았다. 한스가 내게 다가왔다. 나는 눈을 비볐다. 노인의 등이 흐릿해졌다.

"낫." 나는 빈손을 들어 올리며 말했다.

"여기엔 낫이 없어요." 한스가 부엌 한가운데서 발을 멈추며 말을 이었다. "꿈을 꾸셨나 봐요."

그의 입가에 힘이 들어가는 것을 보며, 나는 담요 위로 손을 축 떨어뜨렸다.

한스가 냉장고 문을 열고 컵에 우유를 따라 내게 가져왔다. 나는 우유를 한 모금 마셨다.

"아버지, 화장실을 개조해야겠어요."

나는 한스를 쳐다보았다. 그는 아마도 내가 도대체 왜 그래야 하는지 궁금해한다는 것을 눈치챘을 것이다.

"지난 수십 년 동안 손질을 하지 않았잖아요." 그는 마치 문제라도 생긴 듯 말했다.

"왜 갑자기 그러니?"

"아버지, 갑자기가 아니라 샤워 수도꼭지에서 물이 뚝뚝 새고 있어요."

한스는 의자를 꺼내 내 맞은편에 앉았다. 마치 나보다 그런 일에 대해 훨씬 잘 아는 것처럼 말을 했다. 단지 대학을 나왔고 세계여행을 한 적이 있다는 사실 때문일 것이다.

"그건 물을 꼭 잠그지 않아서 그래."

"아니에요, 수도가 낡아서 바꿀 때가 되어서 그래요." 한스는 우체통에서 가져온 우편물들을 뒤적이며 말했다. "바닥에 난방장치를 설치하는 것도 좋지 않겠어요?"

나는 우리 아들이 정말 현명한 사람인지 궁금해졌다. 정말 바닥에 열선을 깐 새 욕실이 내게 필요하다고 생각하는 걸까?

"그러면 관절에도 좋을 것 같아요. 의사도 몸을 따뜻하게 하는 게 좋다고 했잖아요."

우리 아들은 전기요금 고지서에 시선을 고정시킨 채 앉아 있었다. 내가 곧 죽을 것이라는 걸 모르는 걸까?

나는 온수기의 물을 다 쓰지도 못한 채 죽을지도 모른다.

별안간 피곤함이 몰려들어 눈을 감았다. 나는 홀로 집 안 여기저기를 돌아보는 한스의 모습을 상상했다. 냉동실에 채워놓았던 음식들을 모두 꺼내고, 그것들을 상자에 넣어 집으로 가져가는 모습.

아니, 어쩌면 그는 그 음식들을 모두 버릴지도 모른다.

11시 10분

잉리드, 한스, 올로프가 회의를 했음. 주제는 식스텐과 야간 순찰대였음. 우리는 내일 밤부터 야간 순찰대가 보를 방문하는 데 동의했고, 식스텐은 추후 공지가 있을 때까지 이곳에 머무르는 것으로 결론을 내렸음. 식스텐을 산책시키는 것은 잉리드가 전반적인 책임을 지되 HT도 시간이 날 때마다 이곳에 와서 산책시켜주기로 했음.

_잉리드

나는 천장을 쳐다보며 귀를 기울였다. 그들은 부엌 창이 열려 있다는 것을 잊은 모양이었다. 나는 회의가 끝나면 잉리드가 그 내용을 말해줄 것이라 믿었지만, 그럼에도 그들이 밖에서 무슨 말을 하는지 듣고 싶었다.

"하지만 개를 산책시키는 것은 당신들의 의무가 아니에요, 잉리드. 나는 식스텐이 아버지에게 큰 의미가 있다는 것을 이해하지만 이건 있을 수 없는 일이라고 생각해요." 한스가 말했다.

그들은 잠시 아무 말도 하지 않았다. 나는 슬슬 화가 나기 시작했다. 그는 생각이 좁은 사람이다. 우리 아들 말이다. 나는 개를 진정으로 생각하는 사람이 누구인지, 개에 관해 누가 가장 잘 알고 있는지 당신들이 아냐고 소리를 치고 싶었다.

"저는 그것이 제 의무라고 생각합니다." 잉리드는 최대한 침착하게 말을 했다. 나는 식스텐의 목줄을 조금 느슨하게 풀어주기로 마음먹었다.

"문제는 그것뿐만이 아니라는 겁니다. 개를 산책시키다가 숲에서 넘어져 뼈를 부러뜨리거나 발을 삐어 일어나지도 못하는 일이 생길 수도 있어요." 한스가 말을 이었다.

나는 그를 볼 수 없었지만 그의 몸짓은 눈앞에서 보듯 선명하게 그려낼 수 있었다. 오른손을 들어 귓불을 마사지하듯 가볍게 당기는 모습.

나는 내 기분을 어떻게 설명해야 할지 몰랐다. 매 순간 바뀌기 때문이었다. 그의 목소리는 너무나 걱정스럽게 들려서 나는 당장이라도 대문을 열고 그에게 걱정할 필요가 없다고 말해주고 싶었다. 한스, 모든 게 다 잘될 거야. 동시에 나는 그가 식스텐을 내게서 데려가야 한다고 잉리드와 논쟁을 벌이는 것을 이해할 수 없었다. 마치 정말 내게 상처를 주고 싶은 사람처럼 말이다.

"나는 당신이 보를 걱정하고 있다는 걸 잘 알아요." 잉리드의 말에 나는 숨을 멈추었다.

"하지만 지금은 식스텐이 이곳에 머물고 제가 보살펴주면 돼요. 너무 복잡하게 생각하지 마세요."

눈가가 촉촉히 젖어와서 얼른 눈을 감았다. 비록 부엌에는 나와 식스텐뿐이었지만 눈물을 보이고 싶지 않았다.

잠시 침묵이 흘렀고 벽시계가 똑딱거리는 소리가 자리를 채웠다. 나는 그들이 목소리를 더 낮추어 이야기하는 게 아닌가 궁금해졌다. 때마침 올로프의 목소리가 들렸다. "그럼 그렇게 합시다."

그는 여기에 온 후 거의 말을 하지 않았다. 그는 시내에 살며 프뢰쉔의 사무실에서 일하는 요양원 관리자다. 새로운 결정을 내려야 할 때면 항상 참여하지만 그리 많은 기여를 하는 것 같진 않았다.

"야간 순찰대와 식스텐에 관한 사항은 추후 공지가 있을 때까지 현재 방식으로 진행하는 걸로 합시다."

안도감이 온몸을 덮쳤지만 그들의 대화를 통해 짐작하건대 한스가 앞으로도 쉽게 포기하지 않을 것이라는 생각을 멈출 수 없었다. 어쨌든 훗날을 생각한다면 전적으로 잉리드에게만 의지할 수는 없는 일이었다. 나는 한스가 이성적인 결정을 내릴 수 있도록 내가 무언가를 해야만 한다고 생각했다. 식스텐을 내게서 데려가는 건 크게 잘못된 일이라는 것을 깨닫게 해주고 싶었다.

아, 엘리노르가 있었지! 나는 자리에서 일어나 수첩을 뒤적였다. 그렇다, 내 생각은 틀리지 않았다. 이제 열흘만 있으면 그 애가 여기 올 것이다.

나는 다시 부엌 소파에 앉아 식탁 위에 있던 메모지 한 장을 집어 들었다. 엘리노르에게 전화할 것. 나는 한스가 이곳을 떠나자마자 그 애에게 전화를 할 것이다. 펜을 내려놓자마자 한스에게 엘리노르에 대한 이야기를 해줘야 한다는 느낌이 스쳤지만, 그것이 무엇인지는 기억해낼 수 없었다.

잉리드가 설거지를 하고 있었다. 한스와 올로프는 이미 떠난 후였다. 그들은 회의를 마친 후 함께 들어와 커피를 마시고 마사랭 과자를 먹으며 내게 소위 '제안'이라는 것을 내놓았다. 마치 내게도 할 말이 있으면 해보라는 듯.

잉리드는 하나씩 해결해보자고 말했고, 나는 그녀를 믿었다. 그녀가 수도꼭지를 잠그고 키친타월에 손을 닦은 후 그것을 싱크대 옆 고리에 걸어두었다. 당신은 키친타월을 항상 오른 손잡이에 걸어두었는데.

그녀가 식탁 의자를 빼서 내 맞은편에 앉았다.

"편지에는 뭐라고 썼나요?"

"네?"

"그날 밤에 프레드리카에게 쓴 편지를 보내려고 했잖아요. 뭐라고 썼는지 궁금해요."

"어, 그거……." 나는 무심하게 말했지만 마음은 한결 가벼워졌다.

잉리드는 식탁 의자에 앉아 나를 빤히 쳐다보았다.

"꿈을 꾸었어요. 더 정확하게 말하자면 기억이 났거나, 아니면 기억을 꿈꿨거나……."

나는 기침을 하고 컵에 가래침을 뱉었다. 잉리드는 내 얼굴에서 눈을 떼지 않고 냅킨 한 장을 내밀었다.

"어떤 기억이었나요?"

"조금 어리석게 들릴지는 모르겠지만." 나는 잠시 말을 끊고 기다렸다.

잉리드는 내게 말을 계속 해보라는 듯 고개를 끄덕였다.

"우리가 결혼하기 전 어느 하짓날 저녁이었어요. 프레드리카는 그날 밤 무슨 일이 있어도 나와 함께 꽃을 꺾으러 가려 했죠. 내가 평생을 함께할 수 있는 바로 그 사람인지 알기 위해 베개 밑에 꽃송이 일곱 개를 놓아둘 거라고 했답니다."

나는 얼굴이 달아올라 잠시 말을 멈추었다.

"참 현명한 행동이었다고 생각해요. 프레드리카도 자루에 담긴 돼지를 사고 싶진 않았을 테니까요."

나는 잉리드의 말에 웃음을 터뜨렸다.

"맞아요, 그랬을 거예요."

"어쨌든 두 분이 결혼을 하셨으니 프레드리카는 당신이 바로 평생을 함께할 그 사람이라는 꿈을 꾸었던 모양이군요?"

"그게 바로 프레드리카가 했던 말이었어요." 나는 웃음을 참지 못하고 말했다.

당신은 그다음 날 내게 달려와 말했다.

"꿈에 밤새도록 당신과 함께 있었어요. 이상하지 않나요?"

우리는 함께 웃음을 터뜨렸다. 누가 더 많이 웃었는지 모를 정도로. 나는 당신을 안아 올려 빙글빙글 돌았다.

가래가 끓었다. 나는 다시 컵에 최대한 많은 침을 뱉으려 애썼다. 잉리드가 일어나서 물 한 컵을 가져왔다. 그녀는 참으로 가볍게 움직였다. 그녀가 걸을 때면 발자국 소리도 거의 들리지 않았다.

"여기 있어요." 그녀가 내게 컵을 내밀었다.

물을 마시자 막혔던 목이 열리는 것 같았다.

"나는 당신도 나와 마찬가지로 하짓날 밤의 꽃에 대한 미신을 믿지 않는다고 확신해요." 그녀가 잠시 후 자리에서 일어나며 말했다. "하지만 그날 밤 프레드리카의 꿈에 다른 남자가 나타나지 않았던 것은 당신에게 정말 행운이었다고 생각해요."

투레가 넓은 보폭으로 성큼성큼 걸었다. 그는 대들보를 떨어 뜨리지 않도록 잘 잡고 오른쪽 다리를 들어 침대 위쪽으로 올라 갔다. 그리고 긴 다리를 쭉 뻗고 두 팔을 베개 밑으로 집어넣은 후 긴 숨을 천천히 내쉬었다.

나는 난로 문을 닫고 허리를 쭉 편 채 방 안을 둘러보았다. 통 나무 벽은 난롯불의 재 때문에 거뭇거뭇했고, 두 개의 조그만 창 을 통해 새어 들어온 9월의 빛은 꺼져가는 중이었다. 파리 한 마 리가 유리창에 반복해서 부딪쳤다. 나는 낡은 신문지를 돌돌 말 아 기회를 엿보았다. 파리는 첫 번째 타격에 정신을 잃었다. 나 는 얼른 창문을 열고 파리를 밀어냈다.

나는 대문 밖으로 나가서 양동이를 집어 들었다. 그 속에는 투 레가 넣어둔 곤들매기가 들어 있었다. 나는 시냇가로 내려가 가 장 깊은 곳에 양동이를 담그고 허리를 굽혀 흐르는 찬물에 물고기를 행구었다. 몇 미터 떨어진 곳에 자리한 자작나무의 잎은 가을을 머금고 누렇게 변해 있었다. 투레의 오두막은 숲 가장자리에 있었다. 주위가 너무나 고요해 졸졸 흐르는 시냇물 소리조차도 크게 들릴 정도였다.

내가 다시 오두막으로 돌아왔을 때 투레는 식탁 의자에 앉아 있었고 두 다리 사이에는 감자가 가득 든 양동이가 있었다.

"좋아, 거기 물 좀 주겠나?" 그가 뒤로 등을 기대며 말했다.

나는 장화를 벗고 그에게 다가갔다.

"난 아직도 익숙해지지 않은 것 같아." 나는 그의 앞에 있던 양동이에 물을 조금 흘려 넣었다.

"내 몸은 다시 일하러 가길 원하는 것 같아."

투레는 감자 한 개를 집어들고 흙을 털어냈다. 당신은 여느 때와 마찬가지로 우리를 위해 수 킬로그램이나 되는 감자를 싸주었다.

"곧 적응할 수 있을 거야. 조금만 더 기다려보게. 사실 나도 적응하는 데 거의 1년은 걸렸어. 화요일에 여기 와도 되는데 항상 주말이 될 때까지 기다리곤 했지."

나는 고개를 끄덕이며 생선을 싱크대에 내려놓았다. 나는 그의 말을 이해할 수 있었다.

선반에서 소금을 내렸다. 이 오두막에 온 지도 수년이 지났기에 이젠 내 집처럼 편하게 느껴졌다. 하지만 내겐 투레처럼 이곳과 관련된 어린 시절의 추억은 없었다.

"자네는 평생 동안 매년 이 오두막에 왔었나?"

나는 생선을 소금에 절이며 그에게 물었다. 당신은 내가 소금을 얼마나 뿌려야 하냐고 물으면 인색하게 굴지 말고 넉넉히 뿌리라고 말하곤 했다.

그가 창문 쪽으로 고개를 돌렸다.

"스무 살 이후엔 몇 년 동안 오지 않았어. 그 시기만 제외하면 매년 이곳에 왔지." 그는 잠시 후 냄비에 감자를 넣으며 말을 이었다.

"자네는 다섯 개면 충분하지?" 그가 감자 다섯 개를 들어 올리며 물었다.

나는 고개를 끄덕인 후, 주철 프라이팬에 버터를 넉넉히 두르고 스토브 위에 올려놓았다.

"자네도 알다시피 난 히스모포르스에서 잠시 벗어나고 싶었어. 무언가 다른 것이 필요하다고 느꼈던 모양이야."

나는 당신과의 대화 때문에 한동안 그가 그곳을 벗어나고 싶어 했다는 것을 잘 알고 있었다. 시간이 흐르자 당신은 그에 대해 더 이상 아무런 말을 하지 않았고, 나는 당신이 우리의 우정을 받아들였다는 것을 알아차렸다. 그리고 우리는 투레에 대해 거의 대화를 나누지 않았다. 사실 할 말도 별로 없었다.

"그래서 예테보리로 갔던 것이군."

"맞아, 그래서 예테보리로 갔지."

그는 내게 그 항구도시에 대해 자주 이야기해주었다. 배와 크레인, 수산시장과 전동차. 나는 가끔 그가 예테보리에 있을 때 그를 찾아간다면 어떨지 상상해보기도 했다. 그는 지금도 자주 예테보리에 가곤 하니까. 짐을 싸서 기차에 올라 중앙역에서 투 레를 만나는 기분은 어떨까. 하지만 그런 일은 일어나지 않았다.

나는 녹기 시작한 버터 덩어리에 포크를 찔러 넣었다. 팬에 버터로 원을 그리며 내가 히스모포르스로 이사 갔을 때를 떠올 렸다.

"노인에게서 벗어났을 땐 정말 좋았어." 나는 잠시 후에 말을 이었다. "레네스를 떠나 매사에 이래라 저래라 잔소리하는 노인 을 더 이상 안 봐도 되어서 정말 행복했지. 자네도 알다시피 노 인은 항상 자기만의 방식으로 일을 했고 내가 자기 말대로 일을 하지 않으면 불같이 화를 냈어. 장작 더미를 평소와 다른 곳에 놓아두면 그때부터 지옥이 시작되었거든."

투레는 나를 바라보며 고개를 끄덕인 후 냄비를 스토브 위에 올려놓았다. 어쩐 일인지 평소보다 훨씬 말수가 적었다. 하지만 그는 오두막에 있을 때면 자주 그런 모습을 보이곤 했다. 우울해 보이는 것 같기도 했다.

"그 세대 사람들에겐 아무리 노력해도 바꿀 수 없는 것들이 더러 있어." 그가 창밖을 내다보며 말했다.

팬에 생선을 올려놓는 순간 기름이 지글지글 소리를 내며 튀 었다. 나는 움찔하며 재빨리 팬을 옆으로 옮겼다. 투레는 아무것 도 눈치채지 못한 것 같았다. 그의 시선은 여전히 창밖에 고정되어 있었다.

그는 자신의 부모에 대한 이야기는 거의 입에 올리지 않았다. 나는 그의 아버지가 꽤 일찍 세상을 떠났고, 어머니는 요양원에 있다는 것만 알고 있었다.

"자네 아버지도 그랬나?" 나는 잠시 후 그에게 물어보았다.

투레는 무거운 한숨을 내쉬며 어깨를 으쓱 추켜 보였다.

"응, 심술 가득한 개자식이었어." 그가 몸을 일으키며 말했다.

그는 찬장에서 접시를 꺼내고 서랍을 열어 포크와 나이프를 가져와 상을 차렸다.

나는 아마 그 세대 사람들은 모두 그랬을 것이라고 생각하며 고개를 끄덕였다.

"아버지는 내가 호수 괴물 인형을 수집하는 걸 그리 좋아하지 않았어." 그가 증오를 담은 눈빛으로 말했다.

"그랬겠지."

나는 직접 만든 조리대 옆에 서 있는 그를 흘낏 쳐다보았다. 그도 힘들었을 것이 분명했다. 만약 그게 나였더라면 노인은 당장 나를 쫓아냈을 것이다.

"지금은 이 세상에 없어서 정말 다행이야." 그가 한참 후에 말을 하며 돌아섰다. 표정이 갑자기 심각해졌다. "하지만 그런 말은 하면 안 되겠지?"

나는 어깨를 으쓱 추켜올렸고 우리는 한동안 아무 말도 하지 않았다. 생선이 다 구워졌다.

나는 그런 생각을 해본 적이 없었지만 그의 말이 옳은 것 같았다. 노인이 죽었을 때 나는 좋아했다. 나는 생선이 타서 팬에 붙지 않도록 주걱으로 생선을 들어 올렸다. 하지만 그렇게 생각하는 건 잘못된 것 같았다.

투레는 그런 말을 하는 데 꽤 용감했다. 그는 생각했던 말을 솔직하게 다 하는 사람이었다. 나는 우리가 같은 느낌을 공유한다는 생각에 기분이 좋아졌다.

그가 냄비 받침대 두 개를 꺼내 식탁 위에 올려놓았다. 나는 묵직한 주철 프라이팬을 식탁 위에 쿵 소리를 내며 내려놓았다.

"생선 머리를 잘라내지 않은 건 잘한 일이야." 그가 접시를 바라보며 말했다. "그렇게 하면 더 부드러운 생선살을 먹을 수 있거든."

나는 고개를 끄덕인 후 당신이 준 비닐봉지에서 납작한 빵인 레프세 두 개를 꺼내 각각의 접시에 올려놓았다. 투레는 각각의 레프세 위에 으깬 감자를 올렸다. 우리는 레프세를 적당한 크기로 자른 후, 바삭바삭한 생선 껍질부터 먼저 먹었다.

"내가 물을 뜨러 갔을 때 레밍 한 마리를 보았어." 나는 그것을 보았을 때와 마찬가지로 들뜬 기분이 되어 이야기를 시작했다.

투레는 씨익 웃으며 생선의 등뼈를 발라냈다. 그해는 유난히 레밍이 눈에 많이 띄었다. 오두막으로 올라가는 길에서만도 열두 마리는 족히 보았을 것이다.

"그래서 기분이 좋았어?" 그가 으깬 감자 위에 생선 살을 얹고 레프세를 원뿔 모양으로 접으며 말했다. "여기 올 때는 그 조그만 동물들이 불쌍해 보인다고 걱정했잖아."

"쳇." 나는 그의 말에 코웃음을 쳤지만 웃지 않을 수 없었다.

생선의 비릿한 냄새가 옅어지자 시곗바늘 소리가 더 커졌다. 나는 눈을 비비며 부엌 싱크대 앞에서 일을 하고 있는 요한나를 바라보았다. 식스텐은 나의 왼쪽 다리를 누르고 있었다. 온기가 느껴졌다. 나는 개의 목을 긁어주고 크게 하품을 했다.

18시 25분

출근했을 때 보는 깊은 잠에 빠져 있었음. 저녁 식사로 으깬 감

자와 곤들매기를 먹고 싶다고 했지만, 생선완자와 소스를 만들

어주었음. 식스텐과 함께 가벼운 산책을 했음.

_요한나

7월 1일 토요일

08시 15분

아침 식사로 죽을 먹은 후 약을 복용했음. 보는 기분이 좋아 보였고 샤워를 하고 싶다고 했음. 수첩에는 엘리노르가 오늘 오후에 온다고 적혀 있었음.

_요한나

나는 수첩을 보지 않고서도 엘리노르가 오늘 온다는 것을 기억해낼 수 있었다. 눈을 떴을 때 가장 먼저 떠오른 생각이었다. 엘리노르, 호박벌 소녀, 항상 이 늙은 할아버지를 위해주었던 아이.

　나는 손바닥으로 얼굴을 문지르며 하품을 했다.

　"어서 드세요." 요한나가 죽 그릇을 식탁 위에 내려놓으며 말했다.

　나는 일어나 앉았다. 그녀가 접시에 우유를 부어주었다. 죽은 너무나 묽어서 우유와 구분이 되지 않을 정도였다.

　이른 아침인데도 꽤 더웠다. 요한나는 녹색 티셔츠와 청바지를 입고 있었다. 그녀는 엘리노르보다 겨우 몇 살 더 많을 뿐이다. 나는 그녀의 할아버지와 함께 학교를 다녔다. 그는 거의 말이 없었다. 자주 혼자 있었고, 우리가 말을 걸어도 대답을 듣기가 쉽지 않았다. 우리는 방과 후에 한데 모여 자주 구슬치기를 하곤 했는데 가끔 그도 낄 때가 있었다. 하지만 그는 우리가 서로의 구슬을 두고 이런저런 말을 할 때도 혼자만의 생각에 잠겨 있었다.

그는 조각에 천부적인 재능이 있었다. 그의 아내는 매년 크리스마스 장날이 되면 그가 만든 공예품을 내다 팔았다.

"멋진 옷걸이군요."

요한나는 우리 집에 처음 왔을 때 현관에 있던 옷걸이에 재킷을 걸으며 의미심장한 미소를 지었다. 그녀의 할아버지가 만든 옷걸이는 꽤 인기가 많았기에 그녀는 여기저기 다니며 같은 말을 자주 했을 것이다.

내 손가락은 아침이면 뻣뻣하기가 이루 말할 수 없다. 그래서 식탁 위의 숟가락을 들어 올리기도 쉽지 않다. 숟가락을 식탁 가장자리로 민 후에야 겨우 집어 올릴 수 있었다.

"오늘 밖에 나갔다 왔나요?" 요한나가 바닥에 누워 있는 식스텐을 돌아보며 물었다.

나는 기억을 짚어보았다. 가끔 새벽 4시쯤 잠에서 깨면 식스텐이 밖에서 오줌을 눌 수 있도록 잠깐 밖에 나갔다 올 때도 있었다. 하지만 오늘 아침에는 그렇게 한 기억이 없었다.

"아니, 오늘은 밖에 나가지 않았어요." 나는 뜸을 들이며 말했다. 그녀에게 내가 아무것도 기억 못 한다는 인상은 주고 싶지 않았다.

요한나는 뒷주머니에서 핸드폰을 꺼내 시간을 확인했다.

"죽을 드시는 동안 저는 식스텐과 함께 잠시 나갔다 올게요. 돌아오면 샤워하는 걸 도와드릴 테니 걱정 마세요."

사실 그날은 샤워하는 날이 아니었지만, 요한나는 엘리노르가 오기 때문에 샤워를 하는 게 좋겠다고 권했다. 나는 반대하지 않고 고개를 끄덕였다. 엘리노르가 왔을 때 쓰레기 냄새를 풍기고 싶지 않았기 때문이다.

나는 요한나가 돌아오기 전에 죽 그릇을 비웠다. 식탁을 직접 치우기로 마음먹었지만 요한나가 생각보다 일찍 돌아왔기에 그럴 시간이 없었다. 단지 신문을 한쪽에 쌓아두었을 뿐. 식스텐은 내게 다가와 소파 위로 뛰어오른 후 베개 위쪽에 머리를 올려놓고 엎드렸다.

"준비됐나요?" 나는 두 팔을 활짝 벌리며 부엌에 들어오는 요한나에게 물었다.

그녀가 웃음을 터뜨렸다.

"엘리노르가 매주 여기 오다면 당신이 정말 깨끗해질 것 같지 않아요?"

"쳇. 어서 오기나 해요." 나는 입가에 번지는 미소를 감출 수 없었다.

나는 몸을 돌려 욕실을 향해 걷기 시작했다. 요한나는 행여 내가 뒤로 넘어질까 봐 내 뒤에 바짝 붙어 걸었다. 나는 천천히 발을 옮겼지만 요한나가 그것 때문에 스트레스를 받는 것 같진 않았다.

투레는 샤워를 할 때 대개 미리 옷을 벗고 알몸으로 변기 뚜껑 위에 앉아 그들을 기다리곤 했다. 벌거벗은 몸으로 그들이 올 때까지 앉아 있었던 것이다. 하지만 그들은 가끔 생각지 않은 일이 생겨 늦게 올 때도 있었다. 그러면 그는 변기 위에 앉아 기다리는 수밖에 없었다.

"그들이 스트레스를 받으면 나도 함께 스트레스를 받아." 내가 그에게 그렇게까지 기다릴 필요는 없다고 말했을 때 그는 이렇게 대답했다.

나는 그들이 스트레스를 받든 그러지 않든 상관하지 않았다. 필요한 일은 아무리 시간이 들더라도 서두르지 않고 해냈다. 반면 샤워하는 것은 끔찍하기만 했다. 지금까지 살아오면서 최근 몇 년 동안 샤워를 제일 많이 한 것 같았다. 비록 종종 샤워하는 것을 거부할 때도 있었지만 말이다. 이 집엔 나밖에 없는데 내 몸에서 쓰레기 냄새가 나든 똥 냄새가 나든 무슨 상관이란 말인가?

"여기 앉으세요."

요한나는 내가 갑작스러운 찬기에 놀라지 않도록 변기 뚜껑에 수건을 깔아주었다. 그녀가 비닐 앞치마와 비닐 장갑을 집어 들기 위해 내 머리 위로 손을 뻗었다. 내 등 뒤에 있는 모퉁이 벽장에는 요양보호사들이 사용하는 일회용 제품이 가득 들어 있었다.

"이제 됐어요." 그녀는 앞치마를 잘 고정시키며 말했다. "셔츠부터 시작할까요?"

"좋아요."

나는 요한나가 셔츠의 맨 위 단추를 풀 수 있도록 턱을 올렸다.

식스텐이 욕실 문 앞에서 발을 멈추었다. 개가 귀를 쫑긋 세우고 우리가 무엇을 하는지 빤히 바라보았다. 마치 우리가 하는 일이 매우 번거롭게 보인다는 듯.

"하는 김에 식스텐까지 목욕을 시킬까요?" 요한나가 눈썹을 치켜올리고 혀를 쭉 내밀며 말했다.

나는 크게 소리 내 웃었다.

"그렇게 할까요?"

나는 그녀가 수돗물을 트는 동안 변기 뚜껑 위에 알몸으로 앉아서 기다렸다. 욕실 안은 따뜻했다. 아마도 한스는 내가 불필요하다고 생각한다는 것을 잘 알기에 내게 묻지도 않고 실내 온도를 높였을 것이다.

"물 온도는 괜찮은가요?" 그녀가 샤워기를 내밀며 물었다.

나는 물줄기 아래로 팔을 뻗은 후 온도가 적당하다고 대답했다. 그녀는 내가 샤워실 안에 들어가기 전에 샤워 의자를 물로 씻어냈다.

"이제 물이 나와요."

물줄기가 내 뻣뻣한 발에 가장 먼저 닿았다. 내 발가락은 어머니의 발가락처럼 너무나 비뚤어져 있어서 언뜻 발가락인지 알아보기가 어려울 정도였다.

"아직도 물 온도가 적당한가요?"

나는 고개를 끄덕였고, 그녀는 샤워기를 점점 위로 올렸다. 등줄기에 소름이 돋았다. 나는 잠시 눈을 감았다.

"자, 여기 있어요." 그녀가 내게 샤워기를 건네주며 말했다.

그녀는 물비누를 짜서 거품을 낸 후 내 몸을 문질렀고, 내 발가락 사이사이에도 손가락을 넣어 씻어주었다. 간지럽기도 하고 기분이 좋기도 했다.

"왜 내가 샤워를 더 자주 하지 않았을까?"

요한나가 미소를 지으며 나와 눈을 마주쳤다.

"그러게나 말이에요. 당신은 매번 샤워를 할 때마다 그 말을 하잖아요."

13시 20분

보가 마당에 나와 나를 맞으며 내 차에 앉아보고 싶다고 말했음. 차가 높직하고 보기 좋아서 당장 사고 싶다고도 했음. 그는 기분이 좋아 보였고 엘리노르가 오기를 들뜬 마음으로 기다리고 있었음. 샤워를 한 직후라 향긋한 냄새가 났음. 감자 그라탱과 칠면조 요리로 저녁을 준비했음. 식스텐을 데리고 잠시 산책을 다녀왔음.

_칼레

샤워하느라 에너지를 많이 소비한 것이 틀림없었다. 칼레가 방금 음식을 만들어주었는데도 또 배가 고파졌다. 나는 샌드위치를 직접 만들어 먹기 위해 몸을 일으켰다.

한스가 내게 식사하는 것을 꼭 기억하라고 남긴 포스트잇에 눈이 갔다. 습기와 요리로 인한 기름때 때문에 종이가 구불구불해졌고 한쪽 모서리는 떨어져 안쪽으로 동그랗게 말려들어가 있었다.

냉장고에는 내가 좋아하는 음식으로 가득했다. 저알콜 맥주, 소고기 절임, 쌀죽과 고지방 우유 등이 빈틈없이 자리한 것을 보니 감동이 밀려왔다. 당신과 내가 함께 장을 볼 때 샀던 음식 브랜드와 똑같았다. 우리는 우리 아들이 훌륭한 사람으로 자라게 하기 위해 함께 노력했고, 그 노력이 결실을 맺은 것 같다는 생각이 스쳤다.

대문이 열리는 소리와 함께 가슴이 벅차올랐다. 나는 엘리노르라는 것을 알고 있었기에 미소를 짓지 않을 수 없었다. 얼른 냉장고에서 초콜릿을 꺼내 식탁 위에 올려놓았다.

그 애가 대문을 열고 들어오는 것만으로도 집이 더 아늑해진 것 같았다. 그 애는 나를 보자마자 두 팔을 활짝 벌리고 부엌으로 뛰어왔다.

"할아버지!"

그 애가 나를 꽉 껴안는 바람에 나는 균형을 잃고 넘어질 뻔했다. 나는 미소를 지으며 지난번보다 더 길어진 머리카락을 쓰다듬어주었다.

"가슴을 덮을 수 있도록 머리를 기르는 중이에요."

내가 머리카락을 살짝 움켜쥐자 그 애가 수줍은 티도 내지 않고 당당하게 말했다.

엘리노르는 항상 그랬다. 전혀 주저함 없이 쉽게 말을 내뱉곤 했다. 내성적인 아버지와는 정반대였다. 그런 면에서 엘리노르는 투레와 비슷했다. 함께 있으면 자연스럽게 대화를 할 수 있었다. 나는 엘리노르와 대화를 할 때 생각을 많이 할 필요가 없었다. 한스와 대화할 때처럼 할 말을 미리 짚어볼 필요가 없었던 것이다.

나는 우리의 손녀가 자기 아버지와 어떻게 그처럼 다를 수 있는지 궁금해졌다. 어쩌면 소니아 때문일지도 모른다. 소니아가 엘리노르를 키웠던 방식은 우리가 한스를 키웠던 방식과 달랐을 것이다.

식스텐이 다가와 엘리노르의 허벅지에 머리를 대고 코로 엘리노르의 손을 쿡쿡 찔렀다. 엘리노르가 웃음을 터뜨리며 식스텐 앞에 쪼그려 앉았다.

"안녕, 늙은 염소야. 그동안 잘 지냈어?" 엘리노르가 식스텐의 머리를 쓰다듬으며 말했다.

"식스텐은 문제없이 잘 지냈단다." 나는 몸을 쭉 펴며 말했다.

엘리노르가 장난감 하나를 꺼내자 식스텐이 장난감 위로 몸을 던졌다. 나는 그 애가 식스텐과 함께 노는 모습을 보니 기분이 좋아졌다. 나는 잠시 기회를 엿보다 말문을 열었다.

"그런데 그들이 식스텐을 데려가려 한단다. 너도 들었지?"

엘리노르가 장난감을 멀리 휙 던지고 그 뒤를 쫓는 식스텐의 모습을 시선으로 따랐다.

"아무래도 네 아버지가 화가 많이 난 것 같아."

식스텐이 장난감을 가져와 엘리노르에게 다시 던져달라는 듯 내밀었다. 하지만 엘리노르는 장난감을 앞에 두고 식스텐의 귀 뒤를 긁어주었다.

"네 아버지는 내가 식스텐을 돌볼 수 없다고 생각해. 나와 함께 있으면 식스텐이 산책도 제대로 못 한다고 생각하지. 도대체 언제부터 한스가 동물에 관심을 가졌는지 알 수가 없어." 나는 소리 내 웃으려 했지만 기침이 터져 나왔다.

엘리노르는 가래침을 뱉을 수 있도록 내게 컵을 가져다주었다. 나는 몸을 돌려 최대한 많은 가래를 뱉을 수 있도록 애썼다. 엘리노르는 식탁 의자를 꺼내 앉았다. 식스텐은 그 뒤를 따라가 엘리노르의 무릎 위에 머리를 얹었다.

기침을 하고 가래침을 뱉고 나니 너무나 지쳐서 잠시 누워야 만 했다.

"어쨌든 나는 네가 네 아버지에게 이성적인 말을 해주어야 한 다고 생각해."

베개 위에 얹은 머리가 더 무거워졌다. 하지만 무겁던 가슴은 한결 가벼워졌다.

엘리노르는 아무 말도 하지 않고 시선을 돌린 채 가만히 앉아 있기만 했다. 무슨 일일까? 평소 모습과는 너무나 달랐다.

"식스텐을 돌보는 데 손이 많이 간다는 말을 아버지에게서 들 었어요." 엘리노르가 한참 후에 말했다.

보아하니 그 빌어먹을 자식이 이미 그 애의 머리에 말도 안 되 는 생각을 심어놓은 것 같았다. 나는 주먹을 쥐어보려 했지만 손 가락을 구부릴 수가 없었다. 나를 제외한 모든 사람이 내 삶을 결정하는 데 참여하고 있었다.

우리의 손녀는 스웨터 소매를 만지작거렸다.

엘리노르가 고개를 들었다. 나는 엘리노르의 눈빛이 한스의 눈빛과 똑같다는 것을 깨달았다. 그것은 이제 우리의 역할이 바 뀌었다는 것을 의미했다. 연민과 동정 그리고 우월함.

"사실 아버지 말이 맞아요."

그 말에 가슴이 철렁 내려앉았다.

"할아버지가 식스텐과 함께 산책하는 건 쉽지 않을 거예요."

나는 엘리노르의 말을 받아들일 수 없었다. 이런 일이 있을 것이라곤 생각지도 못했다.

"할아버지, 화내지 마세요." 엘리노르가 한숨을 쉬며 두 팔을 축 늘어뜨렸다. "식스텐에겐 더 긴 산책이 필요해요."

그 애는 마치 내가 개에게 필요한 것이 무엇인지 전혀 모르고 있다는 듯 말했다.

나는 눈을 감았다. 그 애를 쳐다보고 싶지도 않았다. 머리가 어질어질했다. 금방이라도 토할 것 같았다.

내가 너를 어떻게 키웠는지 아냐고 소리를 지르고 싶었다. 그 애를 위해 만들어주었던 모든 것, 축구 훈련이 있을 때마다 경기장으로 데려다주었던 그 모든 날. 엘리노르는 내가 받아들이기 힘들어한다는 걸 이해한다고 말했다. 나는 이제 겨우 스물한 살짜리가 뭘 안다고 그렇게 말하느냐고 소리를 지르고 싶었지만 아무 말도 하지 않았다. 소리를 지르고 싶지 않았다. 특히 엘리노르에겐 말이다. 나는 눈을 질끈 감고 입을 꾹 다물었다.

"할아버지, 저를 좀 보세요."

나는 마지못해 눈을 떴다. 엘리노르가 슬퍼 보였기에 방금 화를 냈던 것이 후회되었다. 엘리노르에게 상처를 주고 싶진 않았다.

"저는 식스텐이 가족과 함께라면 더 잘 살 수 있다고 생각해

요." 엘리노르가 내 다리에 손을 얹으며 말했다. 엘리노르의 손
길에 내 다리가 벌벌 떨리는 것 같았다.

상황은 너무나 낯설었고 나는 할 말을 찾지 못했다. 온몸에서
힘이 쭉 빠졌다. 이젠 호박벌까지 나를 실망시킨다는 생각을 하
니 그냥 가만히 누워 있는 것 외엔 내가 할 수 있는 일이 없다는
생각이 스쳤다. 이유는 알 수 없었지만 한스에게 배신을 당하는
것보다 엘리노르에게 배신을 당하는 것이 더 견딜 수 없었다. 생
각지도 못했던 일이었다.

나는 천장 나무 판자의 옹이 자국에 시선을 고정시켰다. 이젠
더 이상 이 삶을 계속하고 싶지 않다는 생각이 스쳤다. 그것이
그때 나를 덮쳤던 유일한 생각이었다.

7월 12일 수요일

08시 15분

관절약과 천식약 복용. 보는 심술을 부리며 죽을 다 먹지 않겠다고 고집을 부렸음. 그는 내가 개를 산책시키기를 원했지만, 시간이 없어 할 수 없었음.

_에바레나

대문이 닫히자마자 나는 스카프가 들어 있는 항아리를 향해 손을 뻗었다. 안간힘을 써보았지만 뚜껑을 열 수 없었다. 항아리를 옆에 내려놓고 식스텐의 머리 위에 손을 얹은 다음 눈을 감았다. 부엌이 흐릿하게 변하며 사라졌다.

나는 속도를 줄이고 자전거에서 내려 자전거를 끌면서 길을 건넜다. 한스는 낚싯대를 꼭 쥐고 자전거의 뒤 안장에 앉아 있었다. 생선은 배낭에 들어 있었다. 저녁 시간은 너무나 조용해서 풀잎이 바스락거리는 소리도 들을 수 있을 정도였다. 우리는 백야의 빛 때문에 들떠 있었고 호숫가에서 시간 가는 줄 몰랐다. 정확히 몇 시인지는 알 수 없었지만 당신은 우리가 늦어질 것이라고 짐작했을 것이다. 한스는 길가에 있는 라르손의 돼지우리를 뚫어지게 쳐다보았다. 거대한 돼지들이 진흙 속에서 구르고 있었다. 언뜻 보기에도 한스보다 열 배는 더 큰 것 같았다.

나는 눈앞의 가파른 언덕을 바라보았다. 도저히 자전거를 타고 올라갈 수 없을 것 같아서 계속 자전거를 끌고 가기로 마음먹었다. 아이가 조금 늦게 잠자리에 든다 하더라도 문제될 일은 없을 것이다. 저 멀리 커다란 두루미 두 마리와 그보다 좀 더 작은 두루미 한 마리가 눈에 띄었다. 나는 발을 멈추고 한스의 옆구리를 살짝 찌르며 두루미를 보라고 신호를 주었다.

"어, 왜요?"

"쉬."

나는 집게손가락을 입에 대며 턱으로 두루미를 가리켰다.

아이가 눈을 둥그렇게 치켜떴다.

"아직 나는 법을 제대로 못 배운 것 같구나." 나는 그의 귀에 대고 나직이 말했다.

두루미들은 숲 가장자리에서 잠시 머물 곳을 찾고 있는 것 같았다. 그들은 기다란 꼬리 깃털을 흔들며 이리저리 돌아다녔고 때때로 흙 속에 부리를 찔러 넣기도 했다.

"이제 두루미들은 최대한 많이 먹어 살을 찌울 거야. 가을이 오기 전에 떠날 준비를 하기 위해서지." 나는 한스에게 속삭였다.

한스는 생각에 잠긴 표정으로 고개를 끄덕였다.

두루미들은 우리와 그리 멀지 않은 곳에 있었지만 우리에겐 관심이 없는 것 같았다. 우리는 여름 저녁 속으로 녹아들었다. 이렇게 야생동물을 볼 수 있다는 것은 참으로 특별하다는 생각이 스쳤다. 어떤 면에서 본다면 우리도 그런 식으로 그들의 삶에 참여한다고 말할 수 있을 것이다.

갑자기 자갈길에서 쿵 하는 소리가 들렸고 그와 동시에 두루미 가족이 날아가버렸다. 자전거 뒷바퀴 옆에 지렁이 미끼가 들어 있는 깡통이 떨어졌다. 나는 한스를 짜증스러운 눈으로 바라보았다. 그는 낚싯대를 떨어뜨리지 않으려 안간힘을 쓰고 있었다.

내가 어쩌면 그렇게 조심성이 없냐고 소리를 지르려고 입을 여는 순간, 그가 내게 얼굴을 돌렸다.

"죄송해요."

나는 그의 애틋한 눈빛에 가슴이 아파 아무 말도 할 수 없었다.

한스의 눈빛은 노인의 눈빛을 보았을 때와 마찬가지로 가슴을 후벼 파는 것 같았다. 나는 입을 꽉 다물고 목구멍에 치솟아 오르는 덩어리를 삼키려 애썼다.

"어……." 나는 그의 작은 등에 손을 얹으며 말했다.

"괜찮아."

한스가 고개를 숙였다.

"피곤해요." 잠시 후 그가 하품을 하며 말했다.

미끼 통이 천천히 내 발 쪽으로 굴러왔고, 나는 허리를 굽혀 통을 주워 한스에게 주었다.

"서둘러 집에 가는 게 좋겠구나."

나는 자전거 안장 위로 발을 획 넘겨 페달을 밟기 시작했다.

우리가 라르손의 우체통 앞을 지날 때쯤 두루미 가족들이 전나무 꼭대기로 되돌아와 우리 머리 위를 날았다. 나는 그들의 날

갯짓을 느낄 수 있을 것 같았고, 그들과 함께 거기 계속 머무르면 좋겠다고 생각했다.

"아버지."

고개를 돌리니 그는 산을 바라보며 가만히 앉아 있었다.

"아버지." 다시 그가 나를 불렀다. "아버지, 저예요."

나는 현관 쪽에서 들려오는 목소리에 움찔하며 잠을 깼다.

"아버지, 이건 얼른 없애야 해요."

나는 눈을 떴다. 우리 아들이 스트레스를 받은 듯 당신의 재킷 한 벌을 손에 들고 짜증스러운 목소리로 말을 하고 있었다.

"아직도 어머니가 여기 살고 있는 것처럼 어머니의 물건을 여기저기 내버려두면 안 돼요."

나는 눈을 감고 식스텐과 부엌 소파 사이의 빈 공간을 주먹 쥔 손으로 내려쳤다. 그의 한숨 소리가 들렸다. 나는 다시 눈을 감고 잠을 자려 했지만 마음처럼 잘 되지 않았다.

도대체 자기가 누구라고 생각하는 걸까? 그는 자기가 뭐라도 되는 것처럼 여기 와서 당신 물건을 어떻게 해야 하는지 내게 명령을 했다. 당신의 재킷이 현관에 걸려 있다고 해서 그에게 해를 끼치는 것도 아니지 않은가?

나는 몸을 벌떡 일으켜 식탁을 주먹으로 내려치며 나는 내가 원하는 건 뭐든지 할 수 있다고 소리치고 싶었다. 이 배의 선장은 바로 나라고.

하지만 내버려두었다. 나는 선장이 아니기 때문이었다. 나는 폭풍우 속을 항해하는 배에 묶여 있는 짐에 불과했다.

한스는 재킷을 접어 조리대 앞에 있는 비닐봉지에 넣었다. 나는 어머니가 노인의 물건을 치우지 않고 제자리에 그대로 두었던 것을 기억해냈다. 그때 나는 어머니에게 아무 말도 하지 않았다. 나는 식스텐의 머리를 쓰다듬으며 한스는 왜 상황을 있는 그대로 받아들이지 못하는지 궁금해했다. 왜 항상 모든 일에 끼어들어 일을 엉망으로 만드는 것일까?

그가 돌아섰다. 나는 그의 눈빛에서 동정심을 보았다고 생각했다.

나는 쉰일곱 살이 된 우리 아들을 바라보았다. 이 세상에 한 인간을 낳아 기르는 것과 비교할 수 있는 것은 아무것도 없다. 당신이 임신하기 전에는 아무도 이것에 대해 말해준 사람이 없었다. 이것이 얼마나 어려운 일인지. 아이를 갖는 것만큼 자연스러운 일이 어떻게 이처럼 복잡한 일로 변할 수 있는 것일까?

나는 식스텐의 머리를 쓰다듬으며 나 자신과 약속했던 것을 떠올렸다. 내 차례가 되면 스스로 모든 것을 해결하겠다고. 마지막 날이 왔을 때 우리 사이에 정리되지 않은 일은 남기지 않겠다고. 나는 그가 이런저런 것들을 고민하고 신경쓰는 것을 원하지 않았다.

한스는 재킷을 담은 봉지를 현관에 내려놓은 후 식료품이 담긴 종이 봉지를 들고 들어왔다. 갑자기 무기력해졌다. 이미 하루 종일 여기저기 돌아다녀 너무나 지쳤지만 아직 하루를 더 돌아다녀야 이 일이 끝날 것 같은 느낌이 스쳤다.

"마트에 가니 아버지가 좋아하는 절인 고기를 할인 가격에 팔더군요. 그래서 사 왔어요." 한스가 코프 마트 봉지를 들어 올리며 말했다.

그의 따스한 눈빛과 약간 비뚤어진 듯한 미소는 당신을 떠올리게 했다. 순간 당신이 잠시 여기에 있는 듯한 느낌이 스쳤다.

13시 15분

한스와 요양원 본사 직원이 와서 맞춤형 침대를 들여놓았음. 점

심으로 소시지 죽을 마련했음.

_칼레

그들이 부엌 창에서 적당히 떨어져 있는 의자에 나를 앉혔다.
나는 당신이 브룽쿨라고르덴 요양원으로 떠난 후 매일 밤 나와
식스텐이 잤던 부엌 소파를 그들이 내어 가는 것을 바라보았다.
그 소파는 부모님의 집에 있던 것으로, 우리가 히스모포르스에
이사 올 때 가져왔던 것이다.

나는 한스가 나를 위해 부엌에 맞춤형 침대를 들여놓겠다고
처음 말을 꺼냈을 때부터 그것을 반대해왔다. 나는 부엌 소파에
서 가장 편하게 잘 수 있다. 하지만 내 목소리는 그들의 귀에 닿
지 않았다. 하늘에서 죽은 새가 떨어지듯 내 말은 아무도 발을
들여놓지 않는 곳에 떨어진 것 같았다.

한스의 이마에서는 땀이 흘러내렸지만 중고 시장에서 온 사
람은 멀쩡했다. 그는 한스보다 더 건강해 보였고 스무 살은 어려
보였다. 나는 그가 침대를 얼마에 팔았는지 궁금했다.

나는 식스텐의 등에 손을 얹었지만 식스텐은 불안한 듯 나직한 신음 소리를 냈다.

창밖에 서 있는 트럭을 발견했다.

"꼭 차를 저기 주차했어야만 했어?"

"네?"

한스가 돌아섰다.

"저걸 마당에 까는 데 돈을 얼마나 퍼부었는지 아니?"

대문 앞에 석재 타일을 깔기로 결정했던 것은 우리를 위한 큰 투자였다.

"아버지, 그런 말씀은 좀 이따가 하셔도 되잖아요."

한스가 소파를 살짝 들어 올리고 쉽게 밀어낼 수 있도록 그 밑에 수건을 깔았다.

짜증이 치솟았다. 소리를 지르고 싶었지만 그렇게 하면 어리석고 우스꽝스러워 보일 것이 분명했다. 마치 이 세상 어느 누구도 내가 이 일 때문에 화를 낼 권리가 없다고 생각할 것만 같았다.

나는 마음을 진정시키기 위해 화장실로 갔다. 중고 시장에서 온 남자가 소파를 내려놓고 내가 거실로 나갈 수 있도록 비켜주었다.

"다시 해보죠." 한스가 한숨을 내쉬며 말했다.

화장실에서 돌아오니 그들은 이미 부엌 소파를 트럭에 실은 후였다. 한스는 새 침대를 부엌 모퉁이에 밀어 넣고 바퀴를 고정시켰다. 적어도 나는 새 침대를 어디에 설치하면 좋을지 선택할 수 있었다. 항상 부엌 소파가 있던 그 자리였다.

트럭이 떠난 후 우리는 침대를 바라보며 한동안 말없이 서 있었다. 시곗바늘이 움직이는 소리가 들렸다. 병원에 있는 침대와 비슷했다. 당신이 한스를 출산했을 때 누워 있었던 침대. 내가 심장 수술을 받았을 때 누워 있었던 침대. 지금 당신이 매일 밤 잠을 자는 침대.

우리 아들의 만족한 표정을 보니 그의 머리에 장작을 집어던지고 싶은 충동이 생겨났다. 하지만 장작을 집어 들기 위해 손을 뻗치는 것도 귀찮게만 느껴졌다.

만약 그가 내 집에 마음대로 들어와 이것저것 간섭하는 시간을 반으로 줄이고 그 시간에 식스텐과 함께 산책을 한다면 모든 문제가 사라질 것이라는 생각이 스쳤다.

"왜 내가 손잡이와 보호난간과 바퀴가 달린 침대를 사용해야 하지?" 나는 눈살을 찌푸리며 말했다. 나는 자리에 앉으며 그의 마음을 누그러뜨리기 위해서라면 무엇이라도 하고 싶다고 생각했다.

"왜냐하면 그게 아버지에게 훨씬 더 좋거든요." 한스가 이마의 땀을 닦으며 말했다. 몸이 크고 퉁퉁한데도 힘든 일을 잘 견뎌내지 못하는 것 같았다.

나는 손에 들고 있던 컵에 가래침을 뱉었다. 문득, 그 행동에 한스가 짜증을 낸다는 것을 알아차렸다.

"내가 원하지도 않는데 어떻게 내게 더 좋을 수 있지?"

목소리가 갈라져서 다시 침을 뱉었지만 목에 있던 덩어리를 없앨 수는 없었다. 나는 이제 다른 사람들이 내게 무엇이 좋은지 간섭해오는 일에 너무나 지쳐버렸다.

"이 침대는 일어나서 나오기가 훨씬 쉬워요. 이걸 보세요."

한스는 새 침대에 직접 누워 난간의 머리 쪽에 붙어 있는 알루미늄 손잡이를 잡고 일어나는 것을 보여주었다.

나는 몸을 일으켜 그 손잡이를 들고 그의 두개골을 내려치는 상상을 하며, 나의 야윈 허벅지에 올려놓은 식스텐의 머리를 쓰다듬었다. 젠장, 이건 내 집이란 말이야. 나는 마음먹고 힘을 주어 기침을 했다. 그러자 가래가 좀 사라지는 것 같았다.

"내가 부엌 소파에서라면 잠을 푹 잘 수 있는 것을 아는데도 어떻게 이 침대가 더 좋을 수 있지?"

한스가 한숨을 쉬었다.

"아버지, 이젠 이 일이 아버지만의 문제가 아니라는 것을 좀 알아주세요."

내 집의 내 침대를 이야기하면서 어떻게 이것이 나만의 문제가 아니라고 말할 수 있는 걸까. 나는 소리를 치고 싶었지만 가래 덩어리가 목을 막는 바람에 다시 기침을 하기 시작했다.

"아버지, 제 말을 좀 들어보세요." 한스가 내게 물컵을 내밀며 말을 이었다. "이 침대를 사용하면 요양보호사들이 아버지를 더 쉽게 도와줄 수 있어요."

나는 포기해버렸다. 분노는 갑작스럽게 생겨났던 것만큼이나 빨리 사라졌다. 나는 한스가 나를 침대에 눕혀주도록 가만히 내버려두었다. 그는 리모컨으로 할 수 있는 모든 일을 내게 보여주었다. 그가 침대의 등받이를 올려주었을 때 나는 고개를 끄덕여주었다.

나는 한스가 돌아간 후에도 여전히 침대에 누워 있었다. 패자가 된 듯한 느낌과 함께. 너무나 푹신한 침대 속에서 금방이라도 푹 꺼져 사라져버릴 것만 같았다. 식스텐은 바닥에 누워 있었다. 한스가 침대보를 손으로 두드리며 올라오라는 신호를 주었음에도 식스텐은 꿈쩍도 하지 않았었다.

"얼른 올라와. 우리에겐 선택을 할 권리가 없단다." 나는 조심스레 내 허벅지를 톡톡 두드리며 말했다.

식스텐은 불안한 듯 주저하더니 뛰어올랐다. 그리고 침대 위를 몇 번 돌아다니더니 평소와 마찬가지로 나의 왼쪽에 자리를 잡고 누웠다.

눈을 감으니 투레와 한스가 내 앞에서 투레의 오두막으로 향하는 길을 걷고 있었다. 한스는 무언가를 가득 넣은 배낭을 메고 양손에 침낭과 깔개를 들고 있었다.

"짐을 너무 많이 꾸리지 마세요. 한스는 이제 겨우 아홉 살이잖아요." 당신은 배낭 속에 스웨터를 넣는 내게 그렇게 말했다.

"이제 겨우 아홉 살이잖아요." 나는 당신의 말투를 흉내냈다.

나는 한스의 나이 때 그보다 더 많은 것을 들고 다녔다. 하지만 나는 당신에게 그 말을 하지 않고 미소만 지어 보였다.

투레는 지팡이로 사용할 긴 나뭇가지 하나를 찾아냈고, 한스는 지렁이를 찾고 있었다.

"저기!"

"아냐, 그건 너무 작아. 더 찾아보자." 투레가 말했다.

공기에서 코앞에 다가온 겨울을 느낄 수 있었다. 아마도 밤이 되면 기온이 영하로 내려갈 것 같았다. 한스는 오두막 여행을 이미 몇 주 전부터 고대하고 있었다. 어떤 낚싯대를 가져가야 할지, 오두막에선 무엇을 할 것인지. 그는 여섯 살 때부터 매년 오두막 여행에 나를 따라왔다. 그전에는 너무 어리다며 당신이 반대했다. 나는 이미 그가 다섯 살이 되던 해에 충분히 함께 갈 수 있다고 생각했지만 당신은 단호하기만 했다.

투레와 한스는 앞서거니 뒤서거니 하며 오솔길을 걸었다. 당신이 출산 직후 병원에서 돌아왔을 때 투레는 인사차 우리 집에 들렀고, 평소와는 달리 그다지 말을 많이 하지 않았다. 나는 당신이 힘든 출산을 겪었다는 말을 하지 않았지만 그는 분위기로 알아차린 것 같았다. 그는 안락의자에 한스를 안고 앉아 있는 당신에게 따스한 미소를 건넨 후, 물 주전자와 컵을 가지고 와서 당신 옆에 앉았다.

"목이 마른 것 같아서요."

당신은 조용히 고개를 끄덕였다. 잠시 후 한스가 눈을 뜨고 작은 입으로 하품을 했다.

"투레, 아이를 안아보고 싶나요?" 나는 당신의 말에 매우 놀랐지만 아무 말도 하지 않고 식탁 의자에 가만히 앉아 있었다.

"물론이죠." 투레는 눈을 치켜뜨고 조금 과장된 목소리로 대답했다.

나는 부엌 소파에 앉아 갓 태어난 나의 아들을 안고 있는 동료를 바라보았다. 어떤 면에서 보자면 그가 한스의 출생에 어떤 식으로든 함께할 수 있다는 것이 매우 중요하다는 생각을 했다.

투레는 아이의 작은 몸 위로 머리를 숙였다.

"나중에 네가 좀 더 자라면 늙은 소년들과 함께 오두막에 가서 낚시를 할 수 있을 거야." 그가 연극을 하듯 극적인 목소리로 말했다.

당신과 나는 동시에 웃음을 터뜨렸다. 그의 꾸며낸 목소리와 길고 비실비실한 몸, 그리고 한스의 칭얼거리는 소리가 함께 섞이니 너무나 우스꽝스러웠기 때문이다.

"한스, 저기!" 갑자기 투레가 소리쳤다.

"저 자작나무 가지를 지팡이로 사용하면 돼!"

한스는 블루베리 덤불 속으로 뛰어들어가 투레가 가리켰던 자작나무를 향해 달렸다.

"완벽해." 투레는 한스에게 말하며 그가 가져온 지팡이에 달린 작은 나뭇가지들과 잎들을 뜯어내고 다시 되돌려주었다.

저녁 식사 후 나는 오두막의 이층 침대 아래층에 누워 몸을 쭉뻗었다. 밖은 어두워지기 시작했다. 나는 오두막에 머무를 때면 당신과는 달리 아이의 취침 시간에 전혀 신경 쓰지 않았다. 우리가 잘 때까지 아이가 깨어 있어도 그냥 내버려두었던 것이다. 내가 어렸을 때도 꼭 정해진 시간에 잠자리에 들어야 했던 기억은 없었다. 우리는 저녁 식사 후에 함께 잠자리에 들곤 했다.

"어떤 책을 가지고 왔나요?" 한스가 물었다.

투레는 자신의 배낭에서 의기양양하게 두꺼운 책 한 권을 꺼냈다.

"이 책!"

나는 등유 램프의 희미한 불빛 속에서 그를 흘낏 쳐다보았지만 책 제목은 잘 볼 수 없었다. 그는 천천히 제목을 읽기 시작하는 한스의 앞에 책을 내려놓았다.

"그리이이임 혀어엉제의 도옹화 모오오음."

한스가 글자를 익히는 데는 꽤 오랜 시간이 걸렸지만 해를 거듭하면서 막힘없이 글자를 읽을 수 있었다. 그는 항상 다른 사람이 책을 읽어주는 것을 좋아했다.

"정확해. 아주 좋아."

투레는 책을 뒤적여 신데렐라 이야기가 시작되는 부분을 펼쳤다.

"그건 너무 무서운 거 아냐?" 나는 투레를 향해 말했다. 언젠가 당신이 형제들과 함께 나누었던 대화가 기억났기 때문이다. 당신의 조카들은 신데렐라 이야기를 들은 후 악몽을 꾸었다고 했다.

"음, 그런 부분도 없지 않을 거야." 투레는 안경을 코 위로 밀어 올리며 말했다.

"하지만 조금 무섭다 하더라도 그 때문에 죽는 사람은 아무도 없어. 나는 어렸을 때 오히려 이런 이야기들을 더 좋아했거든."

투레가 책을 읽기 시작했다. 나도 그의 이야기를 듣고 싶었지만 그가 채 몇 줄도 읽기 전에 졸기 시작했다. 장작불이 타오르는 소리 사이사이에 몇몇 문장이 귓전에 다가왔다가 사라지기를 반복했다.

"아버지, 그들이 발을 잘랐대요." 갑자기 한스가 내 팔을 잡아당기며 소리쳤다.

"무슨 소리야?" 나는 졸음에서 헤어나지 못한 채 되물었다.

옆에 앉아 있던 투레가 웃음을 터뜨렸다.

"의붓자매들이 왕자의 유리 구두에 발을 집어넣기 위해 발가락과 발뒤꿈치를 잘라냈어."

그가 내게 설명해주었다.

나는 얼굴을 문질렀다.

"그게 무슨 말도 안 되는 소리야." 나는 하품을 하며 말을 이었다. "한스, 그건 다 지어낸 이야기란다."

당신은 아이에게 이런 이야기를 읽어주는 게 그다지 좋지 않다고 생각했을 것이다.

"내일은 다른 이야기를 읽어봐요." 한스가 투레 쪽으로 몸을 돌리며 말했다.

"음, 그래. 내일은 라푼젤 이야기를 읽어보자."

"좋아." 나는 대답을 하긴 했지만 그게 누구인지 몰라 고개를 절레절레 저었다. 나는 몸을 일으켜 문 쪽으로 걸어갔다.

"이제 잠자리에 들기 전에 오줌통을 비워야 할 때가 되었어."

한스와 나는 오두막을 벗어나 작은 언덕 아래로 걸어갔다. 보름달이 호수와 가문비나무 숲 위로 차가운 빛을 던졌다.

등 뒤의 작은 산은 정적에 휩싸여 있었다.

한스는 내 옆에 바짝 다가와 바지의 지퍼를 내렸다. 아이의 팔이 내 다리에 닿았다. 아이는 아무 말도 하지 않았다.

"너도 투레가 읽어주는 동화가 다 지어낸 이야기라는 걸 잘 알고 있지?"

한스는 확신하지 못하는 듯 어깨를 으쓱 추켜 보였다.

우리는 오줌을 털어내고 다시 오두막을 향해 걷기 시작했다. 한스는 조용히 내 손을 꼭 잡았다. 나도 아이의 손을 힘주어 잡아주었다.

17시 45분

쌀죽을 마련했지만 보는 먹기 싫다고 했음. 그는 자신이 침대에
만족하지 않는다는 사실을 꼭 일지에 적으라고 말했음. 침대가
너무 푹신하기 때문이라고 했음.

_잉리드

잠에서 깨니 가슴이 답답했다. 온몸은 땀으로 흠뻑 젖어 있었다. 내 머릿속을 채운 생각 한 조각이 날카로운 칼날처럼 계속해서 나를 긁어대고 있었다.

　그가 부엌 소파를 가져갈 수 있다면 식스텐도 얼마든지 데려갈 수 있을 것이라는 생각이었다.

　나는 몸을 일으켜 침대 가장자리에 앉았다. 손가락이 바르르 떨렸다. 핸드폰을 향해 손을 뻗었다. 별안간 투레와 대화를 나누는 것을 미룰 수 없다는 생각이 스쳤다. 핸드폰을 집어 올리기까지 꽤 시간이 걸렸다. 소파보다 높은 침대에 익숙지 않았기 때문이다. 나는 녹색 버튼을 눌렀다. 투레 대신 한스의 이름이 화면에 떴고, 내가 손을 쓰기도 전에 전화가 연결되었다.

　"젠장." 나는 혼잣말로 중얼거리며 재빨리 빨간색 버튼을 눌렀다.

식스텐이 나를 향해 고개를 들었다. 신호음은 마치 영원히 계속될 듯 울렸다.

"보! 왠일이야." 마침내 투레가 전화를 받았다.

그의 목소리에 가슴이 진정되었다.

"오늘 전화하기로 한 날이야?" 그가 목을 가다듬으며 물었다.

"그건 아냐. 그냥 전화해봤어."

침묵이 감돌았다.

"무슨 일이라도 있었어?"

갑자기 눈물이 터져 나올 것 같았다. 더 이상 이런 일에 끼지 않고 싶다고 소리치고 싶었다. 나는 그가 한스에게 전화해 보에게서 식스텐을 데려간다면 가만두지 않겠다고 말하기를 원했다.

"보. 아직 거기 있어?"

"그들이 식스텐을 데려간다면 자살할 거야." 나는 생각 없이 나오는 대로 말을 뱉었다.

투레가 다시 목을 가다듬었다.

"그런 말은 하지 마, 보."

나는 할 말을 찾을 수 없었다. 그저 식스텐의 머리를 쓰다듬을 뿐이었다. 프레드릭손 씨의 아들 생각이 머릿속을 스쳤다. 그는 스무 살이 되던 날 머리가 잘린 채 헛간에서 발견되었다.

"진심으로 하는 말이야?" 한참 침묵이 흐른 후 투레가 물었다.

"뭐가?"

"그들이 식스텐을 데려가면 죽을 거라는 말." 그가 신음 소리를 내며 말했다.

나는 곰곰이 생각해보았다. 만약 내가 사냥꾼이었다면 일은 훨씬 쉬웠을 것이다. 하지만 무기도 없고 혼자서는 샤워도 못 하며 심지어는 화장실 가는 것도 어려워하는 내가 무엇을 할 수 있단 말인가.

"글쎄, 잘 모르겠어……." 나는 말을 맺지 못했다.

다시 핸드폰 너머로 정적이 흘렀다.

"휴……. 그냥 그렇다는 말이야." 나는 한참 후에 말문을 열었다.

투레는 다시 신음 소리를 냈고 나는 조금 부끄러워져 한숨을 쉬고 무릎 위에 손을 얹었다. 손가락이 평소보다 훨씬 더 아팠다.

"휴……." 나는 다시 한숨을 내쉬었다.

투레는 여전히 아무 말도 하지 않았다. 나는 그가 전화를 끊은 게 아닌가 의심했다. 이처럼 오랫동안 침묵을 하는 건 평소 모습과는 달랐기 때문이다. 내가 어리석은 말을 했다고, 다시는 그런 말을 하지 않을 것이라고 말하려는 순간 그가 목을 가다듬는 소리가 들렸다.

"나는 그렇게 되길 바라지 않아. 절대로."

그의 말투는 낯설기만 했다.

나는 그가 잔을 내려놓을 때 찻잔에 부딪치는 소리를 들으며 그가 손을 떨고 있다고 생각했다.

그런 말을 한 것이 후회되었다. 프레드릭손 부부는 그 일이 있은 후 다시는 예전과 같은 삶을 살 수 없었다. 나는 투레가 그런 경험을 하는 것을 원하지 않았다.

"그래, 그런 일은 일어나지 않을 거야." 나는 허벅지에 묻은 커피 얼룩을 손가락으로 문지르며 말을 이었다. "절대 일어나지 않을 테니까 안심해."

"그들이 아직 식스텐을 데려가지 않았나 보군." 투레는 다시 평소와 같은 어조로 말했다. "나는 잉리드가 이 문제를 해결할 수 있을 것이고, 한스도 곧 이성을 되찾을 수 있으리라고 믿어."

여전히 가슴이 찢어질 듯 아팠지만 무겁게 짓눌러오던 답답함은 어느 정도 사라졌다.

7월 18일 화요일

식스텐은 부엌 한가운데에 서 있었다. 개는 오줌을 누러 밖에
나가고 싶을 때처럼 귀를 쫑긋 세우고 나를 빤히 바라보았다. 나
는 식탁 위에 핸드폰을 내려놓았다. 방금 내게 전화를 걸어 온
사람은 마리타였다. 그녀는 내가 어떻게 지내고 있는지 도움이
필요하진 않은지 물었다. 나는 무슨 일이 있으면 꼭 연락하겠다
고 약속했다. 잠시 그녀에게 식스텐에 관한 문제를 상의할까 생
각해보았지만 마음을 고쳐먹었다. 그녀도 자신만의 일로 충분히
바쁠 것이라는 생각 때문이었다.

　나는 피곤해서 침대에 눕고 싶었지만, 머리 옆에 있는 손잡이
를 잡고 몸을 일으켜 앉았다.

　찻잔 속의 차는 차갑게 식어 있었다. 아침 식사도 잊은 채 깜
박 잠에 들었던 것이 틀림없었다. 샌드위치의 가장자리는 딱딱
하게 굳어 있었지만 크림치즈는 여전히 몰랑몰랑했다. 식스텐은

제자리에서 한 바퀴 빙 돌더니 현관 쪽으로 가서 내가 목줄을 채워주기를 기다렸다.

몸을 일으키니 머리가 어질어질해서 얼른 식탁 가장자리를 짚고 눈앞의 검은 점이 사라지기를 기다렸다. 문득 슬리퍼를 어디에 두었는지 기억이 나지 않았다. 슬리퍼를 신지 않고 딱딱한 부엌 바닥을 걸으면 발이 아팠다.

대문을 열자마자 식스텐이 달려 나갔다. 하지만 개는 아무리 급해도 항상 대문 밖에서 참을성 있게 나를 기다리곤 했다.

나는 모자 선반을 잡고 고무장화 속에 차례차례 발을 넣었다. 운동복 바지가 위로 미끄러져 올라가지 않도록 두꺼운 양말 속에 집어넣었다.

내가 대문을 닫자마자 식스텐은 집 뒤쪽으로 달려갔다. 나는 개의 뒤를 따랐다. 개는 바람막이 역할을 하는 집 뒤편의 숲속으로 들어갔다.

08시 20분

출근했을 때 보와 식스텐은 보이지 않았음. 그들을 기다렸지만

돌아오지 않았음. 잉리드가 이곳으로 오고 있는 중임. 그녀와

함께 그들을 찾으러 나갈 예정임.

_요한나

오솔길의 입구는 가파른 오르막길이었다. 길 양옆에는 오래된 나뭇가지와 풀들이 늘어서 있었다. 잎이 떨어진 맨가지들이 미끈미끈한 걸 보니 지난밤에 비가 내린 것 같았다. 나는 길옆에 툭 튀어나온 기다란 나뭇가지를 미처 보지 못했기에 발이 걸려 넘어질 뻔했다. 하지만 머리 위에 늘어진 나뭇가지를 잡고 가까스로 균형을 되찾을 수 있었다.

식스텐은 이미 숲 아래쪽의 들판으로 내려간 후였다. 내가 가장 좋아하는 곳이었다. 무성한 숲에 둘러싸여 야생화가 꽃다발처럼 무성하게 피어 있는 곳.

"오는 길에 꽃을 좀 꺾어 오세요." 내가 개들의 목줄을 채우고 밖으로 나가려 하면 당신은 종종 그렇게 말하곤 했다. "숲 아래쪽의 들판까지 내려갈 일이 있다면 말이에요." 당신은 내가 거의 매번 그곳으로 간다는 것을 알고 있으면서도 그렇게 덧붙였다.

"꽃배달 왔습니다." 나는 집에 들어서서 당신에게 꽃다발을 자랑스럽게 내밀며 말했다.

당신은 부엌 조리대 위에 꽃을 내려놓고 신중하게 줄기를 잘랐다. 그리고 커다란 꽃병에 잘 정리해서 꽂은 후 식탁 위에 올려두었다. 우리는 당신의 이모에게서 결혼 선물로 받았던 꽃병을 자주 사용했다.

나는 숨을 고르기 위해 숲 가장자리에서 발을 멈추었다. 여기에 수도 없이 왔다. 생각할 시간이 필요할 때, 몸과 마음이 지쳤을 때 이곳을 찾곤 했다. 한스가 온건 청년회에 가입했을 때, 투레가 난생처음으로 크게 아팠을 때, 그리고 당신이 집을 떠났을 때도 나는 개를 데리고 이곳에 왔다. 이곳을 찾는다 하더라도 상황이 나아지거나 내가 더 현명해지는 건 아니었지만, 그럼에도 나는 마음이 진정되는 것을 느낄 수 있었다.

들판 한가운데 자리한 잡목숲에서 사시나무 잎이 바스락거렸다. 몇 년 전 이웃집 소년의 개는 그곳의 가문비나무 꼭대기에서 새끼 곰 한 마리를 발견했다.

"틀림없이 엄마 곰을 잃어버렸을 거예요. 그래서 나무 위에 앉아 엄마 곰을 찾고 있었던 게 아닐까요?" 소년은 그렇게 말했다.

블릭스텐은 그해 들어 숲속에 갈 때마다 뒷다리 사이에 꼬리를 끼운 채 나를 따라다녔기 때문에 나는 그곳에 곰이 여러 마리 있다는 것을 이미 알고 있었다. 당신은 곰이 있다는 말을 들어도 무심하게 어깨만 으쓱 추켜 보이며 전혀 두려워하지 않았다. 반면 투레는 그해 가을 한 번도 우리 집에 오지 않았다.

"1989년 이후 곰에게 잡아먹히는 사람이 생긴다면 그건 바로 내가 될 것이라고 확신해." 그는 숲속에 버섯을 따러 가자는 내 말에 고개를 절레절레 저으며 그렇게 말했다.

다음 해에 사람들은 그 곰을 쏘아 죽였다. 어미를 잃고 홀로 먹이를 찾으러 사람들이 사는 마을까지 내려왔기 때문이었다. 새끼 곰은 귀엽지만 다 자란 수컷 곰과 마주치는 것을 좋아하는 사람은 아무도 없다.

나는 눈앞에 펼쳐진 꽃의 바다를 바라보았다. 파란색, 흰색, 노란색, 녹색. 클로버, 초롱꽃 그리고 이름을 알 수 없는 커다랗고 아름다운 주황색 꽃.

식스텐은 눈에 띄지 않았지만 나는 저 멀리 꽃과 풀들이 물결치듯 움직이는 곳에 개가 있다는 것을 알고 있었다. 개는 회오리바람이 들판을 휩쓸 듯 신나게 달리고 있었다.

곧 그 꽃들은 시들 것이고 뿌리는 흙 속에서 겨울을 날 준비를 할 것이다. 그러면 가을이 찾아올 것이고 숲 언저리의 사시나무도 붉게 변할 것이다.

만약 당신이 여기 있었더라면 분명 꽃을 꺾어 꽃다발을 만들었을 것이다. 기회가 오면 잃지 말아야 한다고 말하면서.

다리에 여전히 힘이 남아 있었기에 나는 들판을 빙 둘러 아래쪽의 오래된 숲길과 우체통을 지나 자갈길을 올라가기로 마음먹었다. 그다지 먼 길은 아니었지만 오르막과 내리막이 번갈아가며 펼쳐지기 때문에 쉽게 피곤해질 수 있었다.

기저귀를 차지 않아서 기분이 좋았다. 몸도 더 유연해진 것 같았고 발걸음도 훨씬 가벼웠다. 나는 식스텐을 찾아 두리번거리며 발걸음을 빨리했다. 올해는 발에 밟히는 솔방울들이 유난히 더 많은 것 같았다. 식스텐은 나무 작대기 하나를 물고 내게 달려오다가 몇 미터 떨어진 곳에서 발을 멈추었다. 내가 키웠던 개 중에서 이렇게 행동하는 개는 식스텐뿐이었다. 개는 내가 작대기를 던져주기를 원했지만 그 작대기를 들고 되돌아오는 일은 거의 없었다. 그래서 나는 매번 새 작대기를 찾아야만 했다. 나는 개가 아주 어렸을 때부터 이것을 가르쳐주려 했지만 소용없었다.

나는 작대기를 들어 올리기 위해 허리를 굽혔다. 관절이 뻣뻣해서 집어 올리기가 쉽지 않았다. 나는 있는 힘을 다해 작대기를 던졌고 식스텐은 그 뒤를 따라 달렸다. 작대기 앞에 이른 개는 공중으로 껑충 뛰어올라 그것을 덮쳤다. 입으로 작대기를 물고 먹잇감을 빼앗기지 않으려는 듯 머리를 세차게 흔들었다. 나는 신나게 노는 개의 모습을 기분 좋게 지켜보았다. 잠시 후 개는 땅에 엎드려 작대기를 잘근잘근 깨물었다. 나는 새 작대기 하나를 집어 들어 다시 개를 향해 던졌다.

7월인데도 바람이 차가워 몸이 떨렸다. 나는 한기에서 벗어나려고 더 빨리 걷기 시작했다. 평소에는 발을 디딜 곳을 찾기 위해 땅에 시선을 고정시키고 걸었지만, 그날은 숲 아래쪽으로 뛰어

내려가는 식스텐을 바라보며 발을 옮겼다. 개는 육식동물의 본능에 따라 생쥐의 흔적을 찾으려는 듯 땅에 코를 박은 채 걸었다.

그 일은 미처 생각할 겨를도 없이 순식간에 일어났다. 나는 흙속에 얼굴을 파묻은 채 널브러졌고 축축한 흙 냄새가 코를 맴돌았다. 안경을 끼고 있었더라면 내 얼굴 앞에서 움직이는 개미들도 볼 수 있었을 것이다. 하지만 지금은 눈앞에 보이는 모든 것이 흐릿하기만 했다. 그럼에도 나는 내 옆에 개미집이 있다는 것을 본능적으로 알 수 있었다. 한스가 어렸을 때부터 그 자리를 지키고 있던 것이었다.

무릎이 얼얼하게 아팠다. 하지만 신체의 다른 부분은 평소보다 더 아픈 것 같지 않았다. 옆으로 몸을 굴려 간신히 일어나 앉은 나는 쓰러진 나무줄기 위로 잡초들이 무성하게 자라 작은 언덕이 되어버린 것을 발견하지 못했다는 것을 깨달았다.

식스텐이 내게 다가와 끙끙 앓는 소리를 내며 내 얼굴을 핥았다.

"괜찮아, 나는 괜찮단다." 나는 혼잣말처럼 중얼거리며 사시나무 쪽으로 엉금엉금 기어갔다.

나는 나무둥치에 등을 기대고 눈을 감았다. 무릎은 점점 더 아파오기 시작했고, 방금 전까지만 하더라도 몸속에서 요동치던 활기가 사라진 것 같았다. 불어오는 바람에 나뭇잎이 흔들렸고, 갑작스러운 한기에 팔에 소름이 돋았다. 식스텐은 내게서 몇 미터 떨어진 곳에 앉아 귀를 쫑긋 세운 채 들판을 바라보고 있었다. 식스텐은 내가 키웠던 개들 중에서 가장 겁이 많은 개였다. 만약 갑자기 위험한 상황이 발생한다면 어떻게 행동할까. 하지만 정말 필요할 때가 오면 가장 겁 많은 개가 가장 큰 용기를 낼 수 있을지도 모른다.

"잠시 쉬어야겠어." 나는 혼자 중얼거리며 나무등치에 머리를 기댔다.

12시 30분

우리가 보를 발견했을 때 식스텐은 숲 아래 들판을 홀로 뛰어다니고 있었음. 보는 잡목숲의 사시나무에 몸을 기댄 채 앉아 있었고 꽤 혼란스러워했음. 바지는 오줌으로 젖어 있었음. 그는 괜찮다고 말했지만 어떻게 거기까지 가게 되었는지는 설명하지 못했음. 집에 돌아와 샤워를 하고 깨끗한 옷으로 갈아입혔음. 잉리드는 일지를 기록하고 한스에게 연락했음.

_요한나 & 잉리드

샤워를 하고 나니 기분이 좋아졌다. 나는 샤워를 해야 한다는
요한나의 말이 너무나 단호해서 거절할 수가 없었다.

"오늘은 협상의 여지가 없어요. 샤워를 꼭 해야 해요." 그녀는
몸을 휙 돌려 비닐 앞치마와 장갑을 끼려 욕실로 들어갔다.

밖에 있을 때는 몰랐지만 집에 오고 나니 뼛속까지 한기가 스
며들어 있었다는 것을 깨달았다. 요한나는 내 살갗이 빨개질 때
까지 문질렀다. 머리카락과 턱수염에도 비누칠을 했지만 나는
아무 말도 하지 않았다. 나는 깨끗한 운동복 바지와 셔츠를 입었
고 그녀가 내게 기저귀를 채워줄 때도 반발하지 않았다. 마침내
그녀가 나를 침대로 데려다주었을 때는 기분이 매우 좋았다.

나는 고개를 왼쪽 오른쪽으로 번갈아 돌려보았다. 새 침대는
바다처럼 크게 느껴졌다. 나는 잠을 자기 위해 그토록 많은 공간
이 필요하다는 것을 이해할 수 없었다. 한스는 이것이 얼마나 실

용적인지 입에 침이 마르도록 설명했지만 내게는 쓸모없는 투박한 덩어리처럼 여겨질 뿐이었다.

나는 리모콘을 만지작거렸다. 그들은 침대가 맞춤형이라고 했지만 나는 누구를 위한 맞춤형인지 궁금하기만 했다. 그 괴물 같은 물건은 결코 내게 어울리지 않았기 때문이다. 한스와 요양보호사가 침대의 등받이를 어떻게 올리는지 보여주긴 했지만 지금은 기억을 할 수 없었다. 나는 침대 옆 테이블 위에 있던 찻잔을 들어 올려 차를 한 모금 마셨다.

요한나와 잉리드는 부엌에 서서 서류첩을 살펴보고 있었다. 잉리드가 무언가를 설명하자 요한나는 진지하게 고개를 끄덕였다.

"이제 여기 일은 내가 알아서 할게요. 나 대신 MA와 TE가 마리에를 돌봐주기로 해서 오늘 특별히 더 할 일이 없거든요." 잉리드가 말했다.

"좋아요." 요한나는 엄지손가락을 들어 보이며 말했다.

그녀가 현관으로 나가 운동화의 끈을 묶고 양모 재킷을 손에 쥐었다. 그런 다음 부엌으로 머리를 쑥 내밀었다.

"안녕히 계세요. 이젠 밖에 나가지 마세요. 다시는 저 아래 경사길에서 당신을 보고 싶지 않으니까요." 그녀가 경고하듯 말했다.

내가 길에서 넘어져 쓰러져 있었던 것이 내 잘못이기라도 하듯 말이다.

"알았어요, 알았다고요." 나는 혼잣말처럼 나직이 중얼거렸다.

요한나가 문을 닫고 나가자 집 안이 조용해졌다. 잉리드는 여전히 서류첩 속의 종이들을 뒤적이고 있었다. 잠시 후 그녀가 서류첩을 닫고 배 앞으로 가져갔다. 내 쪽으로 돌아섰지만 아무 말도 하지 않았다. 나는 살짝 불안해졌다. 그녀가 왜 침묵하는지 궁금하기도 했다.

식스텐이 몸을 일으켜 그녀에게 다가갔다. 그녀의 두 다리 사이로 코를 들이밀었다. 귀 뒤를 긁어달라는 신호였다.

그녀는 식스텐의 등에 손을 올려놓았지만 시선은 창밖을 향하고 있었다.

"보, 우린 오늘 있었던 일에 대해 보고서를 써야 한답니다." 잠시 후 그녀가 말문을 열었다.

"보고서." 나는 코웃음을 쳤다. 하지만 정작 내가 원했던 것은 내가 장작을 잘못 쌓아서 다 무너져 내렸을 때 노인이 내게 했듯 큰 소리를 지르는 것이었다.

나는 단지 개를 산책시키기 위해 빌어먹을 숲속으로 갔을 뿐이다. 나는 새파랗게 젊은 요양보호사들이 태어나기도 전, 지난 반세기 동안 숲을 내 집처럼 드나들었던 사람이다. 머릿속에 있던 모든 말을 내뱉고 싶었지만 내 입을 빠져나온 것은 단지 한마디뿐이었다.

"보고서?"

잉리드가 침대로 다가와 발치를 톡톡 두드렸다. 식스텐은 나와 고개를 끄덕이는 잉리드를 번갈아 쳐다보았다. 곧 침대 위로

뛰어올라와 내 다리 옆에 길게 드러누웠다. 그러자 무겁던 마음
이 좀 가벼워지는 것 같았다.

"제가 상황을 최대한 완화시켜서 보고서를 써보도록 할게요."
그녀는 손가락 두 개를 들어 올려 따옴표를 만들며 말을 이었다.
"아시다시피 상황은 더 나빠질 수도 있었어요."

나는 그녀의 말에 반박하기 위해 숨을 크게 들이쉬었지만 입
에서는 말 대신 공허한 한숨만 빠져나왔다. 나는 더 나빠질 수도
있었다는 상황이 어떤 것인지 알지 못했다.

눈이 따끔따끔해서 잠시 눈을 감았다. 잉리드는 물이 담긴 유
리컵과 에너지 드링크를 침대 옆 작은 테이블 위에 올려놓았다.
그들은 부엌 식탁도 없애버렸다.

"초콜릿을 가져와서 여기 함께 놓아둘게요."

그녀가 초콜릿 포장지를 벗기자 바스락거리는 소리가 났다.
나는 눈을 감을 채 고맙다고 중얼거리며 식스텐의 머리 위에 손
을 얹었다. 그의 숨소리가 묵직해졌다. 잠이 찾아오자 마음이 편
해졌다.

"오늘은 푹 쉬세요, 보. 내일 다시 봐요. 제가 낮 시간에 와서
식스텐을 산책시킬 테니 걱정 마세요."

나는 알았다는 대답을 돌려주려 했지만 잉리드는 이미 문을
닫고 나가버린 후였다.

18시 30분

보는 기분이 좋아 보였음. 으깬 감자와 구운 팔루 소시지로 저

녁을 준비했음. 식스텐을 데리고 나가서 배변을 시키고 시냇물

에서 물장구를 쳤음.

_칼레

벨이 짜증스럽게 울렸지만 나는 핸드폰을 찾을 수 없었다. 핸드폰은 침대 옆 테이블 아래 선반에 있었다. 매트리스가 너무나 푹신해서 상체를 일으켜 지탱하기가 쉽지 않았다. 팔꿈치가 떨어져 내리고 팔이 떨리기 시작했다. 마침내 핸드폰을 손에 넣은 나는 침대에 다시 털썩 누웠다. 화면에 뜬 엘리노르라는 이름을 보니 가슴이 따뜻해졌다.

나는 목을 가다듬었다.

"여보세요, 보 안데르손입니다."

"할아버지, 어떻게 지내세요?" 엘리노르는 살짝 흥분한 듯 말했다.

엘리노르의 목소리는 내 가슴속에 있던 그 무언가를 쥐어짰기에 금방이라도 눈물이 터져 나올 것 같았다. 하지만 나는 솟구쳐 오르는 눈물을 애써 삼켰다.

"방금 아버지가 전화해서 요양보호사들이 숲에서 할아버지를 발견했다고 말했는데 그게 사실인가요?" 그 애는 내가 대답을 하기도 전에 말을 이었다. "식스텐과 함께 밖에 나갔다가 넘어지셨다면서요?"

"아, 그거…… 그래……." 나는 이유도 모른 채 웃기 시작했다. "식스텐과 산책을 나갔다가 넘어졌단다." 나는 힘 없는 노인처럼 보이고 싶지 않아 얼른 말을 덧붙였다.

엘리노르가 무겁게 한숨을 쉬었다.

"다치진 않았어. 그러니 걱정 안 해도 돼."

"제가 어떻게 걱정을 안 할 수 있겠어요. 다리가 부러져 그 자리에 계속 누워 있을 수도 있었는데."

하지만 내가 나라에서 보급하는 이 침대에 계속 누워 있다면 아무도 내 걱정을 하지 않을 것이다. 나는 귀를 쫑긋 세우고 있는 식스텐을 바라보았다.

핸드폰 너머로 달그락거리는 소리가 들렸다. 엘리노르가 전화기를 들고 있던 손을 바꾼 것이 분명했다. 나는 몸을 일으켜 침대 가장자리에 앉았다.

"죄송해요. 할아버지가 식스텐과 함께 산책하길 원하는 건 저도 충분히 이해해요." 그녀는 잠시 침묵을 지키다가 다시 말했다. "그냥 걱정이 되었을 뿐이에요. 저뿐 아니라 다른 사람들도 마찬가지예요. 사실 아버지가 전화했을 때 굉장히 걱정하는 것 같았어요. 목소리가 평소 같지 않았거든요."

"한스가? 걱정했다고? 믿을 수가 없구나." 나는 코웃음을 쳤다.

"걱정하는 게 당연하죠. 아버지는 단지 속마음을 잘 내보이지 않을 뿐이에요."

속마음을 있는 그대로 내보이는 게 뭐가 그리 어려울까. 나는 목을 가다듬으며 생각에 잠겼다.

엘리노르의 숨소리를 듣던 나는 별안간 한스에 대해 더 많이 알고 싶어졌다. 아버지가 왜 그런 사람이 되었는지 엘리노르가 설명해주길 바랐다. 왜 이렇게 까다로운 사람이 되었는지.

"글쎄. 그건 그렇고 학교는 잘 다니고 있니?" 나는 식스텐의 머리를 쓰다듬으며 물었다.

"사실 할아버지도 아버지가 왜 그렇게 걱정하는지 잘 이해하지 못하시잖아요." 엘리노르는 내 질문을 못 들은 척 말을 이었다.

"우리가 할아버지를 걱정하는 건 할아버지를 사랑하기 때문이에요. 다른 이유는 없어요."

얼굴이 화끈 달아올랐다. 엘리노르는 가끔 나에 대해 나보다 더 많은 것을 아는 것 같았다. 내가 어떤 사람인지 내 느낌이 어떤지 너무나 당연하다는 듯 말하는 목소리에 나는 자극도 되고 불편하기도 했다.

"그래, 호박벌아…… 이 세상에는 눈에 보이는 것 말고도 많은 것이 있단다."

"음…….."

"그런데 학교 말이야, 학교생활은 어때?"

문득 내가 엘리노르에게 말하면서 내 앞에 있는 메모지에 '영어'라는 단어를 쓰고 있다는 것을 깨달았다. 나는 요즘 젊은이들이 영어를 너무 많이 사용하는 것에 대해 어떻게 생각하는지 투레에게 물어볼 생각이었다.

엘리노르는 가을 학기에 신청한 과목에 대해 설명했다. 나는 엘리노르가 말을 멈추지 않았으면 좋겠다고 생각했다. 그 애는 사람들이 소통하는 방법에 대한 다양한 이론을 공부할 것이라고 말했다.

"오, 그래?" 나는 그 책들에 실제로 무엇이 적혀 있는지 궁금해하며 말했다.

그 애는 이미 두 학기 과정을 마쳤으며, 이번 여름방학에는 스스로 일상을 영위할 수 없는 사람들을 위한 보호기관에서 아르바이트를 할 것이라고 했다.

"하지만 곧 할아버지를 찾아뵐게요. 어쩌면 소피에와 함께 갈지도 몰라요. 지난 성탄절 때 할아버지도 본 적이 있는 친구예요."

"그렇구나. 기대되는걸." 나는 기억이 나지 않아 대충 얼버무렸다.

한스는 학창 시절에 친구를 집에 데려온 적이 거의 없었다. 하지만 엘리노르는 나를 방문할 때 종종 친구들을 데려오곤 했다.

"식스텐은 어때요?"

나는 한스가 자신의 악마 같은 계획을 그 애에게도 말해주었는지 궁금해졌다. 지난번에 엘리노르가 왔을 때 식스텐에 대한 이야기를 함께 나누었는지 기억이 나지 않았다.

"어, 잘 지내고 있어. 지금은 내 옆에 누워 있단다." 나는 식스텐의 머리를 쓰다듬으며 말했다.

"저는 앞으로 점점 더 힘들어질 것이라는 걸 이해해요." 엘리노르가 잠시 주저하며 말을 이었다.

"식스텐을 돌보는 일 말이에요."

"쳇, 내게는 아무 문제 없어. 힘들다고 생각하는 건 한스뿐이란다." 나는 짜증이 솟구치는 것을 억누르며 말했다.

"음……."

엘리노르가 다시 핸드폰을 든 손을 바꾸었다.

우리는 한동안 침묵을 지켰다. 나는 무슨 말이라도 해보려 할 말을 찾기 시작했다.

"다음에 할아버지 댁에 가면 제가 식스텐의 발톱을 깎아줄게요." 엘리노르가 한참 후에 말했다.

나는 부엌 바닥에 함께 앉아 있는 엘리노르와 식스텐의 모습을 떠올리며 미소를 지었다.

"그래, 얼마든지." 나는 희망찬 목소리로 말했다.

엘리노르는 한스가 식스텐을 데려가는 걸 막아줄 것이다. 식스텐이 나와 함께 살 수 있도록 도와줄 것이다. 왜냐하면 식스텐이 있어야 할 곳은 바로 여기니까.

7월 22일 토요일

나는 마지막으로 자전거 체인에 기름칠을 하고 상자를 눈 위에 내려놓았다. 그리고 기름을 체인 전체에 골고루 분산시키기 위해 페달을 돌렸다. 그런 지 이제 겨우 보름밖에 되지 않았다. 바람이 가득 들어간 커다란 바퀴 덕분에 나는 눈 덮인 길도 날개를 단 듯 앞으로 나아갈 수 있었다. 실제로 크로콤까지 가는 데 10분도 채 걸리지 않았다. 나는 깨끗한 수건으로 프레임을 닦고 핸들에 묻은 눈을 털어낸 후, 출입문 앞에 모나르크 자전거를 세워 놓았다. 그리고 몇 발자국 뒤로 물러서서 다시 한번 그것을 지긋이 바라보았다. 나는 지지대를 사용해 세워놓는 대신 조금 떨어진 곳으로 끌고 가서 벽에 기대어놓기로 마음먹었다.

　나는 손을 닦고 수건을 바지 주머니에 넣었다. 매서운 추위 때문에 손가락이 얼얼했다. 자갈이 담긴 양동이를 가져오기 위해 공동 창고 쪽으로 발을 옮겼다. 근로자 사택 앞의 진입로에 자갈을 뿌려놓기 위해서였다. 어머니가 나를 방문할 때 얼음에 미끄러지는 것을 원치 않았기 때문이다. 나는 장화에 묻은 눈을 털어내고 안으로 들어가 손을 깨끗하게 씻으려 비누를 찾았다. 당신은 싱크대 앞에 서서 콧노래를 부르고 있었다. 나는 장작 스토브 위의 청동 수도관에서 미지근한 물을 길어 와 당신 옆에 섰다. 당신은 내 어깨에 머리를 기댔다. 나는 아무리 많이 맡아도 절대 싫증을 느낄 수 없는 당신의 향긋한 체취를 코로 들이마셨다.

"이제 그게 마지막이군요." 당신은 뚜껑을 닫은 냄비를 스토브 위에 올려놓았다.

당신은 마지막 장작을 장작 스토브 속에 던져 넣고 빈 장작 광주리를 현관으로 가져갔다. 그리고 내 양모 스웨터를 걸친 후 장작을 더 가져오기 위해 밖으로 나갔다.

나는 물이 든 대야에 손을 담그고 깨끗한지 확인한 후 부엌 타월로 물기를 닦아냈다. 타월을 제자리에 걸어둔 나는 부엌 바닥의 모퉁이를 손가락으로 쓰윽 쓸어보았다. 손에 묻어나는 먼지는 없었다. 당신은 어머니가 좋아하는 방식으로 커튼의 테두리에 자수를 놓았고, 내가 커튼을 달 때 도와주기도 했다.

나는 제자리에 가만히 서서 문틀을 내려다보았다. 모퉁이에 못을 박아 고정시켜야겠다는 생각이 스쳤다. 그렇게 하면 조금 나아지긴 하겠지만, 벽의 가장자리가 바깥쪽으로 휘어져 있으니 벌어진 틈이 완전히 사라지진 않을 것이다.

내가 짐을 싸서 시골길을 걸어 버스를 타고 외스테르순드를 거쳐 크로콤에 도착했을 때는 6개월 전이었다. 나는 크로콤에서 히스모포르스에 이르는 마지막 구간을 걸어가야만 했다.

"이제 때가 되었어." 나는 레네스의 집 현관에 서서 수트케이스를 들어 올리며 말했다. 신문을 보고 있던 노인을 향해 눈길을 던졌지만 그는 꼼짝도 하지 않았다.

"보가 이제 떠난대요, 칼에릭."

어머니의 목소리에 노인은 그제서야 고개를 들고 투덜거리듯 말했다.

"조심해서 가거라." 그는 말을 하고 나서 다시 신문을 내려다보았다.

나는 말없이 고개만 끄덕인 후 대문을 나섰고, 마당에서 무릎을 꿇고 앉아 개들의 등을 쓰다듬어주었다. 어머니는 버스 정류장까지 나를 배웅해주겠다며 머리에 스카프를 동여매고 내 뒤를 따랐다.

우리는 수트케이스를 노인의 자전거 짐받이에 얹고 자전거를 끌며 걸었다.

"잘될 거야." 어머니가 자갈길에 시선을 고정한 채 말했다.

"그럼요. 잘될 거예요." 나는 에베르트손의 집 앞에 나란히 서 있는 자작나무들을 가리키며 말했다. 나뭇잎은 가을을 머금고 노랗게 물들기 시작했다. "정말 아름다워요."

어머니는 내 시선을 따르며 미소를 지었다. 가을은 어머니가 가장 좋아하는 계절이었다. 아름다운 색과 버섯 그리고 수확의 결실을 볼 수 있는 시간.

"하지만 집이 텅 빈 듯한 느낌은 지울 수 없을 거야." 어머니가 입을 앙다물며 말했다.

나는 어머니가 그리워질 것이라는 것을 잘 알고 있었다. 하지만 새로운 삶을 향한 기대가 너무나 컸기에 어머니 생각은 거의 하지 않았다. 버스 정류장에 가까워질수록 발걸음이 가벼워졌다.

나는 커튼의 가장자리를 당겼다. 내가 당신의 가족을 환영하듯 당신도 내 가족을 환영해주기를 바랐다.

"아버지는 좀체로 화를 내지 않아요. 정말이에요."

어느 일요일 오후 당신의 여동생 집에서 함께 식사를 한 후 집으로 가는 길에 당신은 내게 그렇게 말했다. 당신의 아버지가 단 한 번이라도 화를 낸 적이 있는지 내가 궁금해했기 때문이다.

나는 아버지가 화내는 모습을 한 번도 보지 못했다는 당신의 말에 어떻게 그런 일이 가능하냐며 놀랐던 기억이 났다. 그가 화를 내지 않는 건 술을 마시지 않기 때문일까. 노인은 술을 마시면 거의 매번 화를 버럭 내곤 했다.

당신이 다시 들어와 장갑을 벗고 장작 스토브 앞에 서서 빨갛게 언 손을 비볐다. 그때 당신은 여전히 부모님과 함께 살고 있었지만, 내 집을 자유롭게 드나들며 생활했다.

"참 좋을 것 같아요. 난 당신 부모님을 만나기를 고대해왔거든요. 비록 점심 한 끼만 함께할 뿐이지만." 당신은 양손을 내 뺨에 올려놓으며 말했다. 당신의 손에는 어느새 온기가 돌기 시작해 그다지 차지 않았다.

나는 당신과 눈을 마주쳤다. 당신처럼 아름다운 사람이 나 같은 사람과 함께 있고 싶어 한다는 것을 믿을 수가 없었다. 당신의 속눈썹에 붙어 있던 눈이 녹기 시작했다. 나는 당신의 젖은 눈꺼풀을 닦아주었다.

"이제 가볼까요?" 당신은 내 얼굴에서 손을 떼며 말했다.

버스는 승객들을 모두 내려놓고 다시 출발하며 엄청난 매연을 뿜어냈다. 승객들의 머리 위로 작은 먼지구름이 생겨났다. 사람들의 수는 그리 많지 않았다. 다른 사람들보다 머리 하나는 더 큰 노인이 가장 먼저 눈에 띄었다. 그를 몇 미터 뒤에서 따르는 어머니를 보는 순간 그새 너무나 늙어버린 것 같아 놀라지 않을 수 없었다.

노인이 가까이 다가왔을 때 나는 모자를 벗었다. 평소 잘 하지 않는 행동이었다. 나는 그에게 인사 대신 고개를 끄덕여 보이며 아무 말도 하지 않았다.

"보, 잘 있었니?" 어머니는 발걸음을 빨리하며 노인과 나 사이에 끼어들었다. 어머니는 장갑을 벗고 방금 당신이 했듯 내 뺨을 어루만진 후 재빨리 몸을 돌렸다.

"당신이 프레드리카인가 보군요?"

당신은 미소를 지으며 무릎을 살짝 굽혀 인사를 했고, 어머니는 당신에게 포옹을 건넸다.

"안녕하세요, 아가씨."

노인의 말에 안도감이 내 몸을 감쌌다.

우리는 천천히 여유롭게 걸었고, 당신과 어머니는 히스모포르스와 당신의 가족에 대해 대화를 나누었다. 노인과 나는 여인들의 양옆에서 걸었다. 나는 가끔 한두 마디 끼어들긴 했지만 대부분은 당신과 어머니의 대화에 귀를 기울이며 그 다정하고 화목한 분위기를 만끽했다.

"참 멋지구나. 보, 네 것이니?" 어머니가 자전거를 보며 큰 소리로 말했다.

"칼에릭, 당신도 봤죠? 참 멋있어요"

나는 어머니를 향해 미소를 짓지 않을 수 없었다. 노인은 자전거를 여기저기 만져보았다. 무슨 말을 하려는 듯 보였지만 이내 입을 꾹 다물고 몸을 돌려 길 위쪽으로 시선을 던졌다.

"전기도 들어오나 보군. 하긴 근처에 발전소가 있으니." 그가 턱을 어루만지며 말했다.

어머니는 고개를 끄덕이며 몸을 돌려 전주를 바라보았다. 당신은 내게 다가와 팔짱을 끼며 어머니에게 미소를 지었다.

"이제 따뜻한 집 안으로 들어가볼까요? 음식을 조금 준비했어요." 당신은 나를 대문 쪽으로 잡아끌며 말했다.

내가 머무는 사택은 거의 건물 끝 쪽에 있었다. 직원들은 각자 방 하나씩을 부여받았고 화장실은 건물 외부에 있는 공용 화장실을 사용해야만 했다. 비록 방은 꽤 컸지만 네 사람이 한꺼번에 들어서니 앉을 자리가 마땅치 않았다.

원형 테이블도 2인용이었기에 비좁긴 마찬가지였다. 어머니는 당신에게 전기 스토브를 본 적이 있냐고 물었고, 당신은 내가 곧 사택에 설치할 예정이라고 대답했다. 어머니는 눈썹을 한껏 치켜 올리며 매우 놀란 표정을 지었다. 나는 노인을 힐끔 쳐다보았다. 그는 아무 말도 하지 않고 방 안을 여기저기 둘러보기만 했다.

침묵이 흘렀다. 나는 무슨 말이라도 해보려고 애썼지만 너무 피곤해서 아무것도 생각나지 않았다. 그도 그럴 것이 지난밤 자정이 훌쩍 넘은 시간에도 이리 뒤척 저리 뒤척 하며 잠을 제대로 이루지 못해서였다. 어머니는 당신의 요리 솜씨를 칭찬했다. 나는 당신의 부모님이 고기와 감자를 주었다고 말했다.

"저기 틈이 생겼군. 몰딩을 좀 더 정확하게 고정해야 돼." 노인은 문 모퉁이를 가리키며 말했다.

당신은 나를 쳐다본 후 재빨리 자리에서 일어나 머그에 물을 채웠다. 그리고 어머니에게 물을 마실지 물어본 후 컵에 넘칠 정도로 물을 따라주었다. 나는 노인이 어떤 생각을 하든 상관하지 않겠다고 다짐했다. 내가 가장 바랐던 것은 당신과 어머니가 사이좋게 지내는 것이고, 노인이 쓸데없는 일로 소란을 피우지 않는 것뿐이었다. 그럼에도 나는 실망감을 떨쳐낼 수 없었다. 제재소에서 내가 무슨 일을 하는지, 이곳의 제재소는 란비켄의 제재소와 어떻게 다른지 노인에게 이야기해주고 싶었기 때문이다. 모두들 식사를 마친 후, 나는 포크와 나이프를 접시 위에 놓고 자리에서 일어났다.

"버스를 놓치지 않도록 미리 움직이는 게 좋을 것 같아요."

내 말에 어머니는 시선을 떨구었다.

밖으로 나가니 날은 벌써 어두워지기 시작했다. 당신은 버스 정류장에 도착하기 직전에 발걸음을 돌려 집으로 향했다. 그들을 향해 예의 바르게 무릎을 굽히며 만나서 반가웠다고 말했다. 노인은 모자를 살짝 들었다 내린 후 몸을 돌려 걷기 시작했다.

어머니는 다시 내 뺨에 손을 얹었다. 무슨 말을 하려던 순간, 갑자기 마음을 바꾸어 먹었는지 얼른 몸을 돌리고 종종걸음으로 노인의 뒤를 따랐다.

나는 그들에게 손을 흔들며, 눈으로는 멀어져가는 당신의 등을 따랐다. 반복되는 노크 소리가 당신의 뒤를 쫓아가고 싶은 내 발을 잡고 놓아주지 않았다. 나는 노인과 어머니가 어디쯤 가고 있는지 살펴보기 위해 고개를 돌렸다. 그들을 태운 버스는 어느새 시골길 저 멀리 사라진 후였다. 노크 소리가 다시 귓전을 스쳤다. 나는 눈을 뜨고 잠시 천장을 바라보았다. 12월의 공기는 여전히 차가웠다.

나는 얼굴을 문지르고 기침을 하기 시작했다.

식스텐이 침대 위로 기어 올라와 내 배 위에 머리를 얹었다. 나는 식스텐과 눈을 마주치며 머리를 쓰다듬어주었다.

"네, 어서 들어오세요."

10시 정각

아버지의 안부를 묻기 위해 잠시 들렀음. 냉동실을 음식으로 가
득 채웠고 뒷문 옆에 새 두루마리 휴지를 놓아두었음. 냉장고에
는 생크림 케이크를 넣어두었고, 장작을 가득 넣은 봉지는 현관
앞에 두었음. 식스텐에 관해 대화를 나누었지만 좀체 의견 일치
를 볼 수가 없었음. 아버지는 기분이 좋지 않아 보였음.

_한스

그는 내가 숲에서 넘어졌다는 사실을 자신에게 유리하게 이용할 것이 틀림없었다. 자신의 주장을 뒷받침하기 위한 증거뿐만 아니라, 식스텐을 내게서 빼앗는 것이 자신의 권리라는 것을 강조하기 위해 사용할 것이다.

한스는 침대 옆 부엌 의자에 앉아 있었다. 눈은 내가 아니라 테이블 위에 있는 당신의 사진을 향하고 있었다. 면도를 하지 않아 수염이 덥수룩한 턱을 만지는 소리가 짜증스럽게 귓전에 다가왔다.

나는 그가 무슨 말을 할 것인지 잘 알고 있었다. 그는 한참이나 생각에 잠겨 있었다. 아마도 할 말을 머릿속으로 정리하는 중이리라. 잠시 후, 그가 결심했는지 말문을 열었다.

"더 이상은 불가능해요. 그건 아버지도 잘 아시잖아요." 그는 이 문제가 우리 사이에 실제로 갈등을 유발시킨다는 것을 잊은 것처럼 말했다. 마치 내 의지와 그의 의지가 충돌할 때 최종 결정권은 그에게 있는 것이 당연하다고 생각하는 것 같았다.

언제부터 그랬는지는 모르겠지만 우리의 역할은 반대가 되어버린 것 같았다. 비록 그의 신체는 그 크기나 힘을 두고 봤을 때 내 근처에 온 적도 없지만 지금은 그가 내 삶을 지배한다고 해도 과언이 아닐 정도로 큰 권위가 있다. 내가 없었더라면 그도 존재하지 않았을 테지만, 나는 지금 그의 말에 복종해야 한다. 내 삶은 그가 어떤 결정을 내리는가에 따라 달라질 수도 있다. 사람들이 귀를 기울여 듣는 것도 내 말이 아니라 그의 말이었다.

그들은 노인의 말을 귀 기울여 들었지만 내 말은 듣지 않았다. 결국 사람들이 듣고 따르는 것은 그의 말이었다.

아무리 애를 써도 눈가가 젖어오는 것을 막을 수 없었다. 나는 그에게 이런 모습을 보이기 싫어 피곤한 척 얼른 눈을 감았다. 절대 그에게는 이런 모습을 보여주고 싶지 않았다.

"식스텐은 아버지와 함께 생활하면 다칠 수도 있어요. 그런 일이 생기면 아버지는 식스텐을 제대로 보살펴줄 수가 없어요. 우리에겐 선택의 여지가 없어요." 그는 한숨을 내쉬며 말했다.

식스텐이 머리를 들고 하품을 했다.

별안간 불안감이 나를 덮쳤다. 어느새 분노는 사라졌고 두려움만 남았다. 마치 우리 아들이 내 숨통을 조여오는 것 같았다.

만약 내가 화요일 샤워나 모닝 커피 두 잔 정도를 포기한다면 그 시간에 그들은 식스텐과 산책을 할 수 있지 않을까?

새들이 남쪽으로 가는 날

293

"반려견을 돌보는 것은 요양보호사들의 임무가 아니에요." 그는 미리 연습이라도 한 듯 매우 빨리 말했다. 내 주장이 끼어들 여지가 없었다.

"마리타는 어떨까?" 나는 목을 가다듬으며 말을 이었다. "어쩌면 마리타가 가끔 식스텐과 함께 산책할 수도 있을 거야."

한스는 고개를 절레절레 저었다.

다시 분노가 치솟았다. 나는 뜨거운 찻물을 그의 얼굴에 퍼붓고 싶었다. 내가 너를 이렇게 키우진 않았다고 소리치고 싶었다.

그의 눈빛을 정확히 읽을 수는 없었지만 슬픔이 깃들어 있는 것 같았다. 이 모든 것을 취소할 수도 있음에도 그가 굳이 슬퍼하는 이유는 무엇일까? 그는 마치 자신이 아무런 결정을 내릴 수 없다는 것처럼 행동했다. 누군가가 식스텐을 내게서 빼앗으라고 그에게 강요라도 한 것처럼.

그와 시선이 마주치는 순간, 그가 내 몸을 갈기갈기 찢어버릴 것 같은 느낌이 스쳤다. 나는 함께 사는 무리를 떼어놓을 수 없다고, 그런 일은 해선 안 되는 일이라고 말하고 싶었지만 침묵을 지켰다.

나는 비록 우리는 아버지와 아들 사이고 지난 세월 수차례 말다툼을 하기도 했지만, 이미 내뱉은 말을 주워 담을 수 없다는 것을 잘 알고 있었기 때문이다. 나는 할 말이 없었다. 그저 텅 빈 듯 허전할 뿐이었다.

"이젠 그렇게 될 거예요." 그가 단호하게 말하며 일어섰다. 나는 불평도 반대도 하지 않았건만, 그는 내게 단호하게 말을 반복했다.

"네, 이젠 그렇게 될 거예요."

목이 조여와 숨을 쉴 수가 없을 정도였다. 나는 지금 이 순간 당신이 여기 있었으면 좋겠다고 바랐다. 어머니로서 당신 아들의 어깨에 손을 얹으며 아버지를 그런 식으로 대하면 안 된다고 그를 책망했으면 좋겠다고 바랐다. 어떤 일이든 넘지 말아야 할 한계선이 있기 때문이다. 나는 노인이 개자식처럼 행동했을 때도 그 선을 넘지 않았다. 그게 바로 인생이다.

식스텐이 내 배에 머리를 얹고 다시 눈을 감았다. 목이 더 심하게 조여오는 것 같아 현기증이 났다.

이제 다른 누군가가 식스텐을 보살펴줄 것이다. 내가 아닌 다른 사람이.

하지만 식스텐의 귀를 어떻게 쓰다듬어주어야 하는지 아는 사람은 나뿐이다.

12시 30분

소스를 곁들인 생선완자와 감자. 오전에 한스가 방문했음. 식스텐은 이곳에서 떠나기로 결정되었고 보는 매우 불만스러워 보였음. 음식을 침대 옆 테이블 위에 올려놓았지만 보는 먹기 싫다며 거부했음.

_잉리드

나는 아무것도 하기 싫었다. 이 빌어먹을 침대에 누워 무언가 변화가 생기기만을 바랄 뿐이었다. 아니 어쩌면 이 모든 일이 지나가기만을 기다리고 있는지도 몰랐다. 이 모든 것이.

　눈앞이 희미해졌고, 당신이 내게 다가왔다. 잠은 그 어느 때보다도 훨씬 아늑한 안식처가 되었다.

　"우리에게 뭐가 필요하죠?" 주머니에 구매 목록을 적은 메모지가 있음에도 당신은 내게 물었다.

　나는 대답을 하지 않았다. 여느 때처럼 당신이 내게 먼저 말해주기를 기다렸다.

　"유제품 코너에서 우유, 버터, 사워밀크."

　나는 당신의 말이 떨어지자마자 발을 옮겼고, 당신은 내 등에 대고 소리쳤다.

　"각각 하나씩만!"

우리는 일주일 후 당신의 부모님을 만나러 갈 예정이었다. 그러면 우리 집은 몇 주 동안 비어 있을 것이다. 나는 여느 때와 마찬가지로 여름휴가를 한번에 다 사용할 것이고, 당신과 한스는 그곳에서 여름 내내 머물기로 했다.

"어쨌거나 매년 여름에는 히스모포르스에서 머물 거예요. 그렇게 하기로 결정했어요." 당신은 내가 레네스의 집을 상속받았다고 말했을 때 그렇게 말했다.

식스텐이 기지개를 폈을 때도 나는 여전히 손에 쥐고 있던 우유곽의 차가움을 느낄 수 있었다. 식스텐이 내 옆구리에 등을 바짝 붙였다.

"히스모포르스가 없는 삶은 생각할 수도 없어요." 당신은 히스모포르스가 그립냐고 물었을 때 그렇게 대답했다.

그 당시에는 이해하지 못했지만 이젠 당신의 말을 이해할 수 있을 것 같았다. 당신이 없는 부엌의 낯선 침대에 누워 있는 지금. 이제 곧 식스텐마저도 곧 내 곁을 떠날 것이다.

전화벨이 울렸다. 식스텐이 내 팔꿈치 밑에 코를 찔러 넣고 살짝 밀었다. 그 순간 내 머릿속을 맴돌던 당신의 가족 생각이 사라졌다. 하지만 그때의 당신이 지금의 나보다 삶을 훨씬 더 잘 이해했을 것이라는 생각은 여전히 남아 있었다.

다시 전화벨이 울렸다. 핸드폰을 들어 올리니 화면에 '한스'라는 이름이 보였다.

"젠장."

나는 핸드폰을 테이블 위에 내려놓고 계속 벨이 울리도록 내 버려두었다.

"에잇, 빌어먹을."

나는 눈을 감고 전화벨이 멈추기를 기다렸다. 내가 그를 무시하면 생각을 바꿀지도 모른다는 생각 때문이었다. 그러면 그는 자신이 잘못했다는 것을 깨닫게 될 것이다. 전화벨이 멈추었고, 나는 눈을 떴다. 핸드폰을 향해 팔을 뻗어 '투레'의 이름 밑에 보이는 녹색 버튼을 눌렀다.

17시 45분

생선완자 요리는 여전히 테이블 위에 있었음. 다시 데웠지만 보는 먹기 싫다며 거부했음. 식스텐을 데려가는 일에 절대 찬성할 수 없다고 여러 번 말했음.

_칼레

7월 23일 일요일

07시 40분

보는 부스스한 모습으로 침대에 누워 있었음. 아침으로 오트밀

을 먹고 싶다고 했음. 천식약을 복용하라고 상기시켜주었음. 기

온이 높아 자주 물을 마셔야 했음. 약 복용.

_요한나

몸이 무거웠다. 평소보다 훨씬 더 무겁게 느껴졌다. 나는 침대에서 일어나 앉으려는 순간 몸의 균형을 잃고 비틀거렸다. 침대가 너무나 푹신해서 균형을 잡기가 어려웠다.

　식스텐이 침대에서 뛰어내려 물그릇 앞으로 다가갔다. 물을 먹는 식스텐을 보고 있자니 눈꺼풀 뒤쪽이 쓰려서 잘 볼 수가 없었다.

　나는 핸드폰을 꺼내 스피커폰을 켰다. 신호음이 조용한 부엌 안에 메아리를 만들어냈다. 투레는 전화를 받지 않았다.

　핸드폰을 들고 있던 손이 힘없이 무릎 위로 떨어졌다. 나는 한참 동안 그렇게 앉아 그가 전화를 걸어 오기를 기다렸다. 하지만 아무리 기다려도 전화는 오지 않았다.

　식스텐이 혀로 자신의 몸을 깨끗하게 핥았다. 입가에 묻어 있던 물도 핥아 먹었다. 문득 개의 물그릇이 비어 있다는 것을 깨

닫고 다시 물을 채워주어야 한다고 생각했다.

나는 다시 전화를 걸었다. 신호음이 몇 번이나 울렸지만 투레는 이번에도 전화를 받지 않았다. 심장이 더 빨리 뛰기 시작하면서 땀이 주르르 흘렀다.

나는 최악의 경우를 상상했다. 투레는 과거 화장실 바닥에서 기절한 적이 있었다. 문득 몇 년 전 어느 날 오후, 우리가 죽으면 어디에 묻히고 싶은지에 관해 그와 나누었던 대화가 떠올랐다.

"적어도 도시 한가운데에 있는 교회 묘지엔 묻히고 싶지 않아. 히스모포르스도 마찬가지야." 투레는 그렇게 말했다.

우리는 수영장 근처 공원의 커다란 체스판 옆에 앉아 우리 차례가 오기를 기다리는 중이었다. 매번 그가 이기긴 했지만 나는 그와 함께 체스를 두는 것이 재밌다고 생각했다.

"난 히스모포르스에 묻히게 될 거야. 프레드리카와 나란히." 내가 말했다.

당신은 그곳이 바로 당신이 묻히고 싶은 곳이라고 분명히 말했고, 나는 어디가 되든 상관없었기에 당신의 말대로 하리라 약속했다.

"그러면 자네는 순뒤 교회의 내 자리를 사용하면 되겠군." 나는 투레에게 마사랭 과자를 건네며 말했다.

그는 내 말이 진담인지 농담인지 확인하려는 듯 나를 빤히 쳐다보았다. 나는 그가 무신론자임에도 죽음과 장례에 대해 필요 이상으로 심각하게 받아들인다고 생각했다.

그는 한참이나 아무 말도 하지 않고 앉아 있었다.

"적어도 추모식은 해야 하겠지." 잠시 후 그가 당연하다는 듯 고개를 끄덕이며 말했다.

나는 잠시 기다렸다가 다시 녹색 버튼을 눌렀다. 식스텐은 그늘이 드리워진 곳으로 가서 몸을 쭉 펴고 누웠다.

그가 전화를 받기 직전 핸드폰에서 딸깍하는 소리가 났다. 그 순간 누군가가 내 심장을 후벼 파는 듯한 느낌이 스쳤다.

"여보세요."

투레의 목소리는 방금 내가 느꼈던 것만큼 무거웠다.

"나야. 잘 지내고 있나?"

투레는 대답을 하지 않았다. 나는 갑자기 불안해졌다.

"여보세요, 자네 거기 있나?"

그가 핸드폰 너머로 한숨을 내쉬었다.

"젠장. 빌어먹을 삶 같으니." 그가 한참 후에 말했다. 나는 그가 너무나 직설적이어서 새삼 놀랐다.

비록 그는 내가 피할 수 없는 질문을 직접적으로 던지긴 했지만, 정작 그의 대답은 명확하지 않을 때가 많았다.

"여기도 마찬가지야." 내가 그렇게 말했던 까닭은 그 상황에서 내가 특별히 더 말할 수 있는 게 없었기 때문이다.

우리는 꽤 오랫동안 아무 말도 하지 않았다.

"차라리 지옥에 가는 게 낫겠어. 젠장." 그가 한참 후에 말했다.

"그래." 나는 자고 있는 식스텐을 내려다보며 말했다.

"참 이상해." 투레가 무겁게 한숨을 쉬며 말을 이었다.

"자네는 그들이 우리 삶에 찰거머리처럼 달라붙어 있다는 게 이상하다고 생각하지 않나?"

"나도 그렇게 생각해."

우리는 전에도 이런 이야기를 한 적이 있었다. 우리 스스로 더 살 가치가 없다고 생각하는데도 그들에게서 이런저런 도움을 받아가며 살기는 싫다고.

"하지만 의사가 가망이 없다고 진단을 내린다면 그다음엔 의사의 말을 따르는 수밖에 없겠지."

나는 투레의 말에 그가 이번 주에 병원에 다녀왔다는 것을 알아챘다.

"그렇게 된 거야?"

"응."

우리의 침묵 속에 시곗바늘 소리만 들렸다.

"이제 내게 남아 있는 건 자네와 우리의 대화뿐이야. 그래서 생각했는데, 이젠 정말 때가 된 것 같아." 그가 말했다.

나는 그가 아이를 원한다고는 생각해본 적이 없었다. 그저 그가 아이를 원하지 않는 것을 당연하게 여겼을 뿐이었다. 그에게 아이가 있었더라면 그는 분명 좋은 아버지가 되었을 것이다. 나보다 훨씬 좋은 아버지. 그에게는 인내심이 있으니까.

"그럴지도 모르지." 나는 식탁 위의 컵에 가래침을 뱉으며 말했다.

핸드폰 너머로 정적이 흘렀다. 나는 상황이 이보다 더 나빠질 수도 있었을 것이라고 말하려 했다. 예를 들어, 그가 매주 페르올로프와 대화를 나누어야 한다면 말이다. 페르올로프는 제재소 동료로 매우 귀찮고 성가신 사내였다. 하지만 나는 끝내 아무 말도 하지 않았다. 이런 상황에서 농담을 하는 건 옳지 않다는 생각 때문이었다.

"기분은 어때?" 나는 페르올로프의 욕을 하고 싶은 마음을 애써 누르고 그에게 질문을 던졌다.

그는 숨을 들이쉬며 떨리는 공기로 폐를 채웠다.

"제기랄, 지긋지긋해." 그가 한참 침묵한 후 다시 말문을 열었다. "하지만 사는 게 다 그런 거겠지?"

우리의 시계는 어긋나 있었다. 나는 다시 이전으로 돌아가고 싶었다. 기분이 나아질 만한 일을 하고 싶었다.

문득, 당신이 떠난 직후 그에게 전화했던 기억이 떠올랐다. 그가 나를 위로해주었던 그때처럼 나도 그를 위로해주고 싶었다. 하지만 그가 그때 내게 무슨 말을 해주었는지는 기억이 나지 않았다. 단지 그와 이야기를 한 후에 마음이 한결 가벼워졌다는 느낌만 기억 속에 있을 뿐이었다.

"어쩔 수 없어. 그래, 어쩔 수 없는 일이야." 나는 핸드폰을 다른 손으로 바꿔 들며 말했다.

나는 그의 무거운 기분을 무시하지 않고서도 그를 즐겁게 해줄 수 있는 이야기를 해보려 무진 애를 썼다.

"그런데 자네는 여행을 참 많이 다녔어. 나는 옘틀란드 밖으로 나가본 적이 거의 없거든."

사실 나는 때때로 여행을 떠나는 그를 얼마나 부러워했는지 모른다. 가까운 예테보리는 물론 해외여행까지도. 인정하기 싫지만, 내 경제 사정에 그처럼 자주 여행을 하는 것은 불가능했다.

"맞아, 난 참 많은 것을 보았어."

나는 투레의 목소리가 조금 밝아졌다고 생각했다.

"자네는 여행에서 보고 들은 것을 내게 자주 이야기해주었어. 그 때문에 가끔은 자네와 함께 여행을 한 것 같은 기분이 들 때도 있었어."

투레가 소리 내어 웃었다.

"아, 그래?"

"맞아, 그랬지." 나는 가래가 끓어오르는데도 말을 이었다. "어떤 일은 그저 받아들이는 수밖에 없어."

"그래, 나도 그렇게 생각해." 그가 긴 한숨을 내놓으며 말했다.

14시 10분

보는 음식을 먹기 싫다고 말했지만 쌀죽에 설탕을 넣어주니 조금 먹었음. 한스가 잠깐 들렀다 갔음. 날은 무더웠지만 보는 벽난로에 불을 때지 않아도 될 정도로 덥지는 않다고 말했음. 식스텐과 산책을 다녀왔고 그릇에 물을 채워주었음.

_잉리드

한스와 잉리드가 대화를 나누는 소리에 잠을 깼다. 나는 한스가 집에 왔다는 것도 모르고 있었다. 그들은 조리대에 기대어 서서 잉리드가 들고 있는 무언가를 함께 들여다보고 있었다. 나는 하품을 크게 하고 얼굴을 문질렀다.

"잘 주무셨어요?" 잉리드가 안경을 코끝으로 내리며 물었다.

"네, 네." 나는 대답을 하며 다시 하품을 했다.

식스텐도 잠에서 깨어 기지개를 폈다. 이제 개도 새 침대에 적응을 한 모양이었다.

잉리드는 다시 안경을 올리고 손에 들고 있던 것으로 시선을 돌렸다.

"그날 저녁은 아직도 기억이 생생해요." 한스가 얼굴 가득 환한 미소를 머금고 말했다.

나는 그의 감동한 것 같은 모습에 괜히 궁금해졌다. 도대체 그들은 무엇을 보고 있을까.

"나는 연극이 아이들에게 참 좋다고 생각해요. 각각 다른 모든 역할을 시도해볼 수 있으니까요. 저의 조카들은 연극이라면 정신을 못 차릴 정도로 좋아한답니다." 잉리드가 말했다.

"어른들도 마찬가지예요." 한스가 나를 향해 고개를 끄덕이며 말을 이었다. "제 아버지와 어머니도 자주 함께 했었죠."

내가 무엇을 함께 했는지 물어보려는 찰나 다시 하품이 나왔다.

"보, 우리가 이 사진들을 찾았어요. 학교 연극에서 호박벌 역할을 했던 엘리노르의 사진들이에요. 침실에 있더군요." 잉리드가 사진을 들어 올리며 말했다.

내가 호박벌 엘리노르를 안고 있는 사진으로 15년 전에 찍은 것이었다. 나는 그것을 한스에게 주려고 따로 챙겨놓았었다.

"무대 위의 엘리노르는 정말 웃겼어요. 그렇죠, 아버지? 너무 뚱뚱해서 날 수 없는 호박벌 역할을 맡았어요. 기억하시나요?" 한스가 물었다.

기억을 떠올린 나는 터져 나오는 웃음을 멈출 수 없었다.

잉리드는 우리를 번갈아가며 보았고, 우리는 더욱 크게 웃었다. 내 배 위에 있던 식스텐의 머리가 웃음소리에 맞추어 아래위로 흔들렸다.

"사실은 그 사진들을 네게 주려고 챙겨두었단다." 나는 웃음이 가라앉기를 기다려 말을 이었다. "그건 학교 앞에서 나와 호박벌을 찍은 사진이야."

"네."

"창고에서 그걸 찾았어. 네가 갖고 싶어 할 것 같아서 내놓았지." 나는 식스텐의 머리를 쓰다듬으며 말했다. "추억으로 말이야."

한스가 헛기침을 하며 목을 가다듬었다.

"네, 고마워요, 아버지."

잉리드가 안경을 벗어 머리 위에 걸치고 내게 미소를 지었다.

"참 잘하셨어요, 보." 그녀가 한스 쪽으로 고개를 돌리며 말을 이었다. "사진을 가지고 있으면 좋을 거예요."

부엌이 고요해졌다. 나는 무슨 말을 해야 할지 알 수 없었다. 그래서 식스텐의 머리를 쓰다듬으며 우리 아들을 바라보았다.

"벽난로에 불을 피울까요?" 잠시 후 잉리드가 물었다.

나는 고개를 끄덕였다. 그녀는 장작 두 개를 던져 넣고 부엌을 정리하기 시작했다.

"가기 전에 냉동실을 어떤 음식으로 채워놓았는지 보여드릴까요?" 한스가 물었다.

"네, 그렇게 해요."

잉리드는 현관으로 나가서 운동화를 신었다.

한스는 머리를 뒤로 쓸어 넘기고 모자를 썼다. 무슨 말인가 하고 싶어 하는 것처럼 보였지만 무슨 이유에선지 주저하는 것 같았다.

"그럼 저는 이만 가볼게요." 그가 내게 말했다.

"그래, 조심해서 가거라."

"아, 그리고 이 사진, 고마워요." 그가 호박벌 엘리노르의 사진을 들어 올리며 말했다.

입술이 떨리기 시작했다. 나는 얼른 내 손에 시선을 고정했다.

"뭘 그런 걸 가지고……."

대문이 닫혔고, 내 마음은 다시 차분해졌다. 식스텐이 내 다리에 몸을 붙여왔다. 문득, 이젠 식스텐과 헤어져야 할 때가 다가왔다는 생각이 스쳤다.

8월 2일 수요일

한스의 차가 진입로에 들어섰다. 나는 현관에 서서 그를 기다렸다. 그가 시내에서 출발하기 전에 식스텐을 데리러 오겠다며 전화를 했기 때문이다. 차 문이 열리고 그가 천천히 운전석에서 일어났다.

    나는 현관 창 너머로 그를 흘겨보며 황금색 자물쇠를 돌렸다. 그는 절대 식스텐을 데려가지 못할 것이다. 적어도 오늘만큼은.

    한스가 차 문을 닫고 집을 향해 몸을 돌렸다. 모자를 벗고 이마와 머리카락을 만진 후, 귓불을 잡아당기며 마사지를 했다. 그는 마당에 가만히 서서 땅만 내려다보았다. 창을 통해 새어 들어온 햇살 덕분에 이른 아침임에도 현관은 따뜻했다. 파리들이 장작 주위를 맴돌았다. 윙윙거리는 날갯소리가 짜증스러웠다. 현관에는 오랫동안 환기를 시키지 않은 듯한 퀴퀴한 냄새가 났다. 땀이 흘렀다.

나는 장작을 내려놓고 다시 침대로 돌아가 식스텐 옆에 누워 기다렸다.

몇 초도 지나지 않아 대문 손잡이가 움직이는 소리가 났다.

"대문이 잠겨 있어요." 한스가 손잡이를 다시 홱 잡아당기며 소리쳤다.

나는 평소 집에 있을 때 대문을 잠그지 않았다. 그 때문에 한스가 잠긴 대문 앞에서 기다리는 일도 거의 없었다.

"제기랄."

그는 이 일이 마냥 쉽다고 생각했을까? 그저 여기 오면 식스텐을 데려갈 수 있다고 생각했을까?

"넌 아무 데도 안 갈 거야." 나는 식스텐의 머리를 쓰다듬으며 말했다.

대문 밖이 조용해졌다. 한순간, 나는 그가 다시 돌아갔다고 생각했다. 생각을 다시 한 후에 되돌아올지도 모른다고 생각했다. 어쩌면 자신의 행동을 후회하고 나중에 전화로 사과를 해올지도 몰랐다.

나는 대문 밖을 살펴보기 위해 몸을 일으켰다. 부엌 창을 통해 한스가 핸드폰을 만지작거리는 모습을 보았다. 한스가 고개를 들었다. 나는 얼른 한 발짝 옆으로 비켜섰지만, 한스가 이미 나를 본 후였다.

"젠장, 아버지! 얼른 대문을 열어주세요!"

나는 한스가 볼 수 없도록 창 옆의 벽에 몸을 바짝 붙였다. 그의 머리가 벽난로 옆의 벽에 그림자를 만들어냈다. 침대 위에 누워 있던 식스텐은 고개를 들고 궁금한 듯 나를 쳐다보았다.

"제가 잉그리드에게 전화해서 비상 열쇠를 달라고 부탁하는 일은 제발 없게 해주세요." 한스가 유리창에 머리를 대고 소리쳤다.

나는 금방이라도 웃음이 나올 것 같아 손으로 입을 막았다.

"빌어먹을."

한스의 목소리와 함께 벽난로 옆에서 어른거리던 그의 그림자가 사라졌다.

그가 집으로 돌아간 것일까? 나는 발치로 기어 내려온 식스텐의 머리를 톡톡 두드려주었다.

"여보세요. 잉그리드? 저는 보 안데르손 씨의 아들, 한스예요."

나는 부엌 창밖을 살짝 내다보았다. 그가 핸드폰을 귀에 대고 당신이 가꾸었던 채소밭 쪽으로 걸어가고 있었다.

나는 최대한 소리를 죽여 창문의 걸쇠를 풀고 그가 무슨 말을 하는지 듣기 위해 조심스레 창문을 몇 센티미터 정도 열었다.

"아니에요. 아버지에겐 아무 일도 없어요. 잘 지내고 있어요. 지금 부엌에 계시는데, 문제는 제가 들어가지 못하도록 대문을 잠가버렸다는 거예요." 한스는 잡초가 무성한 채소밭에 자라는 민들레 한 송이를 발로 걷어찼다. "네, 얼마나 오래 걸릴까요?"

그는 한숨을 쉬며 얼굴을 문질렀다. 나는 돌아서서 식스텐을 향해 미소를 지었다.

"내 생각엔 잉그리드가 한스를 그냥 내버려둘 것 같아." 나는 식스텐에게 나직이 속삭였다.

"사실은 10시에 제가 회의에 참석해야 하거든요."

보아하니, 그는 잉리드가 끼어드는 바람에 말을 채 맺지 못했던 것 같았다.

"네, 물론 그 점은 저도 이해합니다. 그럼 저는 여기서 당신이 올 때까지 기다리겠습니다." 잠시 후, 그는 좀 더 부드러운 목소리로 말했다. "고마워요, 잉리드."

그는 전화를 끊자마자 고개를 돌려 부엌 창문 쪽을 바라보았다. 나는 얼른 창문을 닫았다. 그는 두 팔을 축 늘어뜨리고 무언가를 찾는 듯 숲 아래쪽을 바라보았다. 그곳을 보면 해답을 찾을 수 있기라도 한 것처럼.

갑자기 비가 내리기 시작했다. 지붕 위에 후두둑 떨어지는 빗방울 소리가 들렸다. 나는 다시 창밖을 내다보았다. 한스는 비를 피하기 위해 차 쪽으로 달려가고 있었다. 절로 웃음이 터져 나왔다.

나는 냉장고에서 초콜릿 한 조각을 꺼내 입에 넣은 후, 침대 위에 몸을 쭉 뻗고 누웠다. 식스텐이 내게 몸을 바짝 붙여왔다.

식스텐과 나는 세차게 문을 두드리는 소리와 그 뒤를 따르는 한스의 목소리에 잠을 깼다.

"잉리드가 왔어요. 얼른 대문을 열어주세요."

나는 시계를 보았다. 적어도 두 시간은 잔 것 같았다.

딸깍거리는 소리와 함께 대문이 열렸다. 식은땀이 줄줄 흘렀고, 금방이라도 토할 것 같았다.

한스가 눈살을 찌푸리며 고개를 쑥 들이밀었다. 비를 맞은 듯 온몸이 흠뻑 젖어 있었다.

"잠시 화장실에 다녀올게요." 그가 부엌을 가로질러 화장실로 갔다.

잉리드가 부엌을 들여다보았다.

"안녕하세요, 보."

그녀의 미소는 어색하기만 했다.

"이런 일이 생겨서 죄송해요."

나는 식스텐의 목을 긁어주며 아무 말도 하지 않았다.

"어쨌든 잘하셨어요." 잉리드가 화장실 쪽을 바라보며 말했다. 한스가 변기 물을 내리는 소리가 들렸다.

"진심으로 하는 말이에요."

나는 어깨만 으쓱 추켜 보였다.

"아시다시피 저는 곧 가봐야 해요. 하지만 내일 다시 올게요."

그녀는 내 어깨에 손을 얹고 무슨 말인가 하려다가 마음을 바꾼 듯 입을 다물었다. 그녀는 내 어깨를 쥔 손에 힘을 주었다.

"정말 죄송해요." 그녀가 다시 말했다.

한스가 다시 부엌으로 돌아왔을 때, 잉리드는 그를 빤히 쳐다보았다. 나는 그녀가 한스를 노려본다고 생각했다. 그녀가 내 어깨에서 손을 뗐다.

한스는 대문이 닫히자 고개를 절레절레 저었다.

"아버지⋯⋯." 한스는 현관 쪽으로 걸어가며 말했다.

나는 아무 말도 하지 않고 그를 노려보았다. 그는 한숨을 내쉬며 신경질적으로 신발을 벗었다. 그 모습에 식스텐이 움찔했다. 개는 자기가 얼마나 화가 나 있는지 보여주기라도 하듯 거칠게 움직였다. 마치 자신의 분노가 당연한 것처럼. 자신에게 화를 낼 권리가 있다는 것처럼.

만약 당신이 여기 있었다면 분명 한스를 책망했을 것이다. 재봉실에서 나와 한스를 향해 이제 그만하면 됐다는 눈빛을 던질 것이다. 그럴 때면 한스는 항상 당신의 말을 들었다. 내 말을 듣는 것과는 완전히 다른 방식으로.

하지만 당신은 지금 여기 없다. 이젠 모두 상관없는 일이 되어버렸다.

식스텐이 침대 위쪽으로 기어 올라와 퉁퉁 부어 있는 내 손가락에 코를 들이밀었다. 그는 원하지 않는다. 나도 원하지 않는다. 하지만 우리가 원하든 원치 않든 이젠 아무 상관도 없다. 이미 오래전부터 그랬다.

"식스텐은 잘 지낼 거예요. 거기엔 심지어 어린아이들도 있답니다."

표정을 보니 그는 자기가 하려는 일이 얼마나 비도덕적인지 잘 알고 있는 것 같았다.

나는 우리 아들을 경멸하며 마을에서 가장 푹신한 침대에 식스텐과 함께 누워 있었다. 나는 그의 눈빛을 통해 그가 나를 얼마나 약하다고 생각하는지 알 수 있었다. 그에게는 나와 싸워보려는 의지도 보이지 않았다. 단지 내가 불쌍하다고 여길 뿐이었다. 그럼에도 내게 자비를 베풀 생각은 없는 것 같았다. 내가 약하다고 생각하면서도 내가 피를 흘릴 때까지 그냥 내버려둘 것이다.

우리 아들이 개 목줄을 만지작거렸다. 그가 고리에 엉켜 있는 매듭을 풀기 위해 줄을 잡아당겼다. 애프터셰이브 향이 내 코를 찔렀다.

"식스텐, 이리 와. 산책하러 가자." 그는 목줄을 손에 들고 어린아이 같은 목소리로 말했다.

내 옆에 누워 있던 식스텐은 한스를 본 척도 하지 않았다

한스는 목줄을 흔들었다. 그 모습을 보니 부스테르가 떠올랐다. 어지럽고 토할 것 같은 울렁거림이 더 심해졌다.

"이젠 어쩔 수 없어." 노인은 이웃이 대문을 닫고 나서자마자 투덜거리며 말했다.

부스테르는 며칠 동안이나 절룩거렸고 아무것도 먹지 않았다. 노인은 개에 대해 잘 아는 이웃에게 물어보면 된다며 수의사를 찾아갈 필요가 없다고 했다.

벽난로에 장작을 집어넣고 있던 나는 어머니를 돌아보았다. 어머니의 눈빛은 매우 슬퍼 보였다.

노인이 밖으로 나간 후, 나는 부스테르에게 다가갔다. 개는 머

리를 들고 내게 몸을 붙여왔다.

문이 세차게 열리는 소리에 부스테르가 움찔했다. 노인은 총을 어깨에 메고 장화를 신은 채 현관에 서 있었다.

"조금만 더 기다려봐요, 칼에릭. 아이가 마음 놓고 작별 인사를 할 수 있도록 시간을 주세요."

노인은 어머니의 말에 코웃음을 쳤지만 반발하지 않고 부엌의자에 앉아 기다렸다.

나는 다시 어머니를 돌아보았다.

"어머니 생각은 어때요?"

어머니의 눈은 다시 슬픈 빛을 띠었다.

어머니가 치마에 손을 문지르며 시선을 돌렸다. 그리고 빵 한 조각을 천에 싸서 부엌 조리대 위에 올려놓았다.

"이제 부스테르와 작별할 시간이 왔어. 어쩔 수 없단다." 어머니가 단호하게 고개를 끄덕이며 말했다.

나는 부스테르의 머리를 쓰다듬고, 작은 귀를 긁어주었다. 개는 내게 더 가까이 몸을 붙여왔다.

"이제 됐어." 노인은 스트레스를 받은 듯한 목소리로 말했다. "살면서 이런 일도 배워야 해."

그가 부스테르를 데리고 대문을 나섰다. 나는 어머니를 쳐다보았다. 여전히 상황을 이해할 수 없었지만 어머니는 아무 말도 해주지 않았다. 어머니는 이미 소젖을 짜는 일을 마쳤음에도 축사에 가야 한다면서 낮은 목소리로 중얼거렸다. 나는 어머니가 밖으로 나가자마자 재빨리 현관으로 가서 장화를 신고 재킷을 입었다.

바깥 공기는 서늘했다. 아마도 간밤에 영하로 내려갔던 게 틀림없었다. 나는 불안하기 그지없었다. 얼른 부스테르와 노인을 찾아야 한다는 생각뿐이었다. 나는 발걸음을 재촉했다. 오솔길의 오른쪽으로 방향을 틀어 걷다가 개울을 지나쳐 다시 오른쪽 방향으로 걸었다. 부스테르가 개울에서 헤엄을 치기엔 날이 너무 추웠음에도 나는 다리를 건너면서 재빨리 어깨 너머를 돌아보았다.

"얼른 뛰어가서 찾아봐." 저 멀리 나뭇가지 사이에서 노인의 목소리가 들려왔다.

나는 얼른 향나무 뒤로 몸을 숨겼다. 뾰족뾰족한 잎이 얼굴을 찔러서 눈을 감아야만 했다. 부스테르를 발견했다. 개는 코를 땅에 대고 절뚝거리며 걷고 있었다. 야윈 꼬리가 살랑살랑 흔들리는 모습을 보니 안심이 되었다. 나는 그들이 단지 사냥을 하러 나온 게 틀림없다고 생각했다.

나는 땅에 앉았다. 부스테르, 이 세상에서 가장 예쁜 사냥개. 비록 어머니는 내게 그런 생각을 하면 안 된다고 했지만, 나는 부스테르를 형으로 생각했다. 항상 나와 함께 있어주었고 나를 지켜주었기 때문이다.

별안간 들려온 총소리가 너무나 커서 나는 반사적으로 귀를 막았다. 땅에 널브러진 부스테르를 보는 순간 나는 재빨리 손으로 입을 막았다.

뱃속이 뒤틀렸다. 나는 땅에 엎드려 향나무 둥치에 대고 울음을 터뜨렸다. 누군가가 내 멱살을 잡은 듯 숨을 쉬기가 힘들었다.

노인은 부스테르의 시체 위로 흙을 퍼부었다. 그는 내가 거기 있다는 것을 눈치채지 못한 것 같았다. 바람에 눈물이 흩날렸다.

나는 몸을 일으켜 왔던 길을 다시 달리기 시작했다. 내가 어디로 가고 있는지도 몰랐다. 단지 노인에게서 최대한 멀리 도망쳐야 한다는 생각뿐이었다.

식스텐이 고개를 들고 나를 흘낏 쳐다보았다. 나는 내가 부스테르를 도와주지 못했던 것처럼 식스텐도 도와줄 수 없다는 것을 잘 알고 있었기 때문에 너무나 괴로웠다.

식스텐이 처음 우리 집에 왔을 때 나는 나를 믿어도 된다고 약속했다. 무슨 일이 있어도 지켜주기로 했다. 하지만 나는 식스텐을 배신하고 실망감에 빠뜨렸다.

개가 다시 고개를 숙였다. 나는 이 일이 나와는 아무 관련이 없다는 것을 개가 이해해주기를 진심으로 바랐다. 만약 내가 결정을 내릴 수 있었다면 식스텐이 어디에도 가지 않고 원한다면 얼마든지 내 곁에 누워 있을 수 있도록 허락했을 것이다.

한스가 다시 목줄을 흔들자 식스텐이 나를 빤히 쳐다보았다. 가슴이 찢어질 듯 아팠다. 나는 눈을 질끈 감고 식스텐에게 고개를 끄덕였다. 하지만 개는 모른 척 계속 가만히 누워 있기만 했다. 개가 움직이지 않으려고 힘을 주는 듯 내게 더 바짝 몸을 붙여왔다.

마침내 한스가 다가와 개에게 목줄을 씌우고 느슨하게 잡아당겼다. 식스텐은 내게 머리를 돌린 채 마지못한 듯 침대에서 뛰어내렸다. 나는 차마 식스텐과 눈을 마주칠 수 없어 다시 눈을 질끈 감았다.

우리 아들이 내 어깨에 손을 얹었지만 나는 꼼짝도 하지 않았다.

"죄송해요. 하지만 다른 방법이 없었어요." 그는 진심 어린 목소리로 말했다. 자기가 저지른 일에 대해 정말로 미안해하는 것처럼 보였다.

나는 있는 힘껏 눈을 감았다. 그가 어떤 느낌을 가지든 나와는 상관없는 일이라고 생각했다. 그의 목소리도 듣고 싶지 않았다. 내가 원하는 것은 단지 내게 몸을 붙여오는 식스텐뿐이었다.

대문이 닫히는 소리와 함께 찾아든 정적이 내 온몸을 날카롭게 찔렀다. 눈물과 콧물이 줄줄 흘러내려 수염을 적셨다. 한순간 나는 숨이 멎을 것 같은 느낌에 사로잡혔다. 마음 같아선 그 자리에서 당장 숨을 멈추고 싶었지만, 애써 숨을 크게 들이쉬었다.

14시 정각

보세는 기분이 좋지 않은 듯 심술을 부렸기 때문에 샤워를 하기

까지 시간이 많이 걸렸음. 그 때문에 일정이 늦어졌음. 생선 그

라탱을 준비해 식탁 위에 두었음.

_에바레나

에바레나가 샤워 준비를 시작했다. 그녀는 새 앞치마를 꺼내 허리에 묶고 비닐장갑을 꼈다.

"이제 샤워할 시간이에요."

나는 그렇게 하면 그녀의 짜증스러운 목소리가 사라지기라도 하는 듯 있는 힘을 다해 눈을 질끈 감았다. 내가 눈을 감고 가만히 누워 있으면 그녀는 내가 자는 줄 알고 여기서 나갈지도 모른다.

"보세, 이제 일어나세요." 그녀가 내 다리를 흔들며 말했다.

나는 원하지 않았음에도 눈을 떴다. 눈은 여전히 따끔거렸고 퉁퉁 부어 있었다.

"제가 샤워할 준비를 할 테니 여기 앉아서 잠시만 기다리세요. 시간이 없어요."

그녀는 말을 마친 후 욕실로 사라졌다.

빌어먹을.

식스텐을 찾는 손바닥에 텅 빈 공간만 닿으니 또 울고 싶어졌다.

에바레나가 움직이는 소리가 들렸다. 문득 오늘 그녀가 왜 여기 왔는지 궁금해졌다. 누가 아파 대신 온 것일까. 눈이 불에 덴 듯 화끈거렸다. 나는 눈을 질끈 감고 고통을 없애보려 잠시 숨을 멈추었다. 오늘 잉리드가 왔으면 좋았을 텐데. 아니면 적어도 요한나가 와주었더라면 이보다는 좋았을 텐데.

"준비됐나요? 아니, 아직도 누워계시는 거예요?" 에바레나가 쿵쿵 발소리를 내며 침대 앞으로 다가와 내 어깨를 잡아 쥐었다. "이제 일어나세요, 얼른."

"싫어요. 하고 싶지 않아요."

목소리가 갈라졌다. 나는 기침을 하기 시작했다.

"이건 당신이 뭘 하고 싶은지가 아니라 당신에게 뭐가 필요한가에 대한 문제예요." 그녀는 내 상체를 잡아당김과 동시에 내 다리를 침대 난간 쪽으로 밀었다. 나는 말을 할 기회도, 반항할 기회도 얻지 못한 채 일어나 앉았다. "이 덥수룩한 수염 좀 보세요. 게다가 음식 찌꺼기도 여기저기 묻어 있잖아요."

비정규직 요양보호사의 목소리에는 내가 할 말을 잃게 하는 무언가가 있었다. 하지만 내가 무슨 말을 하더라도 그녀는 귀 기울여 들어주지 않을 테니 상관없는 일이었다.

"자, 이제 일어나보세요."

그녀가 내 손을 잡고 나를 끌어당겼다.

손가락이 욱신거리며 아팠다. 나는 이맛살을 찌푸리며 손을 빼내려 했지만, 에바레나는 돌아서서 내 손을 자신의 어깨 위로 가져갔다.

"이제 가볼까요?"

나는 그녀를 따라 욕실로 가는 수밖에 없었다. 그녀는 자신의 어깨 위에 올려진 내 손을 단단히 잡고 있었다. 나는 한순간 그녀를 밀어볼까 생각해보았지만 쓸데없는 생각이라는 것을 깨달았다. 그녀는 너무나 힘이 세서 1밀리미터도 밀리지 않을 것이다.

우리는 욕실 안으로 들어갔다. 그녀는 나를 변기 앞에 세웠다.

"바지부터 벗으세요."

그녀는 내 바지와 속옷을 한꺼번에 벗겨 내린 후, 나를 변기 뚜껑 위에 앉혔다.

플라스틱 뚜껑이 차갑게 허벅지에 닿았다. 내 온몸은 반항했다. 내가 원치 않을수록 몸은 점점 더 뻣뻣해졌다. 샤워하는 것조차도 내 뜻대로 할 수 없다니.

"팔을 올리세요." 그녀는 나의 셔츠를 머리 위로 올려 벗기며 이맛살을 찌푸렸다. "이 옷은 빨래통에 넣어둘게요."

나는 알몸으로 변기에 앉아 벌벌 떨며 그녀를 노려보았다. 한 기 때문에 피부에 소름이 돋았다. 그녀는 물을 틀고 손가락을 대온도를 재어보았다. 비닐 장갑이 너무나 꽉 끼어 금방이라도 터질 것 같았다.

"이제 이리 오셔도 돼요." 그녀는 내게 왼손을 내밀며 말했다.

나는 마지막으로 한 번 더 반항을 해볼까 고민했다. 하지만 에바레나가 눈썹을 치켜뜨고 이맛살을 찌푸리자마자 그녀의 손에 이끌려 몸을 일으키고 그녀가 시키는 대로 했다.

물이 너무나 차가웠지만 나는 말없이 눈만 질끈 감았다. 아무 말도 하지 않고 조용히 있으면 샤워를 더 빨리 마칠 수 있다고 생각했다. 문득 노인이 떠올랐다. 노인 앞에서도 입을 다물고 있으면 모든 일을 더 빨리 끝낼 수 있었다. 나는 에바레나에게 아무런 반항도 하지 않고 그녀가 시키는 대로 두 팔을 올리고 수염을 들어주었다. 어쨌든 이젠 모든 일이 무의미해져버렸다. 식스텐이 없어졌으니 말이다.

그녀가 내 몸을 더 깨끗하게 씻겨줄수록 가슴속의 공허함은 더 커졌다. 그녀가 그 빌어먹을 스펀지를 문질러 내 피부가 더 빨개질수록 나는 점점 작아졌다.

그녀가 대문을 닫고 나선 후 침대에 누웠을 때, 내게 남은 것은 껍데기뿐이었다. 공허함이 내 몸속에서 메아리를 만들어냈다. 견딜 수 없다고, 이제 더는 견딜 수 없다고. 그것이 내 안에서 들려오는 유일한 소리였다.

8월 3일 목요일

잠에서 깨어 눈을 뜨는 순간 생각이 복잡해지기 시작했다. 겨우 잠에 들려 하면 그 순간 한스가 식스텐에게 목줄을 씌우는 모습이 떠올랐다. 그 때문에 몇 번이나 벌떡 일어나 잠을 이루지 못했고 그 기억은 나를 점점 갉아먹기 시작했다. 나는 머릿속으로 한스와 말다툼을 하고, 그를 질책하고, 심지어 그를 완력으로 밀어붙이는 내 모습을 상상했다. 그를 집에서 쫓아내며 선을 넘었다고 소리치는 내 모습.

나는 핸드폰을 보았다. 그가 다시 전화를 했다. 오늘 오전에만 벌써 일곱 번째였다. 나는 핸드폰을 향해 코웃음을 치며 전화벨이 계속 울리도록 내버려두었다. 앞으로도 내가 그의 전화를 받는 일은 없을 것이다.

잉리드가 조심스레 몸을 돌려 무슨 말을 하려다가 멈추었다. 그녀는 하던 일을 계속했고 조리대 위를 훔친 후 행주를 수도꼭지 위에 걸어놓았다. 그녀는 벽난로 앞으로 다가가 장작 두 개를 던져 넣었다. 그녀의 뒷주머니에서 전화벨 소리가 울렸다.

"이 전화만 받고 금방 돌아올게요." 그녀가 내게 말한 후 핸드폰을 들어 올렸다.

나는 고개를 끄덕였다. 그녀는 전화를 받으며 등 뒤로 부엌문을 닫고 나갔다.

다시 내 핸드폰이 울리기 시작했다. 화면에 엘리노르의 이름이 보였다. 나는 핸드폰을 손에 쥐고 우리 호박벌의 이름을 나직이 중얼거렸다. 전화를 받고 싶었다. 그 애의 목소리를 듣고 싶었다. 오늘 무엇을 했는지 물어보고 싶었고, 아르바이트는 잘하고 있는지도 물어보고 싶었다. 그 애가 어렸을 때 우리와 함께했던 추억을 이야기해주고도 싶었다.

하지만 그 애는 분명 이미 자신의 아버지와 이야기를 나누었을 것이다. 그 때문에 내게 전화를 한 것이 틀림없었다.

나는 핸드폰을 테이블 위에 내려놓고 코웃음을 쳤다. 가래침 컵을 손에 들고 속에 있던 것을 모두 끌어내어 뱉었다.

08시 10분

보는 침대에 누워 쉬고 있었지만 기분은 매우 좋지 않아 보였음. 한스는 내 사무실에, 그리고 보에게 여러 번 전화를 했음. 보는 한스가 이 집에서 환영받지 못하는 인물이라고 내가 일지에 적기를 바랐음. 그는 음식도 먹지 않고 샤워도 하지 않으려 했음. 퇴근 전에 그의 침대 옆에 초콜릿을 놓아두고 장작 몇 개를 벽난로에 넣어 불을 피워두었음.

_잉리드

잠에서 깼을 때 본능적으로 식스텐에게 손을 뻗었지만 손에
닿는 것은 아무것도 없었다. 공허함이 나를 덮치자 어머니가 떠
올랐다. 그녀는 자신만의 방식으로 나의 괴로운 감정을 어루만
져주었고, 삶을 견딜 수 있도록 도와주었다.

　나는 베개에 머리를 대고 식탁 쪽으로 돌아누웠다. 눈을 깜박
이는 순간 그 자리에 앉아 있는 노인이 보였다. 나는 식탁의 맞
은편 끝에 앉아 부모님들이 눈치채지 않도록 조심하며 그들을
바라보았다. 나는 어머니가 만들어준 샌드위치를 방금 다 먹었
다. 노인은 며칠 동안이나 말을 하지 않았다. 나는 그의 말을 그
다지 좋아하지 않지만 그의 침묵과 마주하니 왠지 불편했다. 마
치 그가 어머니와 내게 벌을 주려 하는 것 같았다.

　"칼에릭……." 어머니가 그의 팔에 조심스레 손을 얹으며 말
을 이었다.

"우린 월요일에 다시 돌아올 거예요. 냉장고에 당신을 위해 준비한 음식을 넣어두었으니 끼니는 꼭 챙겨 드세요."

어머니의 여동생이 결혼을 하기 때문에 우리는 후딕스발로 갈 예정이었다. 덕분에 나는 주말 내내 어머니와 함께 지낼 수 있었다. 게다가 월요일에 학교에 가지 않아도 된다는 허락을 이미 받아놓은 후였다. 카린 이모는 어머니보다 몇 살 어렸지만 키는 훨씬 더 컸고 말도 더 많았다. 어머니에겐 형제도 두 명 있었지만, 한 명은 어렸을 때 강에 빠져 죽었고 한 명은 수레를 몰고 가다 사고를 당해 세상을 떠났다.

노인이 뭐라고 중얼거렸고, 나는 다시 어머니를 바라보았다. 어머니가 마음을 바꾸고 집을 떠나지 않겠다고 할까 봐 걱정이 되었다. 하지만 어머니는 여행을 포기할 생각은 없는 것 같았다. 나는 어머니가 카린 이모의 결혼식을 놓치고 싶어 하지 않는다는 것을 잘 알고 있었다.

"원한다면 같이 가도 될텐데……." 어머니는 노인이 결코 함께 가지 않을 것이라는 것을 잘 알면서도 한마디 조심스레 던졌다. 그는 어머니의 가족에 대해선 조금도 관심이 없었다.

"쳇, 내가 거기서 뭘 할 수 있다고 생각해요? 난 거기 오는 사람들을 알지도 못하는데." 노인이 투덜거리며 술을 한 모금 마셨다.

어머니의 눈빛은 낯설었다. 단호하고 날카롭게 느껴졌지만 나를 향한 것은 아니라고 확신했다. 어머니가 다시 노인을 돌아보았지만, 그는 창밖만 뚫어지게 바라볼 뿐이었다.

어머니가 자리에서 일어났다.

"이제 갈 시간이 되었어요. 보, 수트케이스를 좀 들어줄래?" 어머니는 결심한 듯 단호하게 말했고, 나는 허리를 쭉 펴고 당당하게 어머니의 뒤를 따라 대문을 나섰다.

노인은 여전히 제자리에 가만히 앉아 아무 말도 하지 않았다.

길에 나서자마자 어머니는 내가 따라가기 힘들 정도로 빨리 걸었다. 나는 울퉁불퉁한 자갈돌 때문에 묵직한 수트케이스를 들어 올린 채 걸어야만 했다. 어머니는 저 멀리 앞쪽에 시선을 고정한 채 걸었다. 나는 가끔 어깨 너머를 돌아보며 걸었지만 노인의 그림자도 볼 수 없었다.

우리는 버스로 외스테르순드까지 간 다음 거기서 순스발로 향하는 기차를 탈 예정이었고, 그곳에서 다시 후딕스발까지 가는 기차로 갈아타야 했다. 나는 이전에 옹게까지 기차를 딱 한 번 타보았지만 그때는 너무 어렸어서 기억이 나지 않았다. 언덕 아래에 거의 다다르자, 나는 그제야 우리가 정말 여행길에 올랐다고 확신할 수 있었다.

여전히 말없이 걷던 어머니는 요한손의 집 앞에 이르러서야 걷는 속도를 늦추었다.

"짐이 무겁지 않니?" 어머니가 걱정스럽게 물었다. "내 생각에만 사로잡혀 걷다 보니 네 생각을 전혀 못 했구나."

어머니는 내게서 수트케이스를 빼앗아 들었다.

"괜찮아요." 나는 비록 그렇게 말했지만, 어머니가 수트케이스를 들어주어서 기뻤다. 내 손은 이미 빨갛게 되어 욱신거렸기 때문이다.

버스 정류장에 이른 후 나는 어머니가 쉴 수 있도록 언덕 위가 보이는 곳에 자리를 잡고 서서 버스가 오는지 망을 보았다. 잠시 후, 마리타가 오자 어머니는 매우 기뻐하는 것 같았다. 그녀는 카린 이모의 결혼식에 대해 이야기를 하며 우리가 기차를 탈 것이라고 말했다. 마리타는 목젖이 보일 정도로 입을 크게 벌리고 웃었다.

우리가 버스에 오르자 어머니가 밝게 미소 지었다. 하지만 여전히 아무 말도 하지 않고 그저 내 허벅지만 톡톡 두드리며 창밖을 바라보았다.

버스가 페리에 들어가 엔진을 끄자 어머니가 내 소매를 잡아당겼다.

"이제 내려야 돼."

발순드의 사고는 어머니에게 트라우마로 남아 있었다. 그 일은 오래전, 내가 태어나기 전에 있었던 일이지만 어머니는 아직도 배를 타는 것을 좋아하지 않았다. 어머니는 배를 타면 괜히 불안하다고 말하기도 했다.

"우린 운명에 도전하면 안 돼."

나는 어머니의 말이 옳다고 생각했다.

어머니는 페리의 유일한 구명부표가 걸려 있는 난간에 손을 없었다.

"수영을 배우지 못한 게 너무나 후회되는구나." 어머니가 어둑한 물을 내려다보며 말했다.

나는 어머니의 팔을 살짝 잡으며 적어도 나는 수영을 할 수 있다고 말했다. 나는 수심이 얕은 란뷔비켄의 호수에서 또래 아이들 중 가장 먼저 수영을 배웠다.

어머니는 미소를 지으며 잔잔한 스토르셴 호수를 바라보았다. 나는 노인이 집에서 무엇을 하고 있는지 궁금해졌다. 아직도 부엌 식탁 앞에 앉아 있을까. 어쩌면 돼지우리에 갔을지도 모른다. 어머니는 노인에 대해선 한 마디도 입에 올리지 않았다. 사실 어머니가 노인에 대해 언급한 적은 거의 없었다. 나는 어머니를 흘끗 쳐다보았다. 문득, 어머니와 단둘이 있으니 참 좋다는 생각이 스쳤다. 어머니는 발순드의 맞은편에 있는 프뢰쉔을 뚫어지게 바라보며 혼자만의 생각에 잠겨 있었다.

나는 어머니의 치맛자락을 만지작거리다가 치마 주머니에 손을 넣었다. 잠시 후, 어머니의 거친 손이 내 손을 잡아주었다.

문득 대문을 두드리는 소리가 들리는 것 같아 눈을 떴다. 동시에 어머니의 손도 놓쳐버렸다. 나는 식스텐이 어떻게 반응하는지 살펴보기 위해 주위를 두리번거렸지만, 내게 다가오는 것은 텅 빈 공간뿐이었다. 나는 눈을 감고 귀를 기울였지만, 주변은 조용하기만 했다. 잘못 들은 것이라 생각한 나는 다시 베개에 머리를 대고 누웠다.

다시 대문을 두드리는 소리가 들렸다. 가볍게 노크하는 소리에 이어 누군가가 대문을 열려고 손잡이를 당기는 것 같았다. 우리 집 대문 손잡이는 뻑뻑해서 힘을 주어야만 문을 열 수가 있었다.

"좀 더 세게 당겨야 돼요." 대문이 열리기 직전 누군가가 말하는 소리가 들렸다.

"안녕하세요. 보. 집에 계시나요?"

"어서 들어오세요." 나는 조금 혼란스러워 목을 가다듬은 후 말했다.

"저희가 왔어요." 현관에서 들려오는 목소리는 어린아이의 목소리 같았다. "안타와 라라예요."

그들은 마리타와 네일라의 손주들이었다. 안타의 목소리는 내 귀에 익숙했다. 그들은 가끔 로또를 팔기 위해 우리 집에 와서 식스텐과 놀기도 하고 내게 이것저것 질문을 던지기도 했다.

"괜찮아요, 그냥 누워 계세요."

안타의 목소리와 함께 바닥을 긁는 듯한 발소리가 들렸다. 곧 깎을 때가 된 듯한 기다란 발톱 소리였다. 문득 식스텐이 없다는 생각에 눈물이 날 것 같았다.

"꾸러기를 데려왔어요." 둘 중에 나이가 더 많은 안타가 부엌에 들어서며 말했다.

나는 눈을 떴다. 꾸러기는 평소 식스텐이 자주 누워 있던 자리에 코를 킁킁대며 냄새를 맡았다.

"우리 꾸러기가 식스텐을 찾나 봐요." 라라가 즐겁게 소리치며 개의 뒤를 따라 거실로 갔다.

안타의 눈빛을 해석하기는 쉽지 않았다. 왠지 불안해하는 것 같기도 하고 처량해 보이기도 했다. 안타가 내게 플라스틱 상자 하나를 내밀었다.

"엄마가 직접 구운 과자예요. 아저씨께 갖다 드리라고 했어요."

나는 과자 한 조각을 집어 들었다.

"오, 참 친절하시구나. 고맙다고 전해주렴."

잠시 후, 안타가 의자에 앉아 조심스레 바닥에 발을 내려놓았다. 소년의 발은 겨우 바닥에 닿았다.

나는 침대에서 일어나 앉으려 했다.

"잠시만요. 제가 등받이를 올려드릴게요. 우리 할아버지도 이런 침대를 사용하시거든요."

안타가 리모컨을 누르자 등받이가 위로 올라가기 시작했다. 나는 아이의 열정에 웃음을 지었으나 그것도 잠시, 곧 공허함이 가슴속을 채워오기 시작했다.

꾸러기가 뛰어 들어왔다. 요란하게 법석을 떠는 개의 몸은 유연하면서도 어딘지 모르게 무뎠다. 개가 내 앞에 다가와 머리를 침대 난간에 얹었다.

"나도 과자 먹고 싶어." 라라가 벽난로 앞에 앉으며 말했다.

"안 돼. 이건 보 아저씨 거야." 안타가 동생에게 짜증을 내며 말했다.

"하지만 엄마가 우리에게 하나씩 먹어도 된다고 했잖아."

꾸러기는 고개를 들고 라라의 앞에 가서 누웠다. 개가 있던 자리에 축축하게 젖은 얼룩이 남았다. 식스텐이 물을 마신 후에도 그랬다.

"너희들도 하나씩 먹으렴." 나는 목을 가다듬으며 말했다.

안타는 내가 진심으로 말하는지 확인하려는 듯 불안한 표정으로 나를 바라보았다.

"원한다면 저기 가서 접시 하나를 가져와도 돼."

나는 싱크대 옆의 건조대를 턱으로 가리켰다.

라라는 작은 손으로 꾸러기의 넓적한 목에서부터 귀 뒤편까지 쓰다듬었다. 식스텐도 바로 그 부분을 긁어주기를 바랐다. 한스는 어렸을 때만 하더라도 개를 좋아했고, 항상 우리가 키우던 개와 가까이 있었다.

가슴이 아파오기 시작했다. 할 말을 찾기가 쉽지 않았다. 내가 무슨 말을 하든 상관없을 테니까. 내가 바라는 유일한 것은 식스텐이 나와 함께 침대에 누워 있는 것이었다. 내 다리 옆에.

"아저씨가 많이 슬퍼하실 거라고 생각했어요." 안타가 침대 옆 테이블 위에 접시를 내려놓으며 말했다. 안타가 플라스틱 상자를 열고 과자 두 개를 꺼내 접시에 얹어 동생에게 건네주었다. "식스텐이 떠나서 말이에요."

나는 흐르는 눈물을 멈출 수가 없었다. 두 눈을 질끈 감아보았지만 눈물은 계속 흘러내렸다.

"만약 꾸러기가 떠나야 한다면 나도 슬퍼했을 거예요." 안타는 말을 한 후 침묵을 지켰다.

라라는 고개를 끄덕이며 꾸러기에게 몸을 기댔다.

우리는 아무 말 없이 조용히 앉아 있었다. 안타는 과자 한 조각을 베어 물고 나를 쳐다보았다. 나는 손을 올려 눈물을 훔치고 손수건으로 콧물을 닦았다. 내가 코를 푸는 소리에 꾸러기가 놀라 귀를 쫑긋 세웠다. 라라는 그 모습에 웃음을 터뜨렸다.

나는 벽난로를 손으로 가리키며 말했다.

"안타, 난로 속에 장작 하나만 넣어주겠니?"

"나도 할래요!"

바닥에 앉아 있던 라라가 벌떡 몸을 일으켜 장작 한 개를 집어들었다. 아이는 형을 유심히 지켜보며 그대로 따라했다. 그런 다음 꾸러기의 옆에 앉아 불꽃을 응시했다.

"자작나무란다." 나는 부드러운 과자를 한 입 베어 물며 말했다.

불꽃에 정신이 팔려 있던 형제가 동시에 고개를 끄덕였다.

라라가 몸을 돌려 과자 박스를 흘낏 쳐다보았지만 안타는 눈치채지 못했다. 자신만의 생각에 빠져 있는 것 같았다. 나는 안타가 당신을 닮았다고 생각했다. 당신도 종종 혼자만의 생각에 빠져 주변에서 무슨 일이 일어나는지 전혀 눈치를 채지 못했으니까.

"하나 더 먹어도 좋아." 나는 라라에게 말하며 과자 박스를 가리켰다. 라라의 얼굴이 환해졌다.

"아저씨도 하나 더 드실래요?" 라라가 내게 물었다.

나는 고개를 저으며 베개에 머리를 기댔다.

소년들은 벽난로 앞에 앉아 한동안 시간을 보낸 후 집으로 갔다. 안타는 발을 옮기다 말고 부엌문 앞에서 몸을 돌렸다.

"엄마가 식스텐은 잘 지내고 있을 거라고 했어요."

안타의 눈빛이 너무나 진지해서 나는 그 말을 믿을 수밖에 없었다.

12시 30분

보는 여전히 우울해하지만 오늘 아침보다는 기분이 나아진 것처럼 보였음. 테이블 위에 생강 과자가 꽤 많이 있었지만 그는 누가 과자를 가져다주었는지 기억하지 못했음. 벽난로의 불은 잘 타고 있었음. 시라 허브를 넣은 그라탱을 데워주었지만 보는 한스가 사놓은 음식은 먹지 않겠다고 고집을 부렸음. 그래서 설탕과 계피와 우유를 넣은 쌀죽을 대신 주었음.

_잉리드

8월 17일 목요일

나는 남성용 피임약에 관해 이야기하는 P4 라디오의 앵커 목소리에 잠을 깼다. 스코네 지역의 사투리를 쓰는 남자는 피임약에 긍정적인 효과가 얼마나 많은지 설명하는 중이었다. 임신 걱정 없이 섹스를 할 수도 있고 피임약의 부작용에 시달리는 여인들을 구제해줄 수 있다고 했다.

　라디오에서 들려오는 남자의 말을 듣고 있자니 당신이 얼마나 피임약 복용을 꺼려 했는지 기억이 났다. 나는 다른 방법을 찾아보자며 당신에게 피임약을 먹지 말라고 권했다. 하지만 당신은 확실하게 임신을 피하기 위해선 꼭 약을 먹어야 한다고 고집을 부렸다.

　"다시는 여기 오지 않을 거예요." 외스테르순드의 병원에서 한스가 태어났던 날, 당신은 내게 너무나 단호하게 말했다.

　나는 한스가 형제들과 함께 자랄 수 있는 환경을 만들어주고 싶었다. 어렸을 때 함께 놀 수 있는 형제들이 있으면 좋겠다고 바랐기 때문이다. 하지만 외동아이로 자랄 경우엔 형제간의 말다툼과 싸움을 피할 수 있어 좋은 점도 있었다. 한스는 그 어떤 것도 형제들과 나눌 필요가 없었다. 미케의 아이들은 장례식날 상속 문제로 교회 안에서 말다툼을 했고 그 후로는 서로 얼굴을 보지 않았다.

엘리노르도 외동으로 자랐다. 나는 그것이 한스 부부의 자발적인 결정인지 궁금했지만, 한스는 여기에 대해선 아무런 말을 하지 않았다.

"요즘엔 남자로 산다는 것이 옛날과는 많이 다릅니다. 아빠가 되기 위한 조건이 완전히 달라졌기 때문입니다." 스코네 말을 사용하는 남자가 말했다.

나는 단 한 번도 그러한 조건에 대해서 생각해본 적이 없었다. 나는 천장을 올려다보며 이 문제에 관해 엘리노르는 뭐라고 말할지 궁금해졌다.

엘리노르와 한스의 사이는 나와 한스의 사이와는 너무나 달랐다. 문득, 엘리노르의 진로를 두고 그들이 나누었던 대화가 떠올랐다. 엘리노르와 한스는 굉장히 솔직했고 직설적이었다.

"나는 네가 너무나 자랑스럽단다." 한스는 '너무나'라는 말을 강조했다.

한스는 미소를 지었고, 엘리노르는 한스에게 미소를 되돌려주었다.

나는 얼른 고개를 돌렸다. 둘만이 나눌 수 있는 중요하고도 사적인 모습 같아서였다. 우리는 그들의 안뜰에 있는 자작나무 그늘 아래에 앉아 있었다. 당신은 눈물을 머금었고, 나는 눈앞에서 벌어지는 일을 어떻게 받아들여야 할지 몰랐다.

엘리노르는 두 팔을 내밀어 한스를 껴안았고, 나는 그 모습을 보며 불편함과 동시에 자랑스러움을 느꼈다.

이유는 알 수 없지만 그때 일을 떠올리니 왠지 짜증이 났다. 나는 조그마한 일에도 포옹을 나누는 사람들을 보면 이유 없이 불편했다. 엘리노르는 타지에서 공부를 할 것이라는 사실만으로 자신의 부모에게 포옹을 건넸다. 마치 이 세상에는 여기도 사랑, 저기도 사랑으로 가득 차 있는 것 같았다.

노인은 단 한 번도 내게 그런 말을 해준 적이 없었다. 그리고 나는 한스가 초등학교에 입학한 후에는 그의 몸에 거의 손을 대지 않았다. 우리는 남들처럼 조그만 일에도 포옹을 하는 사이가 아니었다.

아니, 어쩌면 우리만 그랬던 걸까? 노인과 나? 별안간 노인과 내가 닮았다는 생각에 절로 이맛살이 찌푸려졌다.

지금 생각하니 당신도 가족들과 자주 포옹을 나누었던 것 같다. 당신의 아버지, 어머니 그리고 형제자매들. 당신들이 서로의 등을 토닥여주는 모습을 볼 때마다 나는 너무나 불편했다.

듣자하니, 라디오 남자의 말에는 한계가 없는 것 같았다. 그는 발기된 성기나 축축해진 성기에 대해 거리낌 없이 말했다. 나는 그가 하는 말의 반도 제대로 이해하지 못했지만, 그럼에도 여전히 불편하긴 마찬가지였다. 왜 그런 모든 것에 대해 대놓고 그렇게나 많이 이야기하는 걸까?

나는 갓 세탁한 침대보 위에 손을 내려놓았다. 요한나가 오늘 침대보를 갈아주었다. 나는 베이지색 이불 자락을 잡고 당신과 내가 마지막으로 함께 잤던 때를 기억해보려 애썼다. 내 생각은 천천히 다른 곳으로 흘러갔다. 나는 그날 밤을 앞두고 긴장했지만 당신에게 내색은 하지 않았다. 만약에 내가 속내를 드러냈다면 우리의 잠자리는 이전과는 같지 않을 거라는 걸 잘 알고 있었기 때문이다.

나는 마지막으로 당신을 안아본 게 언제인지 기억조차 나지 않았다. 대신 당신이 발버둥을 치며 나를 밀쳐냈던 기억만이 남아 있을 뿐이다. 우리의 포옹은 당신의 겁에 질린 표정으로 변했다.

"지금 뭘 하는 거예요?"

당신은 소리치며 나를 밀어냈다. 마치 내가 당신에게 나쁜 짓을 하려는 낯선 사람인 것처럼.

마치 우리가 함께 살았던 세월이 62년 가까이 된다는 사실을 잊어버린 것처럼.

"난 그때가 그리워."

투레는 언젠가 우리가 함께 시내 공원 벤치에 앉아 지나가는 사람들을 보며 아이스크림을 먹을 때 그렇게 말했다. 그는 때때로 자신이 좋아하는 남자들이 지나가면 은밀하게 고개를 끄덕이기도 했다. 나는 그가 내게 보여주기 위해 그렇게 한다고 생각했다.

　나는 내 성기 위에 손을 얹었다. 힘없이 축 처져 있었다. 손으로 만져보았지만 아무 일도 일어나지 않았다. 하지만 아무 상관없다고 생각했다. 나는 침대 위에서 돌아누웠다. 옆으로 누워 다리를 꼬았다가 다시 반대편으로 돌아누웠다. 내 다리는 어떻게 누워야 하는지 모르는 것처럼 제자리를 찾지 못했고, 왼손은 불필요하게만 여겨졌다.

　식스텐이 떠난 후의 고요한 공허함이 항상 거기에 있었던 것처럼 느껴졌다. 언뜻 이상하게 들릴지는 모르겠지만 한스가 식스텐을 데려간 후, 당신을 향한 나의 그리움은 더욱 커졌다. 마치 그가 데려간 것이 당신인 것처럼 말이다.

　내 귀는 발톱이 바닥에 닿는 딸깍거리는 소리와 하품 소리를 찾아 헤맸고, 당신이 뜨개질할 때 대바늘이 서로 맞부딪치는 소리를 찾아 헤맸다. 하지만 정작 내 귀에 들리는 소리는 냉장고가 윙윙거리는 소리와 시곗바늘 소리뿐이었다.

17시 15분

보는 침대에 누워 있었고 음식에는 손도 대지 않았음. 음식을
다시 데우고 차를 끓였음. 초콜릿도 함께 올려놓았음. 힘이 없
어 보였고 여전히 샤워하기를 거부했음.

_잉리드

나는 여전히 한스를 거들떠보지도 않았다. 그가 하던 일을 끝내기만을 기다리며 천장만 바라보았다. 그는 도대체 무슨 생각으로 또 왔을까? 설마 모든 것이 이전으로 되돌아갈 수 있다고 생각했던 것일까? 설마 그가 했던 일을 내가 잊을 수 있다고 생각했던 것은 아닐까?

그는 식스텐을 데려간 후 이전보다 더 자주 나를 찾아왔고, 올 때마다 냉장고와 냉동실에 이전보다 더 많이 음식을 채워놓았다. 그는 매번 내게 미안하다고 말했다. 나는 나를 위해서 식스텐을 데려가야만 했다고 하는 그의 말을 들은 척도 하지 않았다.

"아버지, 제발 마음을 푸세요. 평생 저를 미워하며 사실 건 아니잖아요?" 그는 내 오른팔을 잡으며 말했다.

나는 그의 손에서 팔을 빼내며 내가 가지고 있는 단 하나의 무기를 사용했다. 바로 침묵이었다.

그는 한숨을 쉬며 일어나서 음식이 들어 있는 비닐 봉지를 들고 냉장고 앞으로 갔다. 나는 지난번에 그가 가져온 절인 고기에 거의 손도 대지 않았다. 그런데도 그는 새 고기를 사서 냉장고에 넣어두었다.

"어제 저녁에 안카트린과 전화 통화를 했어요. 식스텐은 잘 지내고 있다고 하더군요. 매일 식스텐과 긴 산책을 하니까 걱정하지 말라면서 아버지에게도 안부를 전해달라고 했어요." 그가 냉장고 문을 닫으며 말했다.

나는 가능한 한 꼼짝하지 않고 가만히 누워 있으려고 애썼다. 내 시선은 천장 모퉁이를 따라 부엌 창문 쪽으로 내려갔다. 그리고 다시 천장으로 올라가길 반복했다.

한스가 한숨을 쉬었다.

"아버지, 언젠가는 저와 대화를 하셔야 해요."

나는 여전히 천장과 부엌 창을 번갈아 바라보며, 입술을 꽉 깨물었다.

"알았어요. 그럼 저는 이만 가볼게요." 그는 여전히 부엌문 앞에 가만히 선 채 말했다.

갑자기 그가 다시 되돌아와 벽난로를 향해 걸어갔다. 장작을 하나 꺼내 난로의 불꽃 속으로 던져 넣었다. 나는 그를 쳐다보지 않을 수 없었다. 문득, 지난 며칠 동안 그와 눈을 마주치지 않았다는 생각이 스쳤다. 어쩌면 몇 주 동안이었는지도 모른다.

그는 장작에 기댄 채 벽난로 앞 바닥에 쭈그리고 앉았다. 허리 부분에서 셔츠 자락이 들추어졌다. 나는 무슨 말을 하려다가 얼른 생각을 바꾸고 다시 입을 다물었다. 여전히 화를 삭일 수가 없었다.

그가 재빨리 고개를 돌렸다. 나는 얼른 천장으로 시선을 옮겼다. 그가 한숨을 내쉬었다.

그가 몸을 일으켜 현관으로 나갔다. 그의 눈빛이 머릿속에서 사라지지 않았다. 나는 고개를 돌려 그를 바라보는 대신 재빨리 눈을 감았다.

"주말에 다시 올게요. 아마 토요일쯤 올 수 있을 것 같아요. 오늘은 목요일이에요, 아버지."

그가 재킷의 지퍼를 올리고 대문 손잡이에 손을 얹었다. 평소보다 훨씬 더 조심스럽게 문을 닫는 소리가 들리자마자 눈물이 왈칵 쏟아졌다.

8월 22일 화요일

나는 침대 옆 테이블 위에 놓인 음식이 담긴 접시를 뚫어지게 바라보았다. 으깬 감자 요리의 가장자리는 이미 딱딱하기 굳기 시작했다. 요한나는 꽤 오랫동안 침대 옆에 앉아 내게 음식을 먹어야 한다고 구슬렸다. 내가 이렇게 고집을 부린다 해도 식스텐이 다시 돌아오지는 않을 거라고. 내가 음식을 거부해도 나아지는 것은 아무것도 없다고.

　하지만 그녀가 이해하지 못하는 것도 있었다. 바로 이렇게 거부하는 것이 내가 할 수 있는 유일한 일이라는 것이었다.

　나는 요한나가 가져온 컵을 들어 물을 몇 모금 마셨다. 손이 떨려 컵을 내려놓을 때 큰 소리가 났다.

　이젠 요한나나 다른 사람이 뭐라고 말하든 내겐 아무 상관이 없었다. 나는 앞으로도 계속 거부할 것이다. 그렇게 하면 한스에게 큰 타격을 줄 수 있다는 것을 잘 알기 때문이다. 나는 언젠가는 그가 내게 용서를 구할 것이라고 생각했다. 하지만 내가 그를 용서하는 일은 절대 없을 것이다.

등 뒤의 벽에 걸린 시계에서 시곗바늘이 움직이는 소리가 들렸다. 식스텐이 떠난 후의 공허함이 주위에 메아리를 만들어냈다. 내 머릿속에 남아 있는 유일한 생각은 바로 식스텐이 이곳에 없다는 것뿐이었다.

창밖의 시골길에서 지나가던 트랙터가 요란한 소리를 냈다. 내 시선은 부엌 창문으로 향했다. 8월의 햇빛 때문에 허공을 떠다니는 먼지를 더 잘 볼 수 있었다. 나는 어쩌다 이런 상황에 빠지게 되었는지 이해할 수가 없었다. 어떻게 우리 아들이 이처럼 나를 아프게 할 수 있단 말인가? 어떻게 한 사람이 이 모든 일을 혼란스럽게 만들 수 있단 말인가?

트랙터의 엔진 소리가 천천히 사라지자 시곗바늘 소리가 다시 되돌아왔다. 뱃속에서 꼬르륵 소리가 났다. 나는 부엌 조리대를 바라보았다. 커피머신에 커피 한 방울이 남아 있는 것을 발견했다. 나는 침대에서 일어났지만, 현기증이 나서 얼른 다시 앉아야만 했다.

"아, 제기랄."

나는 다시 천천히 몸을 일으키고 현기증이 사라질 때까지 가만히 서 있었다.

차갑게 식은 커피를 싱크대에 붓고 냉장고 문을 열었다. 그리고 지난 며칠 동안 손을 대지 않았던 음식들을 가만히 바라보았다.

잉리드가 만들어놓은 엘크 요리를 발견한 나는 고기를 작은 조각으로 잘라 감자와 섞은 다음 그 위에 브라운소스를 부었다. 다시 배에서 꼬르륵 소리가 났다.

"어제 저녁 식사 후에 조금 남은 거예요." 잉리드는 그날 오후에 내 앞에 음식이 담긴 접시를 내밀며 말했다.

나는 주저하면서 음식에 포크를 가져갔다.

"저는 한스가 이 음식과는 아무런 관련이 없다고 장담해요. 분명 그건 제가 만든 거니까요." 그녀가 우유를 가지러 가며 말했다.

나는 접시를 전자레인지에 넣고 포크를 꺼냈다.

음식이 데워질 때까지 기다리는 동안, 나는 창밖의 호수와 벌거벗은 오레스쿠탄 언덕을 멍하니 바라보았다. 엘리노르는 어렸을 때 자주 한스와 함께 그 언덕 위에서 스키를 타곤 했다. 나는 언덕에 몇 번밖에 가보지 않았다. 그곳에 가면 정신이 사나워졌기 때문이다.

문득 길 위를 신나게 달리는 꾸러기가 눈에 띄었다. 안타와 막대기를 손에 든 라라가 그 뒤로 차례차례 모습을 드러냈다.

그들은 이전에도 우리 집에 몇 번 온 적이 있었다. 하지만 최근에는 그들이 와도 예전 같지 않았다. 식스텐이 남긴 공백을 메울 수 있는 사람은 아무도 없었다. 그리고 그 허전함은 날이 갈수록 더 커졌다.

나는 그들이 우리 집 앞 진입로로 들어오는지 확인하기 위해 부엌 창문 앞으로 다가갔다. 하지만 그들은 오른쪽으로 방향을 틀어 들판 쪽으로 뛰어갔다.

나는 음식이 데워졌다는 것을 알리는 전자레인지 소리에 깜짝 놀라 움찔했다.

숨을 진정시키기 위해 한동안 가만히 앉아 있었다. 음식을 준비하는 것만으로도 숨이 차다니.

잉리드가 남겨놓은 음식은 금방 없어졌다. 소스는 당신의 손맛을 떠올리게 했다. 어쩌면 잉리드도 당신이 했던 것처럼 소스 안에 링곤베리를 넣었을지도 모른다는 생각이 스쳤다. 접시를 깨끗하게 비운 나는 제대로 설거지를 하고 물기를 말려야겠다고 생각했다. 하지만 몸이 너무나 무거웠고 기운이 없었다. 그래서 접시를 싱크대에 그냥 넣어두었다.

나는 침대 위에 앉아 입가를 닦았다. 기분이 좀 나아진 것 같았다.

하지만 베개에 머리를 대니 다시 회의감이 찾아들었다. 분노는 아무런 경고도 없이 나를 덮쳤고 내 가슴을 찢어놓았다. 도대체 무엇 때문에 내게 이런 일이 생기는 걸까? 만약 당신이 여기 있었더라면 그 이유를 내게 설명해줄 수 있었을 것이다. 당신은 이런 일에 대해서 항상 나보다 훨씬 더 많이 알고 있었으니까.

나는 당신의 스카프가 들어 있는 항아리를 향해 손을 뻗었다. 뚜껑을 열어보려는 생각도 하지 않고, 평소 식스텐이 누워 있던 내 옆자리에 가만히 내려놓았다.

17시 10분

보는 자고 있었음. 점심으로 마련한 음식에는 손도 대지 않았음. 미트볼을 만들었으나 소용없었음. 따뜻한 카카오에 생크림을 얹어주었지만 마찬가지였음. 보는 샤워를 거부했음.

_요한나

8월 29일 화요일

10시 5분, 투레에게 전화를 했다. 너무 일찍 전화하면 그가 커피를 준비할 시간이 없을까 봐 일부러 한참을 기다리고 나서 였다.

　나는 신호음을 들으면서 내 앞에 있는 메모지를 만지작거렸 다. 요즘 젊은이들이 필요 이상으로 영어를 많이 사용하는 것에 대해 그가 어떻게 생각하는지 물어보려고 미리 적어둔 메모였 다. 언제 메모를 했는지 기억은 나지 않았지만 아침에 일어나 다 시 읽어보니 꽤 흥미로운 주제라는 생각이 스쳤다.

　나는 조리대 옆 부엌 바닥으로 시선을 옮겼다. 그곳은 식스텐 이 더위를 식히고 싶을 때면 누워 있던 곳이었다.

　신호음은 계속되었지만 투레는 전화를 받지 않았다.

　나는 전화를 끊었다. 언젠가 엘리노르가 집에 데려왔던 교환 학생 한 명이 떠올랐다. 그는 캐나다에서 왔고, 나는 그가 하는 말을 알아듣지 못했기에 엘리노르가 통역을 해주었다. 나는 그때 마치 영어 교수 같았던 엘리노르에게서 깊은 인상을 받았다.

나는 다시 투레의 이름 밑에 보이는 녹색 버튼을 눌렀다. 이번에도 그는 전화를 받지 않았다. 나는 메모지를 내려놓고 세 번째 전화를 걸었다. 역시 신호음만 들릴 뿐이었다. 다시 시도해보았지만 여전히 투레의 목소리는 들을 수 없었다.

나는 화장실에 다녀온 후 다시 전화를 걸어보기로 마음먹었다. 힘겹게 거실을 가로질러 화장실로 가노라니 별안간 그에게 무슨 일이 생겼을지도 모른다는 생각이 나를 엄습했다. 혹시 어디서 넘어진 것은 아닐까.

나는 바지와 속옷을 내리고 천천히 변기 위에 앉았다. 쓸데없는 생각은 하지 않기로 마음먹었다. 투레는 단지 쏟은 커피를 닦고 있을 것이 틀림없었다. 어쩌면 냉동실에서 마사랭 과자를 꺼내 전자레인지에 데우느라 전화벨 소리를 듣지 못했을지도 모른다.

나는 몸을 일으키고 바지를 끌어올렸다. 수돗물을 틀고 뻣뻣한 손가락을 수도꼭지 밑으로 가져가던 나는, 문득 투레가 언제 마지막으로 손을 씻었는지 궁금해졌다. 나는 거울 속의 나를 바라보며 불안한 생각을 떨쳐보려 애썼다. 이전에는 사서 걱정하는 일이 좀체로 없었다. 하지만 내 삶의 모든 부분이 하나씩 무너져 내려가는 최근에는 그렇지 않았다. 나는 문득 거울 속의 남자에게 애틋한 연민을 느꼈다. 인간으로 산다는 것은 쉽지 않은 일이라는 생각이 스쳤다.

부엌에 되돌아오니 시계는 10시 20분을 가리키고 있었다. 나는 침대에 앉아 다시 전화를 걸었다. 스피커폰 기능을 켜고 핸드폰을 테이블에 내려놓았다.

불안감이 온몸을 덮쳤다.

나는 빨간색 버튼을 누르고 핸드폰을 손에 쥔 채 한참을 가만히 앉아 있었다. 한스에게 전화를 해야 한다는 생각이 스쳤다. 식스텐이 떠난 후로는 한스와 말을 한 적이 없었다.

손이 떨리기 시작했다. 전화기의 버튼을 제대로 누르기가 쉽지 않았다. 어쩌다 보니 최근 통화 기록이 아닌 연락처 목록을 눌러버렸다. 나는 얼른 되돌아가기 버튼을 눌렀다. 한스는 내게 단지 녹색 버튼을 누른 후 자신의 이름이 화면에 뜨는지 확인하기만 하면 된다고 말했다.

신호음은 영원처럼 길게 계속되었다. 나는 투레가 숨이 끊어진 채 바닥에 누워 있는 모습을 상상했다.

"안녕하세요, 아버지!" 한스가 밝은 목소리로 전화를 받았다.

순간 핸드폰이 손에서 미끄러졌다.

"여보세요? 아버지?"

"응, 난 여기 있어." 심장이 세차게 뛰기 시작했다. "투레와 연락이 되지 않는구나."

나는 식스텐에 관한 얘기는 다음에 해도 좋을 것이라고 생각했다.

"무슨 뜻인가요? 혹시 전화를 받지 않던가요?" 한스가 물었다.

"응, 몇 번이나 전화를 했단다." 내 목소리가 갈라졌다. "평소엔 항상 마지막엔 전화를 받았거든."

한스가 핸드폰을 손으로 막고 누군가에게 무슨 말을 했다. 나는 짜증이 났다. 우리가 낳은 아들이 상황의 심각성을 전혀 깨닫지 못한다는 사실 때문이었다.

"여보세요?" 나는 화난 목소리로 말했다.

"아, 미안해요, 아버지. 지금 회의 중이라서요." 그는 스트레스를 받은 것 같았다. "투레 아저씨의 집에도 요양보호사가 방문하죠? 만약 아저씨에게 무슨 일이 생겼다면 그들이 도와줄 거예요. 하지만 저도 회의가 끝나는 대로 투레 아저씨에게 전화해볼 테니 너무 걱정 마세요."

무슨 일이 생겼다고? 그래, 그럴지도 모른다. 나는 생각할 수 있는 최악의 상황이 아니기만을 바랐다.

어쩌면 그는 넘어져서 뼈를 부러뜨렸을지도 모른다. 만약 그렇다면 나는 그가 입원해 있는 병원에 데려다 달라고 한스에게 부탁할 것이다.

"아버지, 그렇게 하면 될 것 같죠?" 한스가 차분하게 말했다.

"그래."

한스는 한동안 침묵을 지켰다.

"전화해주셔서 고마워요. 나중에 다시 연락해요, 아버지." 그가 한참 후에 말했다.

"알았어. 고마워." 나는 거의 들리지 않을 정도로 나직이 중얼거렸다.

나는 한스가 다른 말을 더 하기 전에 얼른 전화를 끊었다.

비록 억지로 한스에게 전화를 하긴 했지만, 통화를 하고 나니 마음이 한결 가벼워졌다. 희망이 생긴 것 같기도 했다.

나는 먹을 것을 찾기 위해 몸을 일으켰다. 투레를 방문할 때 마사랭 과자 두 봉지를 가져가면 좋겠다고 생각했다.

12시 45분

가지고 온 송어를 버터에 구웠음. 보는 투레 걱정을 했고, 몇 번

이나 한스가 전화를 했는지 물어보았으나, 한스는 내게 전화를

하지 않았음. 보는 샤워를 하지 않으려 했음.

_잉리드

한스는 내 침대에서 조금 떨어진 부엌 의자에 앉아 있었다. 퇴근하자마자 여기 온 것 같았다. 그도 투레와 연락이 되지 않았다고 말했다. 몇 번이나 전화를 해보았던 건 물론, 직접 그의 집에 가서 대문을 두드렸지만 아무도 문을 열어주지 않았다고 했다. 결국, 요양원의 비상번호로 전화를 했지만 친척이 아니라는 이유로 아무런 정보도 얻을 수 없었다고 했다. 그는 병원에 전화를 걸었다.

　한스는 핸드폰을 귀에 대고 있었다. 신호음 소리가 들렸다. 집중한 눈에서 빛이 났다. 나는 그가 지금 여기 있다는 사실에 말할 수 없이 감사했다.

　누군가가 전화를 받은 것 같았지만, 내겐 상대방의 말이 잘 들리지 않았다. 한스가 이맛살을 찌푸렸다. 그는 같은 질문을 반복했지만 상대방의 대답은 그를 만족시키지 못하는 것 같았다.

그가 귓불을 만지작거렸다. 그가 어렸을 때 우리는 책을 읽는 그의 모습을 보고 웃음을 터뜨리곤 했다. 그는 책에 푹 빠져서 우리가 웃는 것도 알아채지 못했다. 그저 소파에 앉아 책에 정신이 팔린 채 한 손으로는 기계적으로 귓불을 만지작거릴 뿐이었다.

나는 눈을 감고 기도하기 시작했다. 비록 투레와 내가 피를 나눈 형제는 아니지만 그들이 조금의 정보라도 줄 수 있기를 바랐다. 그에게 무슨 일이 생겼는지 알 수만 있다면 얼마나 좋을까.

내 손은 식스텐을 찾아 헤맸다. 나는 손가락 사이에 닿는 식스텐의 털을 만져보고 싶었다.

갑자기 한스가 목소리를 높이는 바람에 나는 몸을 움찔했다.

"내가 무슨 말을 하는지 정말 이해를 못 하십니까? 그분에게는 제 아버지 외엔 아무도 없단 말입니다. 그리고 제 아버지는 지금 걱정이 되어 아무것도 못하고 계십니다."

내가 걱정이 되어 아무것도 못 한다니. 나는 그런 내 모습을 상상할 수가 없었다. 한스는 고개를 끄덕이고 손을 바꿔 핸드폰을 잡았다.

"네, 기다리겠습니다."

그의 입가에 살짝 비뚤어진 미소가 생겨났다.

나는 아버지를 위해 이처럼 열심히 노력하는 유능하고 고집 있는 아들이 있다는 것이 자못 자랑스러웠다. 만약 당신이 여기 있었다면 당신도 자랑스러워했을 것이다.

하지만 그건 도움이 되지 않았다. 그의 굳은 얼굴 표정과 눈빛으로 미루어보아 이제 투레는 내 전화를 받지 못할 것이라는 것을 깨달았기 때문이다.

참을 수가 없었다. 절로 눈물이 흘렀다. 나는 그렇게 하면 상황이 바뀌기라도 할 것처럼 한스를 바라보았다. 마치 그가 나를 도와줄 수 있다는 것처럼.

더는 견딜 수 없었다.

"정말 안타까워요. 죄송해요." 그가 내 팔에 손을 얹으며 말했다.

그는 진심으로 그렇게 말하는 것처럼 보였다.

20시 35분

한스가 사무실로 전화를 해서 보의 친구, 투레가 세상을 떠났다
는 소식을 전해왔음. 보는 우울해 보였고 말을 많이 하지 않았
음. 설탕을 가득 넣은 차를 보에게 주었음.

_요한나

9월 6일 수요일

07시 45분

보는 침대에 누워 있었고 잠을 설친 듯했음. 기분도 좋지 않아

보였음. 그는 내가 질문을 해도 할 말이 없다고 했고, 이것을 일

지에 그대로 적어주기를 바랐음. 약을 주고 죽과 차를 식탁 위

에 두었음.

_잉리드

나는 침대 옆 테이블 위에 있던 지역신문을 훑어보았다. 잉리드가 아침에 두고 간 것이었다. 지면 한가운데에 열 살도 채 되지 않은 것 같은 소년의 사진이 보였다. 눈빛이 진지했고 이마는 금발로 덮여 있었다. 푸른 눈동자는 카메라를 똑바로 응시하고 있었다. 나는 침대에서 몸을 조금 일으켜 돋보기로 손을 뻗었다. 이젠 돋보기가 없으면 커다란 기사 제목밖에 읽을 수 없기 때문이었다. 소년은 호수 괴물을 보았다고 주장했다. 사진 속의 소년은 허리를 꼿꼿하게 편 채 진지하고 당당한 표정을 짓고 있었다.

　"무슨 소리야, 그건 정말 존재한다고!" 내가 호수 괴물은 단지 신화일 뿐이라고 했을 때 투레는 흥분해서 말했다. "그렇지 않다면 수백 년이나 되는 세월 동안 그것을 보았다고 증언한 사람들이 모두 거짓말을 했다는 소리잖아."

　그때까지만 하더라도 그가 호수 한가운데에 갑작스러운 파도가 생겨나는 것은 호수 괴물 때문이라고 말하면 나는 그가 농담을 한다고 웃어넘기곤 했다.

신문에 나온 소년은 주말이면 호숫가로 가서 조약돌을 줍곤 하는데, 때때로 늦은 저녁 시간이 되면 호수 괴물이 머리를 쳐들고 파도를 만들어내는 것을 볼 수 있다고 말했다.

나는 재빨리 신문을 덮었다. 기억하고 싶지 않았다. 투레에 대한 생각도 하고 싶지 않았다. 다시는 그의 팔을 톡톡 두드리며 "오늘은 호수 괴물을 보았나?"라고 농담을 건넬 수 없다는 사실도 상기하고 싶지 않았다.

나는 신문을 꽉 쥐고 찢어버리려고 했지만, 종이는 너무나 두꺼웠고 내 손가락은 너무나 뻣뻣했다. 나는 신문을 바닥으로 던졌지만, 신문은 부엌 의자의 등받이에 걸려 어색하게 매달려 있었다.

13시 10분

보의 기분이 좀 나아진 것 같았음. 그는 목사가 방문했다고 말했음. 함께 앉아 잠시 대화를 나누었음. 생선 그라탱을 저녁으로 준비했고, 천식약을 복용하라고 상기시켜주었음.

_칼레

나는 의자에 앉아 있는 뚱뚱한 여자를 바라보았다. 여자는 하얀 목깃이 달린 검은 셔츠를 입고 있었다. 전통적인 성직자의 복장이었다. 갈색의 올림머리와 관자놀이에 꽉 끼는 안경.

　내가 청혼을 하려 당신 앞에 무릎을 꿇었을 때, 당신은 내게 신을 믿냐고 물었고, 나는 느닷없는 긴장감을 느꼈다. 나는 그때 솔직하게 말하면 당신이 청혼을 거부할지도 모른다고 생각했다. 하지만 나는 평생을 함께 살 사람에게 거짓말을 하면 안 된다고 생각했기에 최대한 진지하고 솔직하게 대답했다.

　"아뇨, 나는 신을 믿지 않아요. 하지만 신을 믿는 사람들도 존중해요."

　당신은 나를 빤히 바라보았지만 아무 말도 하지 않았다. 그저 침묵만 지킬 뿐이었다.

　"난 어쨌거나 이 청혼을 받아들일 거예요." 당신은 몇 분 후에 그렇게 말했고, 내 가슴은 기쁨으로 터질 것만 같았다. 절로 나오는 미소를 감출 수가 없었다.

"지난주에 프레드리카를 만났어요. 브룅쿨라고르덴 요양원에 다녀왔답니다." 목사가 말했다.

나는 당신이 그녀를 알아보지 못했을 것이라는 것을 잘 알면서도 고개를 끄덕이며 기뻐했다. 당신은 그녀를 좋아했고, 그녀가 지역의 젊은이들을 위해 많은 일을 했다고 자주 말했다.

"사랑하는 사람이 그처럼 변하는 것을 보면 참으로 슬프죠." 그녀가 말을 이었다.

나는 다시 고개를 끄덕였다. 문득 그녀의 가족 중에도 누군가가 당신처럼 치매에 시달리는 사람이 있는지 궁금해졌다.

그녀가 우리 집에 온 것은 이번이 처음은 아니었다. 당신은 수년 동안 매주 그녀를 만났었고, 그녀는 우리가 이사한 후에도 종종 우리 집에 오곤 했다. 하지만 그것도 이젠 꽤 오래전의 일이 되어버렸다.

나는 무슨 말이라도 하고 싶었지만 할 말을 찾을 수 없어 손만 내려다보았다. 당신에 대해 이야기하는 것이 쉽지 않았다. 무슨 말을 해야 할까? 요양보호사들이 우리 집에 오기 시작했을 때, 한두 명은 끈질기게 당신에 관해 물었던 기억이 났다. 당신이 아파 내가 힘들겠다고 그들이 말하면, 나는 그렇다는 말밖에 할 말이 없었다. 나는 그 어색한 분위기가 싫어 그들이 얼른 돌아갔으면 좋겠다고 생각했다. 그저 혼자 있고 싶었다.

그런데 이제 목사가 내 앞에 앉아 있으니 어쩐 일인지 마음이 밝아졌다. 그녀가 일부러 시간을 내어 시내까지 가서 꽃을 사고 또 여기까지 와주었다는 것이 고마웠기 때문이다.

어머니도 교회를 다녔다. 하지만 신앙 생활을 열심히 하진 않았다. 어머니에게 종교라는 것은 우리가 숨을 쉴 수 있는 공기처럼 자연스러운 것이었다. 의심한 적은 단 한 번도 없었다.

나는 뻣뻣한 엄지손가락을 조심스레 움직여보면서 왜 내겐 신을 향한 믿음이 찾아들지 않았는지 궁금해했다. 어렸을 때 어머니를 따라 교회에 가는 것을 좋아했지만 믿음은 생기지 않았다. 겨울이 되면 어머니는 일요일 아침에 나를 두꺼운 옷으로 꽁꽁 싸매고 썰매에 태워 속도를 내어 시골길을 달렸다. 어머니는 썰매를 교회 뒤 멀찍이 떨어진 곳에 세워두었고, 나는 교회 안으로 들어가 어머니 옆에 앉았다. 어머니는 내가 몸을 기대고 자도 그냥 내버려두었다.

어쨌든 나는 투레처럼 교회를 거부하진 않았다. 목사와 마주 앉아 있던 나는 어쩌면 그건 당신과 나의 어머니가 신앙을 지닌 사람이었기 때문일 것이라 생각했다. 게다가 나는 항상 신앙을 지닌 사람들에게선 따뜻하고 인간적인 면을 볼 수 있다고 생각해왔다. 나는 투레와 함께 이런 이야기를 여러 번 했지만, 투레는 내 생각을 이해하지 못하는 것 같았다.

"그들의 손에는 피가 묻어 있어." 그는 내게 퉁명스레 말했다. 언젠가 그가 교회를 완전히 떠난 것은 큰 실수라고 말했을 때였다.

"그도 그렇지만, 교회는 좋은 일도 많이 했잖아?"

그는 내가 알아듣지 못할 말을 중얼거렸고, 나는 그가 왜 그렇게 화를 내는지 이해하지 못했다. 그저 투레가 너무 극단적이라는 생각뿐이었다.

나는 교회에 간 적이 거의 없지만, 성탄절이나 부활절이 되면 가끔 당신이 좋아하는 셔츠를 입고 머리를 뒤로 빗어 넘긴 후 당신을 따라 교회에 간 적도 있었다. 나는 당신과 다른 여인들이 교회에 오는 사람들을 위해 함께 커피를 준비하는 모습을 지켜보는 것을 좋아했다. 당신은 교회 부속회관 내의 부엌 구석구석을 우리 부엌만큼 잘 알고 있었다.

나는 마음이 내킬 때만 교회에 갔던 것 같다. 아마 노인도 그랬을 것이다.

"네 어머니 말을 들어." 노인은 어머니가 나와 함께 저녁기도를 하려 했을 때 그렇게 말하곤 했다.

하지만 그는 단 한 번도 우리와 함께 기도를 하지 않았다.

목사가 커피를 한 모금 마셨다. 문득, 당신과 어머니가 옳았다는 생각이 스쳤다. 내가 삶에서 놓쳤던 기본적인 그 무언가를 당신과 어머니는 이미 이해했을 것이라는 생각이었다.

"두 분이 결혼한 지는 몇 년이나 되었나요?" 목사가 조심스레 물었다.

"올해 봄에 62주년을 맞이했습니다."

별안간 큰언니의 웨딩드레스를 빌려 입었던 당신의 모습이 떠올랐다. 당신은 언니보다 키가 작았기 때문에 웨딩드레스를 수선해야만 했다.

목사는 눈썹을 치켜올리며 초콜릿 한 조각을 집어 입에 넣었다. 그녀는 안경을 올리고 커피잔을 감싸 쥔 손을 무릎 위에 내려놓았다. 그녀가 미소를 지었다. 나는 그녀에게 보조개가 있다는 것을 처음으로 알아챘다. 보조개가 그녀에게 아주 잘 어울린다고 생각했다.

"부인이 아파서 힘드시겠어요." 잠시 후 그녀가 진지한 목소리로 말했다. 나는 그녀가 솔직하게 말해줘서 기뻤다.

그녀는 꾸밈없고 솔직한 잉리드를 연상시켰다.

나는 차를 한 모금 마셨다. 목사는 자신이 가져온 꽃 화분을 이리저리 돌려보았다. 아마도 당신은 그 꽃의 이름과 종을 잘 알 것이지만, 내겐 단지 화분에 핀 빨간 꽃일 뿐이었다.

"프레드리카에게도 똑같은 꽃을 가져다주었답니다. 좋아하는 것 같았어요."

그녀가 꽃 화분을 보고 고개를 끄덕이며 말했다.

나는 목사에게 조심스레 미소를 지었다. 우리는 한동안 말없이 앉아 있었지만 매우 편안했다. 잉리드가 오전에 피워놓은 벽난로에서 장작이 타는 소리가 들려왔다.

당신과 나는 자주 이렇게 함께 앉아 멍하니 불꽃을 바라보곤 했다. 그런 면에서 우리는 많이 비슷했다. 우리는 벽난로의 불 없이는 결코 아늑한 집이 될 수 없다고 생각했다. 우리는 때때로 시간 가는 줄도 모르고 오전 내내 그렇게 앉아 있기도 했다. 라디오가 켜져 있을 때도 있었고, 당신이 뜨개질을 할 때도 있었다.

"시간은 참 이상해요." 잠시 후 내가 말했다.

그녀는 말없이 나와 눈을 맞추었다.

"어떤 때는 너무나 천천히 가고, 그러다가 갑자기……."

나는 내 인생의 20년이 얼마나 빨리 흘렀는지 보여주기 위해 손을 들어 올려 휘휘 내저었다.

"어렸을 때는 그런 생각을 하지 않았는데 말이죠."

나는 그녀의 말에 동의하며 고개를 끄덕였다. 어렸을 때의 기억 중 하나는 어머니와 함께 비트를 뽑아 올렸던 것이었다. 그때 나는 너덧 살 정도 되었던 것 같다. 나는 줄기를 쥐고 있는 손에 힘을 다해 뽑아 올렸고, 어머니는 내게 참 잘한다고 칭찬을 해주었다. 그때 내가 얼마나 자랑스러웠는지 모른다.

"언젠가는 이 땅의 삶도 끝을 맺게 될 거예요. 그게 세상의 이치죠." 목사는 초콜릿을 하나 더 먹으며 말했다.

나는 고개를 끄덕이며 식스텐의 물그릇이 있던 자리로 시선을 던졌다.

식스텐은 지금 어떻게 지내고 있을까. 잠을 잘 수 있는 소파가 있는지, 가끔 밖에서 마음껏 뛰어놀 수 있는지, 지금도 예전처럼 자주 숲에 가는지. 나는 그 집의 어린아이들이 식스텐을 괴롭히지 않았으면 좋겠다고 바랐다.

나는 식스텐을 떠올렸고, 한스를 생각했다. 그는 지난주에 투레가 세상을 떠났다는 소식을 들은 후, 몇 번이나 내게 전화를 했다. 나는 차마 그의 전화를 거부할 수 없었다. 투레의 죽음은 닫혀 있던 내 마음을 열었고, 나는 더 이상 예전처럼 고집을 부릴 수 없었다. 침묵으로 그를 맞을 수도 없었고, 화를 낼 수도 없었다.

하지만 그는 식스텐을 데려갔다. 그것만큼은 잊을 수가 없었다.

한순간 나는 목사에게 그 말을 하려고 마음먹었다. 50년 이상 함께했던 벗이 세상을 떠났다는 것과 내 아들이 식스텐을 빼앗아 갔다는 것. 하지만 어디서부터 말을 시작해야 할지 알 수 없었다. 한스와 식스텐에 관한 이야기는 너무나 복잡했고 설명할 것도 많았다.

목사는 초콜릿을 입속에서 녹여가며 먹고 있었다. 아무래도 식스텐에 관한 이야기는 해야 할 것 같았다. 나는 숨을 크게 들이쉬었다. 식스텐이라는 이름을 가진 사냥개 한 마리에 대해 이야기를 하려고 했지만, 곧바로 후회하며 대신 긴 한숨만 천천히 내쉬었다.

"다 잘될 거예요." 목사는 무릎 위의 초콜릿 부스러기를 털어내며 말했다.

"결국에는 모두에게 좋은 방향으로 해결될 거라고 믿어요."
목사의 말은 너무나 단순하고 쉽게만 들렸다. 하지만 그녀와 눈을 마주쳤을 때, 나는 그녀의 말을 믿지 않을 수 없었다. 아마도 그녀의 말이 옳을 것이다. 식스텐도 매일 긴 산책을 하며 행복해할지도 모른다.

"초콜릿 하나 더 드세요."

목사가 초콜릿이 담긴 접시를 내 앞으로 밀어주었다.

나는 초콜릿을 입에 넣고 목을 가다듬었다. 혀 위에 올려놓은 초콜릿이 녹기 시작했다.

더는 아무 말도 하기 싫었다.

칼레가 내 어깨에 손을 얹고 조심스레 힘을 주었다.

"안녕하세요, 보. 오늘은 기분이 어떤가요?"

나는 눈을 비비며 침대 옆 의자 등받이에 재킷을 거는 칼레에게 인사를 건넸다.

"손님이 왔었나요?" 그가 꽃 화분을 들어 올리며 물었다.

"네, 목사가 왔다 갔어요."

칼레가 다리를 꼬기 위해 의자를 조금 뒤로 밀었다. 커다란 몸 때문에 의자가 매우 조그맣게 보였다.

우리는 한동안 아무 말도 하지 않았다. 나는 누워서 꽃을 들고 있는 칼레를 바라보았다. 보아하니 그의 머릿속은 여러 가지 생각으로 복잡한 것 같았다. 나는 그가 싫지 않았다. 그는 불필요한 말을 거의 하지 않았고 항상 밝은 표정을 지었다. 게다가 나는 그가 누군가에 대해 나쁜 말을 하는 것을 들어본 적이 없었다. 처음엔 남자가 가정 방문 요양보호사로 일한다는 것을 이상하게 생각했다. 하지만 지금은 아무런 생각 없이 자연스럽게 받아들이고 있다.

"제 할머니는 프레드리카와 함께 교회에 다녔어요." 칼레가 잠시 후 화분을 테이블 위에 내려놓으며 말을 이었다. "저는 어머니가 일하러 나가는 날이면 할머니와 함께 교회에 갔죠."

칼레가 자리에서 일어나 냉동음식을 꺼내 플라스틱에 구멍을 내고 전자레인지에 넣었다. 그는 한스가 내게 사준 회색 바지와 똑같은 바지를 입고 있었다.

"저는 호숫가 도로변의 시속 80킬로미터 표지 근처에 살던 한 아주머니를 기억해요. 잼이 든 빵을 자주 굽던 분 말이에요." 그가 전자레인지의 삐 하는 신호음 속에서 말했다.

그는 음식을 식탁 위에 내려놓고 우유를 가지러 갔다. 나는 그가 말하는 여인이 누구인지 잘 알고 있었다. 당신도 그 여인이 구운 빵을 자주 집에 가져오곤 했으니까.

"할머니는 내가 그 빵을 얼마든지 먹어도 좋다고 했답니다."

칼레가 웃음을 터뜨리자 그의 배가 아래 위로 출렁거렸다.

나도 그와 함께 웃지 않을 수 없었다.

9월 16일 토요일

한스가 대문을 열었다. 나는 이미 옷을 차려입고 지팡이를 손
에 든 채 부엌 의자에 앉아 30분 동안이나 그를 기다리고 있었다.

나는 일어나야만 했다. 일어나고 싶었다. 하지만 다리에 힘
이 하나도 없어서 몸을 일으키려니 마구 떨리기 시작했다. 오늘
은 그다지 몸을 많이 움직이지도 않았는데 말이다. 나는 점점 망
가져가는 몸 때문에 화가 났다. 하필이면 오늘, 허리를 꼿꼿하
게 세우고 투레에 관한 추억을 담아야 하는 이 중요한 날에 몸
이 배신을 하다니. 나는 다리를 내려다보았다. 근육이 사라진 가
느다란 허벅지와 툭 튀어나온 둥그런 무릎은 내 것이 아닌 것만
같았다.

"안녕하세요……." 한스가 문을 조심스레 두드리며 말했다.

나는 그에게 인사를 하고 침대 옆 테이블 위의 작은 브로치가
들어 있는 상자를 가리켰다.

"오늘 이걸 가져가면 도움이 될까요?"

한스가 작은 호수 괴물 인형을 들어 올려 따스한 눈빛으로 세세한 부분까지 찬찬히 살폈다.

"그래, 오늘 같은 날엔 안성맞춤이구나."

한스는 수년에 걸쳐 생일날이 되면 투레로부터 호수 괴물 인형을 선물로 받았다.

한스가 브로치 바늘을 내 양복 상의에 조심스럽게 찔러 넣었다. 그 양복은 노인이 세상을 떠났을 때 당신이 내게 사준 것이었다. 당시에는 쓸데없이 비싸기만 하다고 생각했지만, 당신은 어머니를 위해서라도 우리가 그 양복을 사야 한다고 말했다. 당신의 말은 옳았다. 어머니는 장례식이 진행되는 동안 적어도 세 번은 나를 돌아보며 멋있다고 나직이 말해주었기 때문이다.

"잠깐만요. 조금 비뚤어졌어요." 한스가 브로치를 다시 꽂아주었다. "이제 됐어요."

한스의 눈에는 슬픔이 담겨 있었다. 나는 내 생각에만 정신이 팔려 투레가 그에게도 얼마나 큰 의미를 지닌 사람인지 잊고 있었다.

"고마워." 나는 미소를 지으려 애쓰며 말했다.

한스는 내 팔 밑에 자신의 팔을 넣으며 부축했고, 우리는 함께 차를 향해 걸어갔다.

10시 15분

아버지와 함께 투레의 장례식이 열리는 순뒤로 갔음. 장례식

이 끝나면 교회 부속회관에서 음식을 곁들인 추모식이 있을

예정임.

_한스

한스가 차에 시동을 걸고 방향을 틀기 위해 공터 쪽으로 후진을 했다. 그는 평소보다 더 천천히 차를 몰았다.

"오늘 날씨가 참 좋네요." 그가 말했다.

나는 그의 시선을 따라 붉게 물든 차창 밖의 풍경을 바라보았다. 스토르셴 호수에서 피어오른 안개가 뷔달스피엘산을 감싸고 있었다. 당신이 가장 좋아하는 풍경이었다. 투레는 가을이 되어 날씨가 서늘해지는 것을 매우 싫어했기 때문에 해마다 가을이 되면 남쪽으로 갈 것이라고 말했다. 그는 계절이 바뀌어 공기 중에 한기가 스며드는 와중에도 여름을 붙잡고 놓아주지 않으려는 듯 알록달록한 반바지를 입고 돌아다녔다.

내 시선은 호수 옆, 투레의 관이 있는 교회의 첨탑에서 떠나지 않았다. 나는 죽은 그의 몸을 상상해보았다. 오두막 이층 침대의 위쪽에 누워 자는 그의 모습이 떠올랐다.

만약 당신이 여기 있었다면 뒷좌석에 가만히 앉아 아무 말도 하지 않았을 것이다. 투레에 대해 어떻게 생각하는지, 그리고 보통 사람들과는 다른 투레를 어떻게 대해야 하는지 몰랐다는 말도 하지 않았을 것이다.

사실 나도 항상 알고 있었던 건 아니었다. 가끔은 나도 부끄럽긴 마찬가지였다. 그는 보통 사람들과 다르게 매우 특별했고 그 때문에 사람들이 그와 함께 있는 사람들도 종종 이상하게 보았기 때문이다. 어떤 이들은 투레를 보면 어쩔 줄을 몰라 눈을 내리깔고 몸을 돌리기도 했다. 그 때문에 대부분은 그와 나, 단둘뿐이었다. 오두막에 갈 때도 마찬가지였다.

하지만 이제 그런 것들은 아무 상관도 없어져버렸다.

나는 다시 산과 호수를 바라보았다. 90년이나 되는 세월 동안 참으로 자주 이곳을 찾았지만, 매번 그 아름다움에 놀라지 않을 수 없었다. 나는 이곳을 영원히 떠나고 싶지 않았다.

동시에 나는 차를 타고 언덕을 넘어가는 것이 이번이 마지막이었으면 좋겠다고 바랐다.

한스가 오른쪽 깜박이를 넣고 교회 쪽으로 방향을 틀었다. 내가 어렸을 때 이 길은 자갈과 흙으로 뒤덮여 있었지만 최근 아스팔트로 포장이 되었고, 한스의 전기 자동차는 소리 없이 움직였다. 도로 오른쪽에는 전나무가 나란히 서 있었다. 나는 투레와 한스와 함께 자주 이곳에 와서 크리스마스트리로 사용할 전나무를 몰래 베어 가기도 했다. 마리타의 부모는 자신의 땅에서 나무 한 그루를 베어 가도 좋다고 우리에게 허락해주었지만, 투레는 교회에서 몰래 훔치는 것을 더 좋아했다. 나는 당신에겐 절대 말 하면 안 된다고 한스에게 입조심을 시켜야만 했다. 그때 일을 떠 올리니 절로 미소가 나왔다.

나는 교회 너머의 숲을 바라보았다. 노인과 어머니가 누워 있 는 곳이었다. 노인이 세상을 떠난 후 해마다 만성절이 되면 나는 어머니를 따라 그곳에 가곤 했다. 어머니는 히스 꽃을 가져가곤 했는데, 나는 어머니가 그곳에 자주 가지 않으려고 의도적으로 꽃이 오래도록 피어 있는 식물을 선택했다고 생각했다.

나는 노인의 장례식장에서 어머니를 곁눈으로 힐끔 쳐다보았 던 것을 기억해냈다. 어머니는 고개를 숙인 채 무릎 위에 두 손 을 맞잡고 앉아 있었다. 나는 그때 어머니가 너무나 작고 연약해 보인다고 생각했다. 어머니는 관자놀이 옆에 촘촘한 흰머리를 목덜미 부분에서 모아 느슨하게 묶고 있었다. 교회는 사람들로 가득했다. 나는 고개를 돌려 란비켄 제재소에서 온 사람들을 쳐 다보았다.

당신은 내 오른쪽에 앉아 있었고, 나는 당신이 자랑스러워 어 쩔 줄 몰랐다. 그들은 도대체 내가 어떻게 이처럼 아름다운 여인 과 결혼을 했는지 궁금해할 것이 분명했다.

나는 당시 서른 살을 조금 넘겼고, 노인은 일흔일곱 살이었다. 내가 한스를 늦게 얻었던 것처럼, 그들도 늦은 나이에 나를 얻었다. 우리는 결혼 후 수년 동안 함께 살았지만 아이는 생기지 않았다. 나는 내가 노인처럼 까다로웠던 건 아닐까, 혹여 노인과 내가 어떤 식으로든 연결되어 있었기 때문은 아닐까 궁금해한 적도 있었다.

어머니는 여전히 고개를 숙인 채 앉아 있었다. 그때 어머니는 슬퍼하고 있었을까? 아니면 안도하고 있었을까?

당신은 눈을 감은 채 찬송가 책을 손에 쥐고 앉아 있었다. 당신이 기도를 하고 있다고 생각했던 나는 마음이 따스해지는 것을 느꼈다. 당신이 노인을 위해서가 아니라 나를 위해서 기도한다고 믿었기 때문이었다. 당신은 나와 노인과의 관계를 잘 알고 있었지만, 단 한 번도 노인에 대해 나쁜 말을 한 적이 없었고, 나는 당신의 그런 점을 좋아했다. 나의 분노는 나만 느끼면 되는 것이었으니까.

오르간 음악이 시작되자 어머니가 갑자기 일어났다. 그 바람에 나는 깜짝 놀라 몸을 움찔했다. 어머니는 관 쪽으로 걸어갔고, 나는 어머니의 뒤를 따랐다. 노인의 사진이 눈에 띄자 가슴이 찢어질 것 같았다. 마치 무언가가 내 가슴을 아프게 찌르는 것 같았다. 노인은 몇 주 전 내게 전화를 했다.

"여보세요, 나야. 잘 있었니?" 그가 커다란 목소리로 말했다.

"여보세요, 네……."

그는 내게 단 한 번도 먼저 전화를 한 적이 없었기에 나는 적잖이 놀랐다. 혹시 어머니에게 무슨 일이라도 생긴 건 아닐까.

"그래……." 그가 말문을 열었다.

"혹시 어머니에게 무슨 일이라도 생겼나요?" 나는 불안감을 감추지 못하고 물었다.

"뭐? 아냐. 네 어머니에겐 아무 일도 없어."

"아, 네……." 나는 다리를 꼬며 말했다.

"사실은……." 그가 말을 하다 말고 침묵을 지켰다. 핸드폰 너머로 기침 소리가 들렸다.

"언제 저녁 식사를 함께하면 좋을 것 같아서 전화했어."

나는 무슨 말을 해야 할지 몰랐다. 저녁 식사가 목적이 아니라는 것은 너무나 분명했다.

"아, 네. 언제쯤 가면 될까요?"

"글쎄, 이번 주 일요일은 어떨까?"

"그건 좀 곤란한데요." 나는 재빨리 말을 이었다. "마침 그날 프레드리카의 부모님께서 우리를 초대했거든요."

"그렇구나."

잠시 침묵이 흘렀다. 핸드폰 너머로 그의 거친 숨소리가 들려왔다.

"그래, 그러면 어쩔 수 없지……." 그가 다시 침묵했다. "사실은 개에 관해 네 도움이 좀 필요해서 말야."

개에 관해 나의 도움이 필요하다고? 노인은 내가 그런 일 때문에 장인 장모의 초대를 거절하리라고 생각했던 것일까?

"그 일은 좀 기다리면 안 될까요?" 나는 부엌 조리대를 바라보며 혼잣말처럼 중얼거렸다. 당신이 꽃병에 꽂아놓은 꽃이 시들어가고 있었다.

"다음번에 기회를 봐서 도와드릴게요."

"알았어. 그럼, 그렇게 하자."

다시 침묵이 흘렀다. 그는 무슨 말인가를 하려는 듯했지만 들리는 것은 허파에서 끓어오르는 듯한 거친 숨소리뿐이었다.

"어머니께 안부 전해주세요."

"잘 있거라."

그가 전화를 끊었다.

나는 한참 동안 핸드폰을 손에 들고 꽃병에 꽂힌 외로운 미나리아재비 꽃 한 송이를 바라보았다. 노란 꽃잎은 테이블 위에 떨어져 있었고 남은 것은 줄기뿐이었다. 문득, 그가 무엇 때문에 전화를 했는지 단도직입적으로 물어보았어야 했다는 생각이 스쳤다. 하지만 여느 때와 마찬가지로 말 대신 분노만 치솟을 뿐이었다.

관 앞에 서 있는 것이 가식처럼 느껴졌다. 내 등 뒤에 있는 사람들은 내가 슬퍼한다고 생각할 것이 분명했다. 나는 목사의 말조차도 짜증스러웠다. 그의 정중한 말은 나의 아버지였던 한 남자가 아닌 전혀 다른 사람을 두고 하는 말 같았다. 나는 금방이라도 몸을 돌려 교회 밖으로 뛰쳐나간 후 오르간 음악 소리보다 더 크게 이 남자를 위해선 슬퍼할 필요가 없다고 소리 지르고 싶은 충동을 느꼈다. 하지만 입술을 꽉 깨물고 목에 치솟아 오르는 덩어리를 삼키려 애썼다. 나는 사진 속 노인의 눈을 똑바로 바라본 후, 깨끗하게 면도한 그의 턱으로 시선을 옮겼다. 그리고 내 시선은 거기에서 움직이지 않았다.

어머니는 가냘픈 손을 내 겨드랑이 밑으로 넣어 나를 안았다. 우리가 다시 자리로 돌아가 앉으니, 우리 뒤에 앉아 있던 사람들이 일어났다. 나는 너무나 화가 나서 옆을 지나가는 사람들이 고개를 끄덕이며 인사를 건넬 때도 제대로 눈을 맞출 수가 없었다. 그들은 내가 어떤 사람인지, 노인이 어떤 사람인지 전혀 몰랐다.

운전을 하던 한스가 기침을 하기 시작했다. 문득, 나는 노인을 잊으려 그토록 애를 썼건만, 그가 여전히 내 안에 존재하며 나를 괴롭힌다는 생각이 스쳤다. 나는 큰 숨을 들이쉬고 창밖을 내다보았다. 오늘만큼은 그를 용납하지 않으리라. 오늘은 투레를 위한 날이니까.

며칠 후면 '투레 린드만'이라고 적힌 묘비가 들어설 곳을 지나칠 때, 내 머릿속에는 그와 함께 공원에서 체스를 두었던 기억이 스쳤다.

한스가 속도를 늦추자, 차창 밖으로 커다란 교회 건물이 보이기 시작했다. 한스와 내가 다음에 다시 이렇게 앉아 있게 된다면 그건 아마도 당신의 장례식을 치르기 위해서일 것이다. 문득, 우리가 죽으면 어디에 묻을 것인지에 대해 아직 한스와 이야기해 본 적이 없다는 생각이 스쳤다.

"나는 비석을 원하지 않아." 나는 지난 세기에 세워진 듯한 낡은 묘비를 창 안에서 툭툭 건드리며 말했다. 나는 우리가 무엇을 원하는지 그도 알아야 한다고 생각했다. 사실 그건 매우 중요한 일이었다.

"아버지도 참……." 한스는 마치 나의 죽음이 생뚱맞고 이야기할 가치도 없는 낯선 것이라도 되는 양 말했다.

나는 기분이 나빠졌다. 우리는 이미 히스모포르스에 묻힐 것이라고 계획을 세웠고, 나는 비석을 원하지 않았지만 당신이 원하기 때문에 어쩔 수 없이 당신의 뜻을 따르기로 했다. 하지만 나는 한스 앞에서 이런 말을 입 밖에 꺼낸 적이 없었다.

한스는 말없이 운전석에 앉아 앞서가는 택시를 천천히 따라갔다. 나는 그 택시 안에 누가 앉아 있는지 궁금해졌다. 어쩌면 체스 클럽의 멤버 중 한 명이 아닐까?

우리 아들은 긴장하는 것처럼 보였다. 오른쪽 눈썹이 바르르 떨리는 것 같았다. 그는 어렸을 때 울음을 터뜨리기 직전 항상 눈썹을 바르르 떨곤 했다. 문득 내가 바보가 된 것 같은 느낌이 들었다. 나는 결코 노인과 같은 아버지가 되고 싶진 않았다. 한스의 가슴속에 뾰족한 가시 같은 존재로 남고 싶지도 않았다.

"네 어머니와 나는 비석 하나로 족해." 나는 목을 가다듬고 말을 이었다. "때가 되면 너도 알게 될 거야. 그게 좋다는걸."

그가 텅 빈 주차장으로 들어섰다. 전기 자동차는 엔진을 끌 때도 소리를 내지 않았다. 그가 나를 돌아보며 고개를 끄덕였다. 그 순간, 나는 그에게서 당신을 보았다. 그 때문인지 내 마음은 차분하게 가라앉았다.

"이제 들어갈까요?" 그가 물었다.

나는 더 자세히 보고 싶다고 한스에게 나직이 말했다. 그리고 우리는 교회를 향해 천천히 걷기 시작했다. 그가 내게 휠체어를 가져갈까 물었지만 거부했다. 허리를 꼿꼿하게 세우고 당당하게 교회 안으로 들어가고 싶었기 때문이다. 한스는 고집을 부리지 않았다. 그저 고개를 끄덕이고 차 문을 연 후 내가 안전벨트를 풀 수 있도록 도와주었을 뿐이었다.

　나는 떨리는 다리로 딱딱한 나무 벤치에 앉았다. 만약 투레가 여기 있었다면 교회에 대해 부정적인 말을 하고 싶었을 것이다. 우리에게 편안한 벤치도 제공하지 못하는 교회라고.

　목사는 제단 왼쪽 의자에 앉아 있었다. 한 뭉치의 종이와 찬송가 책을 들고 있는 그녀의 시선은 발 앞의 어느 한 지점에 고정되어 있었다.

　젊은 시절 투레의 모습을 담은 커다란 사진이 관에 기대어져 있었다. 사진 속의 그는 낯설기도 하고 눈에 익어 친숙해 보이기도 했다. 제재소 사무실에 있던 것과 똑같은 사진이 분명했다.

"쳇, 말도 안 돼." 투레는 전날 걸어놓은 사진을 바라보며 코웃음을 쳤다.

제재소의 경영진은 상급 직위의 모든 직원의 사진을 액자에 넣어 걸어놓기로 결정했다. 나는 그가 왜 화를 내는지 알 수 없어 그저 어깨만 으쓱 추켜 보였다.

나는 조심스레 고개를 돌려 교회 안을 둘러보았다. 투레와 같은 일을 했던 니세와 시베르트가 눈에 띄었다.

시베르트가 손을 들어 올려 내게 인사를 건넨 후 중앙 통로 건너편의 벤치에 앉았다. 니세는 앉는 것이 불편해 앞쪽의 벤치 등받이에 몸을 기댔다. 문득 다른 이들의 눈에 나도 그들처럼 늙고 약해 보이는지 궁금해졌다.

그들이 앉은 벤치의 몇 줄 뒤에는 투레와 같은 아파트에 사는 여인 두 명이 앉아 있었다. 투레는 아파트 주민협회에서 몇 년 동안 일을 한 적이 있었다. 여인들은 단정한 옷을 입고 있었으며, 그중 한 명은 입술에 립스틱까지 바른 모습이었다.

그들 뒤편, 교회의 중앙쯤 자리한 벤치에는 투레의 잉리드라고도 할 수 있는 말린이 앉아 있었다. 그녀는 가정 요양보호사로고가 찍힌 재킷을 입고 있었다. 나는 그녀가 장례식이 끝난 후다시 직장으로 되돌아갈 것인지 궁금했다. 어쨌든 그녀가 와주어서 좋았다.

스피커에서 오르간 음악이 흘러나왔고, 한스는 내게 장미 한 송이를 건넸다. 장미는 매우 아름다웠다. 피처럼 붉고 진한 꽃잎은 내가 평소 생각했던 장미의 이미지와 다를 바 없었다. 나는 꽃을 무릎에 내려놓고 잠시 눈을 감았다.

당신이 내 곁에 앉아 있다고 상상해보았다. 당신은 분명 꽃과 음악이 매우 아름답다고 말했을 것이다. 당신은 우리의 어깨가 닿을 정도로 내게 살짝 몸을 기대고, 이젠 투레가 푹 쉴 수 있다고 말했을 것이다.

나는 관을 보았다. 다음번에는 아마도 당신의 사진이 그곳에 있을 것이라는 생각이 스쳤다. 문득 무거움과 기대감이 묘하게 뒤섞여 나를 엄습했다. 당신을 흙 속에 묻는다는 생각은 너무나 매정하고 비현실적이었지만, 동시에 얼른 그 일을 끝내버리고 싶다는 마음도 함께 고개를 들었다. 그렇다, 나는 모든 것을 끝내고 싶었다.

오르간 음악이 잠잠해지자 목사가 말을 시작했다. 그녀는 내가 전화로 말해주었던 내용의 대부분을 반복했다. 문득, 그 순간 추모의 말을 읊고 있는 사람이 그녀가 아니라 나라는 느낌이 스쳤다. 실제로 그녀의 말은 기본적으로 모두 내가 했던 말이었다.

그녀의 말은 동화처럼 들렸다. 이야기는 히스모포르스에서부터 시작되었다. 투레의 부모는 그가 타지에서 공부를 하고 다시 돌아오기를 원했다. 그의 아버지는 예테보리에서 공부를 했다. 그녀의 목소리에는 힘이 들어가 있었다. 며칠 전 우리 집 부엌에서 나와 마주 앉아 대화를 나누었던 목소리와는 전혀 달랐다. 그녀는 마치 투레를 잘 알고 있던 사람 같았다. 마치 그를 자랑스러워하는 듯한 그녀의 말을 들으니 내 마음도 차분해졌다.

나는 목사의 손동작을 시선으로 따랐다. 문득, 언젠가 때가 되면 그녀가 당신도 묻어주었으면 좋겠다는 생각이 스쳤다. 비록 당신의 장례식은 히스모포르스에서 치루어질 것이지만, 목사는 하루쯤 시간을 내어 그곳으로 갈 수도 있을 것이다.

목사는 히스모포르스가 당시 투레에겐 너무나 작았으며, 그가 다른 무언가를 더 많이 필요로 했다고 말했다. 나는 도대체 누가 그 말을 목사에게 해주었는지 궁금했다. 그 말은 내가 해준 말이 아니었기 때문이다.

목사는 교회 안에 모인 사람들을 둘러보며 잠시 말을 멈추었다. 나는 그녀가 교회의 제일 뒤쪽에 있는 어떤 특정한 이를 바라본다고 생각했다. 고개를 돌려보았지만 내가 앉은 자리에선 볼 수 없었다.

"예테보리는 달랐습니다. 그는 그곳에서 새로운 방식의 삶을 접할 수 있었습니다."

나는 그녀가 말하는 새로운 방식의 삶이 어떤 삶을 의미하는지 궁금해졌다. 내 귀에는 그것이 그저 막연하게만 들릴 뿐이었다.

나는 제단 위에서 마이크를 쥐고 말을 하는 내 모습을 상상해 보았다. 하지만 주변 사람들은 내게 추모의 말을 해달라고 물어오지도 않았다. 아예 생각조차 하지 않았을 것이다. 그건 옳은 일이었다. 나는 내 몸도 마음대로 움직일 수 없었으니까.

"내가 아는 투레는 결코 삶을 두려워하지 않았습니다." 그녀가 말했다.

그건 바로 내가 했던 말이었다. 내가 아는 투레는 결코 삶을 두려워하지 않았으며 용감하게 전 세계를 여행했다고.

문득 그가 한 달 동안이나 튀니지를 여행하고 돌아왔던 때가 떠올랐다. 당시 나는 그 한 달이라는 시간이 너무나 길다고 느꼈고, 심지어는 그를 그리워하기도 했다. 그는 여행지에서 수많은 기념품을 가져왔고, 그곳의 음식과 사람들에 대해 말해주었다. 그는 매우 감성적이고 열정적이었다.

목사가 목을 가다듬으면서 손에 들고 있던 종이를 뒤집었다. 나는 밀려오는 피곤함을 참지 못해 잠시 눈을 감았다. 목사는 당신에 대해선 무슨 말을 할까 생각해보았다. 또 한스는 무슨 말을 할까. 분명 그도 한마디 할 것이 분명했다. 엘리노르도 분명 할 말이 있을 것이다.

"투레는 긴 삶을 살았습니다." 목사가 말했다.

교회가 텅 비어 있었던 것은 바로 그 때문이었다. 그가 아는 사람들은 모두 세상을 떠났기 때문이다.

병원에서는 결국 그의 심장이 멈추었다고 한스에게 말했다. 나는 그가 죽음을 맞이하는 순간 마음이 차분했는지, 아니면 그 마지막 몇 초 동안 혼란스러워했는지 궁금했다. 사람들이 발견했을 때 그는 옷을 입은 채 침대에 누워 있었을 것이다. 마지막 순간에 그가 외로워했을 것이라고 생각하니 마음이 아팠다. 내가 거기 있었어야 했는데. 이 세상에서 그를 위하는 단 한 사람인 내가 그의 마지막 순간을 지켜주지 못했다니.

목사가 말을 멈추자 오르간 음악이 시작되었다. 가슴이 먹먹해졌다. 나는 눈을 질끈 감았다. 이유는 알 수 없었지만 사람들에게 눈물을 보이고 싶지 않았다.

갑자기 오른쪽 허벅지가 묵직해졌다. 안개 낀 듯 흐릿한 시야속에서 내 다리에 얹은 한스의 손이 보였다. 우리가 얇은 옷차림으로 낚시를 하기 위해 오랫동안 호숫가에 앉아 있을 때면 나도그의 어깨에 그렇게 손을 올려놓곤 했다. 문득, 우리의 손이 너무나 닮아서 깜짝 놀랐다. 그의 손에서도 이젠 나이를 엿볼 수있었다.

나는 그의 손 위에 내 손을 올려놓았다. 지금 내 옆에 두고 싶은 사람은 이 세상에서 오직 한스뿐이었다.

교회를 나서는 도중, 맨 뒷줄에 앉아 있던 남자를 발견했다. 나는 목사가 오랫동안 바라보았던 바로 그 사람이 분명하다고생각했다. 그는 나보다 몇 살 어려 보였다. 그의 고급스러운 넥타이와 양복은 매우 비싸 보였다. 그의 옆에는 커다란 검은색 모자가 놓여 있었다. 나는 그의 옆을 지나치며 그가 손에 들고 있는 봉투를 보았다. 나는 그것을 더 자세히 보기 위해 발걸음을살짝 늦추었다. 봉투 겉면에는 구불구불한 손 글씨로 '투레'라고 적혀 있었다.

그가 우리를 볼 수 없는 지점에 이르렀을 때, 나는 한스의 팔을 살짝 잡아당겼다. 나는 교회의 안내실 쪽을 슬쩍 바라보았고, 한스는 나를 데리고 옆으로 살짝 비켜섰다. 나는 그 낯선 남자를 향해 돌아섰다. 그는 아직도 조금 전과 똑같은 자세로 그 자리에 앉아 있었다.

목사가 사람들의 뒤를 따라 천천히 걸어 나오더니, 제일 뒷줄에 앉아 있던 그 남자에게 다가가 손을 내밀며 인사를 건넸다. 목사와 악수를 하는 그를 보니 두 사람은 이전에도 대화를 나눈 적이 있는 것 같았다. 그들은 몇 마디 말을 나누었지만 나는 그들이 하는 말을 들을 수 없었다. 말을 마친 목사는 고개를 끄덕인 후 다시 걷기 시작했다.

"곧 갈게요." 나는 목사가 우리 곁을 지나칠 때 그렇게 말했다.

"시간은 많으니 천천히 오셔도 돼요."

그녀의 말에 한스는 살짝 비뚤어진 듯한 미소를 지었다.

낯선 남자가 자리에서 일어났다. 그는 모자를 쥐고 관 앞으로 걸어가더니 사진 바로 앞에 멈춰 서서 두 눈을 감았다.

다리가 저려오기 시작했다.

"저 사람은 누굴까요?" 한스가 물었다.

나는 어깨를 추켜 보였다.

"나도 모르겠어. 한 번도 본 적이 없는 사람이야."

남자는 여전히 눈을 감은 채 관 앞에 서 있었다. 보아하니 혼잣말을 중얼거리거나 기도를 하는 것이 틀림없었다. 그를 향한 호기심이 너무도 커서 짜증이 날 지경이었다.

"옷이 참 멋지네요." 한스가 목소리를 죽여 말했다.

그는 사람들 사이에서 눈에 잘 띄었다. 나는 그를 한 번도 본 적이 없다는 것을 확신했다. 그런 옷차림과 외모라면 기억하지 않을 수 없을 테니까.

그가 눈을 뜨고 손에 쥐고 있던 봉투를 뚫어지게 바라보았다. 그는 잠시 머뭇거리더니 봉투를 관 위에 올려놓고 재빨리 몸을 돌려 출구를 향해 걷기 시작했다.

"한번 물어볼게요." 한스가 말했다.

한스는 내가 무슨 말을 하기도 전에 낯선 남자에게 다가갔다.

"안녕하세요, 저는 한스라고 합니다. 이분은 보예요. 제 아버지죠. 투레 아저씨와는 둘도 없는 친구지간이었답니다."

남자는 멈춰 섰지만 아무 말도 하지 않고 진지한 표정으로 고개만 끄덕였다. 나도 할 말을 찾지 못했다.

"투레 아저씨와는 어떻게 아시나요?" 잠시 후 한스가 그에게 물었다.

"우리는……."

낯선 남자는 말을 맺지 않고 침묵했다.

내가 오해했을지도 모르겠지만, 나는 그가 내 머리부터 발끝까지 꼼꼼하게 살펴보았다고 느꼈다.

"우리는 예테보리에서 만났습니다."

그가 목을 가다듬고 모자를 썼다. 나는 그때까지만 해도 그런 모자를 쓴 사람을 텔레비전에서만 보았다.

"제 아버지는 히스모포르스의 제재소에서 투레 아저씨와 함께 일했답니다." 잠시 후 한스가 말했다. "그렇죠, 아버지?"

"응, 그렇단다."

나는 낯선 남자에게 손을 내밀었다.

"보라고 합니다."

그가 내 손을 힘주어 잡았다.

"에스킬이라고 합니다."

에스킬. 투레는 단 한 번도 에스킬을 언급한 적이 없었다.

우리는 잠시 침묵 속에 서 있었다. 남자는 짧게 면도한 수염을 쓰다듬었다. 나는 그가 너무나 청결해서 적잖이 놀랐다. 그는 상대방으로 하여금 스스로를 쓰레기처럼 지저분하다고 생각하게 만드는 바로 그런 사람이었다.

"예테보리에서 오셨나 보군요." 한스가 말했다.

나는 한스가 지금 내 곁에 있다는 것이 얼마나 감사한지 몰랐다.

에스킬이 목을 가다듬었다. 그를 보고 있자니 이유를 알 수 없는 짜증이 솟구쳤다.

"네, 그렇습니다. 저는 예테보리에서 왔습니다."

한스는 예테보리로 몇 번 출장을 가본 적이 있다고 말하며 참으로 아름다운 도시라고 덧붙였다. 남자는 고개를 끄덕였지만 여전히 아무 말도 하지 않았다.

"추모식에 참석하실 건가요?" 한스가 잠시 후 그에게 물었다.

에스킬은 고개를 저었다.

"아쉽게도 비행기 시간에 맞춰 떠나야 하기 때문에 추모식에는 못 갈 것 같습니다." 그가 재킷의 옷자락을 바로잡으며 말했다. "어쨌든 만나서 반가웠습니다. 안녕히 계세요."

그는 빠른 걸음으로 교회를 떠났다. 나는 내게 엄습해오는 감정이 안도인지 실망인지 종잡을 수가 없었다.

"이제 추모식이 열리는 회관으로 가볼까요?" 한스가 내게 팔을 내밀며 말했다.

나는 그의 팔을 잡고 함께 걸었다. 호수 옆 노랗게 물든 자작나무를 바라보던 나는 왜 투레가 그 남자에 대해 한 번도 언급하지 않았는지 궁금해졌다. 예테보리에서 비행기를 타고 올 정도라면 두 사람은 매우 가까운 사이였을 것이다. 어쩌면 그 남자가 원하지 않았을지도 몰랐다. 문득 투레가 내게 말하지 않은 것들이 있다는 생각에 우울해졌다.

공기는 서늘했다. 우리는 넓직한 교회 계단에 서서 신선한 공기를 만끽했다.

남자가 저 멀리서 택시를 탔다.

"그 사람 좀 이상하다고 생각하지 않으세요? 왜 자기가 누군지 말을 하지 않았을까요?" 한스가 말했다.

나는 어깨를 추켜 보였다. 투레와 그 남자가 어떤 사이였는지 알 것 같았지만 그것을 한스에게 어떻게 설명해야 할지는 알 수 없었다. 우리는 투레가 왜 결혼을 하지 않았는지에 대해 단 한 번도 이야기한 적이 없었다.

한스가 계단을 내려갔다. 나는 그의 뒤를 따랐다. 갑자기 몰아치는 바람 한 줄기에 수염이 펄럭였다. 스웨덴 국교를 상징하는 깃발도 회관 앞에서 천천히 펄럭였다. 나는 당신에게도 나를 비롯한 그 어느 누구에게 말하지 않은 것들이 있는지 궁금해졌다.

나는 여동생과 함께 있던 당신을 떠올렸다. 당신은 언니이긴 했지만 동생보다 겨우 한 살 더 많았고, 사람들은 당신과 여동생이 쌍둥이 같다고 생각했다. 자매는 내가 결코 재밌다고 생각하지 않는 것들을 두고도 낄낄 웃으며 대화를 나누었다.

나는 호수 옆에 나란히 늘어서 있는 카누로 시선을 돌렸다.

당신은 아마 그녀에게만큼은 마음속에 있는 모든 말을 털어놓았을 것이다.

한스가 발을 멈추고 카누 너머의 나무들을 바라보았다. 붉은 사시나무 잎이 바람에 바르르 떨렸다. 나는 그에게도 비밀이 많은지 궁금해졌다.

"여름방학이 시작되기 전날 우리 반의 여학생들은 이곳에 와서 황화구륜초를 꺾어 꽃다발을 만들어 선생님에게 주곤 했었죠." 한스가 호수를 바라보며 말을 이었다. "그 꽃이 참 예쁘다고 생각했어요. 한번은 나도 그 꽃을 꺾어 꽃다발을 만들어보았어요. 그때 무슨 일이 있었는지 혹시 기억하세요?"

나는 천천히 고개를 저었다.

"아니, 무슨 일이 있었는데?"

"우리가 교회에 들어가기 직전에 군나르가 내게 물을 뿌려서 셔츠가 흠뻑 젖었답니다. 그 애는 내가 여자애라고 놀렸어요. 나는 울면서 집으로 뛰어갔죠. 그러다가 호수 옆에서 거머리 한 마리를 잡아와서 회관 옷걸이에 걸려 있던 그 애의 재킷 주머니에 몰래 넣어두었어요. 정말 그때 일이 기억 안 나세요?"

그는 웃음을 참지 못하고 몸을 앞으로 숙이며 껄껄 웃었다. 그의 커다란 몸이 웃음소리와 함께 마구 흔들리는 것을 보자 나도 절로 웃음이 나왔다.

"그 일로 학교가 많이 시끄러웠답니다." 그가 젖은 눈가를 닦으며 말했다.

"그랬겠지." 나의 웃음소리는 기침 소리로 변했다.

"하지만 먼저 시작했던 건 군나르였어요. 매우 성가신 놈이었죠." 한스가 내 등을 툭 치며 말했다.

회관 안의 테이블 위에는 하얀 커피잔과 꽃무늬 냅킨이 놓여 있었다. 우리는 커피를 마시고 마사랭 과자를 먹었다. 목사는 잔을 가져와 우리 테이블에 함께 앉았다.

나는 모자를 쓴 남자에 대한 생각을 떨쳐버리기 위해 말린을 찾아 두리번거렸다. 딱히 할 말은 없었지만 그녀에게 무슨 말이라도 한마디 해주고 싶었다. 예를 들어, 그녀는 투레에게 매우 중요한 사람이었다는 것. 하지만 그녀는 어디에서도 볼 수 없었다.

어쩌면 장례식이 끝난 후 바로 일을 하기 위해 되돌아갔을지도 몰랐다. 나는 마사랭 과자를 싸고 있던 호일을 조금 벗겨냈다.

커피 맛은 매우 좋았다. 나는 한스에게 커피를 좀 더 가져다 달라고 부탁했다. 조금 떨어진 테이블에 앉아 있던 시베르트와 니세가 일어나 내게 다가왔다.

"안녕하세요, 보세." 시베르트가 내게 손을 내밀며 말했다.

우리는 지난여름에 대해 이야기하기 시작했다. 그들은 올해 여름이 유난히 무더웠다고 말했다. 나는 그들의 말에 동의하는 척했지만, 사실 그렇게 무더웠던 날이 있었는지 기억할 수 없었다. 니세는 딸의 반려견을 몇 주 정도 돌봐주었는데, 개도 높은 기온 때문에 축 늘어져 있었다고 덧붙였다. 나는 그의 얼굴을 찬찬히 살펴보았다. 짧게 면도한 그의 콧수염을 보며, 나는 그날 하루 종일 식스텐 생각을 한 번도 하지 않았다는 것을 깨달았다. 이젠 나를 기다려주는 식스텐이 집에 없다는 생각을 하니 갑자기 슬퍼졌다.

시베르트와 니세가 자신의 직장일에 대해 이야기하고 있던 한스를 돌아보았다. 보아하니 그들은 한스의 직업에 진심 어린 호기심을 갖고 있는 것 같았다.

나는 다시 모자를 쓴 낯선 남자를 떠올렸다. 그는 투레와 연인 사이였음이 틀림없었다. 적어도 장례식에 찾아올 정도면 매우 가까운 사이였음이 분명했다. 나는 턱수염을 쓰다듬었다. 손을 내려다보던 나는 왜 투레가 그 남자에 대해 단 한 번도 이야기하지 않았는지 궁금해졌다. 내 손톱은 매우 짧았다. 잉리드는 그날 아침 내가 손톱 깎는 것을 도와주었다.

나는 엄지손가락을 통통 부은 집게손가락 위에 올리며 투레와 그 남자의 관계는 매우 사적인 것이라고 생각했다. 따지고 보면 나와 투레는 당신에 대해서도 그리 많은 이야기를 하지 않았다. 하지만 교회 안에서 그 낯선 남자를 보는 순간, 내 감정은 심하게 동요했다. 비록 나는 투레와 가장 가까운 친구였지만, 솔직히 내가 전혀 모르고 있던 투레의 삶도 있다는 것을 깨닫는 순간 기분이 많이 상했던 건 사실이었다.

입구에서 뭔가 삐걱거리는 소리가 나서 고개를 돌려보았다. 관리인이 장애인 전용 화장실의 전구를 갈기 위해 사다리에 오르는 중이었다. 나는 그의 균형감각에 깊은 인상을 받았다. 내가 그런 일을 했던 것은 꽤 오래전이었다.

나는 투레가 예테보리에서 무엇을 했는지 더 물어보지 않았던 것을 후회했다. 나는 한스와 시베르트, 니세를 바라보며, 투레가 나를 무관심한 사람이라고 여기지 않기만을 바랐다. 갑자기 말할 수 없이 피곤해져서 금방이라도 잠에 빠질 것만 같았다. 눈을 뜨고 있는 것조차 힘들었다. 한스는 시베르트에게 오늘 하루 휴가를 냈다고 말했다. 나는 내가 죽으면 한스가 며칠 동안이나 휴가를 낼 것인지 궁금해졌다.

내 등을 어루만지는 손을 느꼈다.

"이제 집에 갈 시간이 된 것 같아요." 한스가 말했다.

"네, 이제 이곳도 마무리를 해야 할 것 같군요." 목사가 시계를 보며 말을 이었다. "저도 아이들을 데려와야 하거든요. 그런데 좀 주무셨나요?"

나는 미소를 지으며 말하는 목사에게 고개를 끄덕여 보였다.

한스는 차를 가지고 올 테니 내게 출입문 앞에서 기다리라고 말했고, 나는 그의 말에 반발하지 않았다. 시베르트와 니세를 제외하고 그때까지 남아 있던 사람은 우리 둘뿐이었다. 나는 손으로 입을 가리고 하품을 했다. 집으로 갈 때까지 깨어 있기 힘들 것 같았다.

9월 25일 월요일

08시 10분

출근하니 보는 자고 있었음. 그를 깨워 죽을 주었지만 금방 다시 잠들었음. 날이 갈수록 점점 더 피곤해하는 것 같음. 샌드위치를 만들어 침대 옆에 놓아두었음.

_요한나

나는 으슬으슬한 한기에 잠을 깼다. 고개를 돌리자 테이블 위에 딱딱하게 말라버린 샌드위치가 보였다. 오줌이 마려웠지만 화장실까지 갈 생각만 해도 벌써 지치는 것 같았다. 다리를 들어올리기가 쉽지 않았고, 피곤함 때문에 베개에 올린 머리가 더욱 무겁게만 느껴졌다. 이불 속에 손을 넣어 사타구니를 만져보았다. 요양보호사들이 내게 기저귀를 채워놓았다는 것을 알 수 있었다. 뜨뜻한 오줌을 내보낼 때는 좋았지만 일을 끝내니 수치심이 엄습했다.

　나는 당신도 이런 일을 겪으면 수치스러워하는지, 아니면 아무렇지 않다고 생각하는지 궁금해졌다.

　나는 당신의 스카프가 들어 있는 항아리에 손을 뻗어 뚜껑을 열어보려 했지만 결국은 포기해야만 했다. 나는 항아리가 내 옆에 힘없이 스르르 떨어지도록 내버려두었다.

12시 20분

보는 침대에 누워 있었음. 기저귀가 묵직했음. 데운 생선완자 요리를 조금 먹었고, 프레드리카와 버섯에 대해 잠시 이야기했음. 매우 피곤하며 입맛이 없다는 말도 했음. 물과 초콜릿을 침대 옆에 놓아두었음.

_잉리드

눈을 뜨자마자 당신의 향기를 느꼈다. 고개를 돌리니 당신의
스카프가 내 뺨에 부드럽게 다가왔다. 나는 심호흡을 하고 다시
잠에 빠졌다.

10월 10일 화요일 – 10월 13일 금요일

잉리드의 목소리가 들렸다. 하지만 그녀가 무슨 말을 하는지 알아듣기가 쉽지 않았다. 나는 그녀가 책을 읽고 있다고 생각했다. 억지로 눈을 뜨니 환한 빛 때문에 눈이 부셨다. 잉리드는 침대 옆 의자에 앉아 있었다. 그녀의 티셔츠에는 달을 배경으로 울부짖는 늑대의 그림이 그려져 있었다. 나는 한기에 몸을 떨었다.

그녀가 돋보기 안경을 코끝으로 내렸다

"참 흥미로운 이야기예요." 그녀가 책을 내려놓으며 말했다. "목이 마르세요?"

나는 고개를 끄덕였다. 혀가 바짝 말라 있었다.

그녀가 자리에서 일어나 젖은 수건을 가져왔다.

"혹시 배도 고프지 않으세요?" 그녀가 젖은 수건으로 내 입술을 축여주며 말을 이었다. "딸기 맛이 나는 음료수를 한번 마셔보시겠어요?"

나는 눈을 감고 잉리드가 에너지 드링크에 빨대를 꽂는 소리를 들었다. 얇은 플라스틱이 바스락 소리를 냈다. 그녀는 붉게 물든 숲과 햇살을 받아 반짝이는 나뭇잎에 대해 이야기했다. 그녀의 목소리가 서서히 사라지자 길 건너편 꽃밭을 거니는 당신의 모습이 보였다. 나는 당신의 모습에서 당신의 삶 전체를 볼 수 있었고, 당신은 내 시야에서 사라졌다가 다시 나타나기를 반복했다. 소나무 그림자 사이를 걷는 당신의 모습은 계속해서 바뀌었다. 젊었을 때의 모습, 임신했을 때의 모습, 그리고 혼란스러워하는 당신의 최근 모습.

갑자기 잉리드와 식스텐이 나를 향해 걸어왔다. 목줄을 매지 않은 식스텐은 마치 어질리티 대회에 참가한 개처럼 힘차게 뛰어오고 있었다. 옴에 걸린 개처럼 어쩔 줄 몰라 하는 것 같기도 했다. 저 멀리 에베르트손의 집으로 향하는 모퉁이에서 노인이 삽을 들고 걸어왔다. 그의 뒤 몇 미터쯤 떨어진 곳에서는 어머니가 양팔을 축 늘어뜨리고 고개를 숙인 채 종종걸음으로 걷고 있었다. 식스텐은 그들을 맞이하기 위해 신나게 언덕을 내려갔다.

가슴이 찢어질 듯 아팠고 숨쉬기가 더 힘들어졌다. 목이 조여왔다. 나는 눈을 떠보려 안간힘을 썼지만 마음대로 되지 않았다.

"보, 몸은 좀 어때요?"

나는 겨우 눈을 뜨고 잉리드를 바라보았다. 금세 마음이 편해졌다. 그녀가 이맛살을 찌푸렸다.

"많이 아프세요?"

나는 고개를 끄덕였다. 정말 무언가가 내 몸을 갉아먹는 것 같았다. 잉리드는 침대 가장자리에 앉아 내 손을 잡았다. 그녀의 손은 따뜻했고 약간 촉촉하기도 했다.

"곧 괜찮아질 거예요."

나는 지푸라기를 잡는 심정으로 그녀의 말에 매달렸다.

누군가 대문을 두드리는 소리가 들렸다. 나는 그 사람이 한스였으면 좋겠다고 바랐다. 그를 내 곁에 두고 그를 바라보며 그에게 좋은 일만 일어나기를 바란다고 말해주고 싶었다. 비록 내가 겉으로는 심술궂고 무뚝뚝하게 보일지는 몰라도 마음속으로는 항상 그를 자랑스럽게 생각한다고 말해주고 싶었다. 더 늦기 전에.

그 생각은 투레의 장례식에서 에스킬을 만난 이후 점점 더 자주 떠올랐다. 나는 말하지 않은 것을 남기고 싶지 않았다. 노인처럼 되고 싶지도 않았다.

이상하게도 더는 화를 내고 싶지 않았다. 한스는 자신이 최선이라고 생각하는 일을 했을 뿐이다. 그리고 식스텐은 지금 잘 지내고 있을 것이다.

문이 열렸다.

"아마 소피아가 왔나 봐요. 새로 일을 시작한 보조 요양보호사죠. 지난주에 만나보셨을 거예요."

잉리드가 자리에서 일어나며 말했다.

나는 고개를 끄덕였지만 그녀를 기억할 수는 없었다. 단지 그

심술궂은 비정규직 요양보호사가 아니라 다행이라고 생각했을 뿐이었다. 나는 현관으로 나가는 잉리드를 시선으로 좇았다. 문득, 한스가 언제 올지 궁금해졌다. 너무나 피곤해 고개를 돌릴 수도 없었던 나는 잉리드가 시야에서 사라지자마자 눈을 감고 밀려드는 잠에 몸을 맡겼다.

한스가 얼음 위에 털썩 주저앉았다. 그가 다리를 쭉 뻗자 스케이트 날이 얼음에 부딪쳐 자국을 남겼다. 그가 가만히 누워 잠시 하늘을 쳐다보았다. 썰매에 앉아 있던 당신이 몸을 일으켰다.

"엉덩이가 젖지 않도록 조심해." 당신은 얼음 위로 발을 디디며 말했다. 들판의 웅덩이에서 얼어붙어 있던 곳은 너비가 20미터도 채 되지 않았다.

그는 스케이트를 탈 때면 지칠 줄을 몰랐다. 겨울이 되면 매일 스케이트를 타러 나가고 싶어 했다. 그건 나도 마찬가지였다. 다음 해 겨울이 되자 그는 웅덩이에서 스케이트를 타는 것만으로는 부족하다고 생각해서 이삭손의 아이들과 함께 시내 아이스링크로 갔다.

"안녕하세요, 보."

여자 목소리가 귓전에 스쳤다. 앳되고 낯선 얼굴이 나를 내려다보고 있었다. 소녀는 학교를 졸업하기 전인 듯 매우 어려 보였다. 열다섯 살도 채 되지 않은 것 같았다.

나는 그녀에게 인사를 하기 위해 입을 열었지만 목소리가 나오지 않았다.

"소피아는 나를 도와주기 위해 여기 왔답니다." 잉리드가 내 다리에 손을 얹으며 말했다. "이제 곧 새 기저귀로 갈아드릴게요."

보조 요양보호사는 비닐 앞치마를 허리에 묶고 일회용 장갑을 꼈다. 잉리드는 침대 바퀴의 브레이크를 발로 힘껏 눌러 해제시킨 후, 보조 요양보호사가 반대편으로 들어갈 수 있도록 침대를 조금 끌어냈다.

"어느 쪽으로 할까요?" 보조 요양보호사가 물었다.

"네가 선택하렴. 난 아무래도 괜찮으니까."

나는 침대 양옆에 서 있는 잉리드와 보조 요양보호사를 번갈아 바라보며 당신은 지금 무엇을 하고 있는지 궁금해했다. 마음이 차분한지 아니면 화가 나 있는지 알고 싶었다.

"이제 소피아 쪽으로 몸을 굴려보세요." 잉리드가 말했다.

보조 요양보호사는 내 오른쪽 팔을 잡고 당겼고, 나는 왼쪽으로 돌아눕게 되었다.

잉리드가 내 엉덩이 밑에 비닐천을 깔자 보조 요양보호사는 내 몸을 굴려 제자리로 돌려놓았다. 그 일은 너무나 빨리 진행되어서 나는 제대로 생각할 시간조차 없었다.

"이제 제 쪽으로 와보세요." 잉리드가 내 왼쪽 팔을 잡아당기며 말했다. 그와 동시에 보조 요양보호사는 반대편의 비닐 깔개를 매끈하게 폈다.

"이제 됐어요. 이렇게 하면 침대를 깨끗하게 유지할 수 있어요."

잉리드가 내 플란넬 셔츠를 끌어올리고 바지 고무줄이 잘 늘어나는지 확인이라도 해보듯 살짝 잡아당겼다. 그녀가 바지 한 쪽을 아래로 내렸다.

"이제 새 기저귀로 갈아드릴게요." 잉리드가 보조 요양보호사를 돌아보며 말을 이었다. "이 일은 내가 할게."

보조 요양보호사는 주저하며 조심스레 고개를 끄덕였다.

"자, 이제 다시 제 쪽으로 와보세요." 그녀가 내 오른손을 다시 잡아끌었다. 나는 그녀가 일을 쉽게 할 수 있도록 살짝 힘을 줘보려고 했지만, 근육이 마음대로 움직이지 않았다.

잉리드가 미지근한 물수건으로 내 엉덩이를 닦아주었다. 따뜻하고 좋았다.

나는 다시 등을 침대에 대고 누웠다. 잉리드는 내 바지와 셔츠를 바로잡아준 다음 이불을 덮어주었다.

다시 무언가가 가슴을 갉아먹는 것 같은 느낌이 스쳤다. 나는 고통을 없애기 위해 무엇을 해야 할지 알 수 없었다. 숨 쉬는 것도 점점 더 힘들어졌다.

"이젠 기분이 한결 나아졌죠?" 보조 요양보호사가 내 팔에 손을 얹으며 말했다.

내가 그녀를 바라보자, 그녀는 미소를 지으며 얼굴을 돌렸다.

나는 잉리드를 바라보았다. 그녀의 눈과 내 눈이 마주쳤다. 그녀의 푸른 눈동자를 한참 바라보고 있으니 가슴이 진정되었다. 우리는 그렇게 한동안 서로를 바라보았고, 그녀는 내가 아무 말 하지 않았음에도 고개를 끄덕여주었다. 나는 그녀와 함께 오래도

440

록 그렇게 있고 싶었지만 밀려드는 졸음을 참기 힘들었다.

나는 잉리드의 목소리에 잠에서 깼다.

"여기 있어." 그녀가 업무용 핸드폰을 보조 요양보호사에게 건네주며 말했다. "목사님에게 전화 좀 해줄래?"

소녀는 핸드폰을 받으며 잉리드를 향해 눈썹을 치켜올렸다.

"네, 그런데 이분은 신자이신가요?" 그녀가 물었다.

업무용 가방 속을 들여다보고 있던 잉리드가 움직임을 멈췄다. 그녀는 비닐장갑을 끼고 있는 보조 요양보호사를 바라보며 생각에 잠겼다. 잠시 후 나를 향해 고개를 돌렸다.

"나는 당신이 기독교 신자라고 생각하지 않지만, 상관없을 거라고 믿어요." 그녀가 미소를 지으며 말을 이었다. "나는 당신이 목사님과 얘기하는 걸 좋아한다고 생각해요. 대부분의 사람들이 그러하듯 말이죠."

나는 잉리드의 얼굴을 바라보며 그녀의 말이 맞다고 생각했다. 목사와 대화를 나누다 보면 기분이 좋아지는 건 사실이었다.

나는 여기 누워 죽음을 맞이할 것이다.

갑자기 투레가 떠올랐다. 죽기 직전 그는 무슨 생각을 했을까? 당신 차례가 되면 당신은 무슨 생각을 할까?

보조 요양보호사는 잉리드와 나를 번갈아 쳐다보았다. 그녀는 꽤 혼란스러워 보였다.

갑자기 웃음이 터져 나왔다. 내 입에서는 웃음을 닮은 이상한 소리가 새어 나왔다.

잉리드가 손으로 입을 가리며 웃기 시작했다. 보조 요양보호사는 눈썹을 치켜올리더니 곧 우리를 따라 웃기 시작했다.

나는 커피 향기에 잠을 깼다. 엘리노르가 미소를 지으며 나를 바라보았다.

"할아버지, 사랑해요." 그 애가 재빨리 말을 이었다. "아버지도 마찬가지예요." 그 애는 내게 눈을 깜박일 여유도 주지 않고 말했다.

우리의 호박벌을 보고 있자니 가슴이 따뜻해졌다. 부엌 조리대 앞에 서 있던 한스가 소리 내 웃기 시작했다. 하지만 웃음소리가 억지로 꾸며낸 듯 어색하기만 했다. 그가 귓불을 만지작거렸다. 나는 그를 더 자세히 볼 수 있도록 그가 내게 가까이 와주었으면 좋겠다고 바랐다.

문득 훌쩍 커버린 엘리노르를 보며 새삼 놀랐다. 어떻게 시간이 이처럼 빨리 갈 수 있을까. 내가 침대에 누워 지내는 동안 어떻게 그런 일이 일어났는지 정말 이해할 수가 없었다.

"아버지가 커피와 마사랭 과자를 준비하고 있어요." 엘리노르가 내 손을 쓰다듬으며 말했다.

나는 미소를 지어보려 했지만 마음대로 잘 되지 않았다. 하지만 나는 엘리노르의 엄지손가락을 쓰다듬을 수 있어 만족했다.

나는 마사랭 과자와 투레를 떠올렸다. 그럴 일은 없다고 생각하지만 그를 얼른 만나보고 싶었다. 그도 나를 만나기 위해 어디선가 기다리고 있으리라. 훗날 내가 당신을 만나기 위해 기다릴 바로 그곳에서.

오두막 벽난로 앞에서 찍은 투레의 사진이 머릿속을 스쳤다. 우리가 낚시를 하기 위해 그의 오두막을 찾았을 때, 그는 한스가 편하게 지낼 수 있도록 많은 노력을 기울였다. 그는 한스가 올 때면 항상 그가 좋아하는 과자를 사놓기도 했다.

한스가 커피잔과 마사랭 과자를 가져와 엘리노르의 옆에 있는 의자 위에 내려놓았다. 그가 내게 미소를 지었다. 나는 항상 그를 자랑스러워했고 그를 위해 최선을 다했다고 말하고 싶었다. 하지만 둘은 엘리노르의 학교와 졸업 후에 지원할 일자리에 대해 이야기를 시작했기에 나는 그들을 방해하고 싶지 않았다.

"저는 의료나 사회복지 방면으로 생각하고 있어요. 제 친구들 대부분도 마찬가지예요." 엘리노르가 말했다.

"현명하다고 생각하지 않으세요, 아버지? 안정적인 직업을 갖는 것 말이에요." 한스가 내게 말했다.

나는 미소를 지었다. 그는 자신의 아버지가 무슨 생각을 하고 있는지 잘 알고 있었고, 나는 그런 아들이 자랑스러웠다.

"사람들과 함께 사람과 관련된 일을 하는 건 네게 안성맞춤이라고 생각해." 그가 우리 호박벌의 머리에 손을 얹으며 말했다.

"참 훌륭하구나." 나는 혼잣말처럼 나직이 중얼거렸다.

입속이 바짝 말라 금방이라도 터질 것 같았다. 나는 입술을 모아 침으로 적셔보았지만 아무 소용이 없었다.

"여기 잉리드가 물을 가져왔어요." 목사가 말했다.

나는 눈을 떴다. 내게 다가오는 잉리드를 볼 수 있었다. 목사는 침대 옆 의자에 앉아 있었다.

"아이스크림을 먹는 것도 좋을 것 같아요." 잉리드가 말했다.

"아이스크림이 좋겠군요." 목사가 맞장구를 쳤다.

투레와 나는 여름만 되면 공원에 앉아 아이스크림을 먹었다.

입속에 번지는 아이스크림의 차가운 느낌은 그때와 마찬가지로 너무나 좋았다. 목사가 무슨 말을 했지만 나는 전혀 알아들을 수 없었다. 그녀가 자리에서 일어나 모퉁이에 있던 의자의 등받이에서 담요를 가져와 내 발을 덮어주었다. 발이 차가웠는데 담요를 덮으니 좋았다.

나는 그녀가 최근에 당신을 방문한 적이 있는지 궁금해졌다. 당신이 어떻게 지내는지, 아직도 당신의 마음 한곳에 내가 있는지, 또 언젠가는 우리가 다시 함께할 수 있다고 생각하는지 물어보고 싶었다.

다시 숨이 가빠졌다. 제대로 숨을 쉬기가 힘들었다.

나는 입을 벌려 당신의 이름을 불러보려 했지만 사정없이 밀려오는 피곤함에 몸을 맡길 수밖에 없었다.

"이건 여기 놔둘게요. 뺨에 댈 수 있나요?"

잉리드의 목소리와 함께 당신의 향기를 느낄 수 있었다.

잉리드가 스카프를 펴서 내 목과 뺨 위에 펼쳐놓았다. 한순간 부엌이 눈앞에서 사라졌다. 유일하게 존재하는 것은 스카프의 부드러움과 당신의 향기뿐이었다.

나는 있는 힘을 다해 숨을 들이쉬었다. 한동안 폐 속에 공기를 가두어두었다가 다시 숨을 내쉰 후 잠에 빠졌다.

다시 눈을 뜨니 어머니의 모습이 떠올랐다.

잉리드가 물수건으로 내 입술을 적셔주었다. 서늘한 바람이 얼굴에 닿았다.

"창을 열고 환기를 시키는 중이에요. 가을 공기가 참 좋죠?" 그녀가 수건을 물에 적시며 말했다.

나는 고개를 끄덕였다. 어머니는 내게 중요한 모든 것을 가르쳐 주었다. 개와 동물에 대한 것, 내게 없으면 안 되는 것들에 대해서.

어머니의 죽음은 매우 빨랐다. 어느 날 아침 요양보호사가 와서 깨웠을 때 어머니는 이미 숨을 거둔 후였다. 어머니는 천장을 보며 입을 벌리고 눈을 뜬 채 누워 있었다. 그들은 어머니의 두 손이 이불 위에 가지런히 놓여 있었다고 말했다. 마치 죽음을 예상하기라도 한 듯.

숨이 차고 가슴이 조여오기 시작했다. 사실 나는 어머니가 돌아가셨을 때 크나큰 충격을 받았기 때문에 다시 그때 일을 떠올리고 싶진 않았다. 나는 그 일로 슬퍼하는 내게 잘 이해한다고 말했던 당신을 떠올렸다. 나는 몇 달 동안이나 우울해했고 내 감정에 대해 한 마디도 표현하지 않았다. 내가 얼마나 어머니를 그리워하는지.

나는 어머니에게 살아생전 고맙다고 말하지 못했던 것을 너무나도 후회했다. 어머니는 노인보다 훨씬 좋은 사람이었다. 나는 어머니에게 그 말을 했어야 했지만 그러지 못했다. 나는 노인에게 향하는 분노를 어머니와 나 사이에 존재하도록 내버려두었다는 것을 이제야 깨달았다. 바로 그 때문에 나는 어머니와 단둘이 있을 때도 진심으로 행복할 수 없었다.

나는 가빠오는 숨 때문에 두려워졌다. 눈을 떠보려 했지만 마음대로 되지 않았다. 어쩌면 내가 지금 죽을지도 모른다는 생각이 스쳤다. 죽음을 앞둔 느낌은 바로 이런 것이라는 생각도 스쳤다. 알 수 없는 힘이 나를 더 깊은 곳으로, 더 먼 곳으로 밀어내고 있었다.

한스가 내 이마에 손을 얹자 숨쉬기가 편해졌다. 나는 한스가 폐렴에 걸렸을 때 이처럼 그의 이마에 손을 얹어주었다. 그는 당시에 4주 동안이나 학교에 가지 않았다.

한스의 손은 내 이마 위에 계속 머물렀다. 그가 지금 여기 외에 다른 곳에는 있고 싶어 하지 않는다는 느낌이 스쳤다.

잠에서 깨니 무언가 먹지 말았어야 했던 것을 먹은 것처럼 몸이 아팠다. 하지만 나는 내가 마지막으로 언제 무엇을 먹었는지 기억할 수 없었다.

"이렇게 오래 걸리는 게 정상인가요?" 한스가 나직이 말했다.

내가 빨리 죽지 않는다고 불평하는 것일까? 나는 그에게 짐이 되어버린 것 같은 생각을 떨칠 수 없었다. 마치 내가 한스와 다른 이들의 일에 방해가 되는 것만 같았다.

나는 눈을 뜨고 우리 아들과 시선을 마주쳤다. 그의 눈빛은 왠지 불행해 보였지만 내가 고개를 끄덕여주자 그가 환한 미소를 지었다.

"깨어나셨어요."

"음……."

한스가 웃기 시작했다.

잉리드는 테이블에 물이 담긴 접시를 내려놓고 우리에게 미소를 지었다.

갑자기 기분이 이상해졌다. 우리 아들을 보고 있자니 노인이 떠올랐기 때문이었다. 한스와 내 얼굴에는 노인의 얼굴이 담겨 있었다. 특히 턱 부분은 우리 세 명 모두 비슷했다.

적어도 우리 아들은 지금 내 곁에 있다. 지금 내 곁에는 우리 아들이 있다.

나는 노인의 마지막 순간을 지키지 않았다.

노인의 죽음은 꽤 오래 걸렸다. 그가 죽음을 맞기까지는 여러 날이 걸렸다. 그는 병원에 입원해 갖가지 진통제를 맞았다. 어머니는 그의 곁에 앉아 이마를 닦아주고 큰 소리로 지역 신문을 읽어주기도 했다.

나는 어머니를 위해 몇 번 병원을 찾았다. 어머니가 외로워하지 않기를 바랐기 때문이었다. 동시에 나는 노인이 내 뜻을 오해하지 않기를 바랐다.

나는 그의 침대 옆에 서 있었다. 그가 너무나 연약하고 불쌍해 보였기에 마음이 아팠다. 문득 몇 주 전 그와 전화를 하며 나누었던 대화가 떠올랐다. 그의 어깨 위에 손을 얹어주고 싶었다. 하지만 부스테르와 관련된 일을 비롯해 내가 성장하면서 겪었던 여러 일들을 떠올리니 이제 그와 나는 아무 상관도 없는 사람이라는 생각이 스쳤다.

그래서 나는 내 삶에서 그를 지워버렸다. 그리고 그에게서 등을 돌렸고 내가 원하는 방식으로 나만의 삶을 살았다.

그럼에도 그가 나를 봐주었으면 좋겠다는 바람은 사라지지 않았다. 나를 인정해주고 자랑스러워하는 그의 눈빛을 바랐던 것이다.

병원에 가보니 그의 따뜻한 마음을 느낀 지 너무 오래되어 그게 언제였는지도 기억이 나지 않았다. 어머니가 내게 전화해서 이제 아버지에게 남은 시간이 얼마 없으니 한번 와보라고 말했을 때, 나는 단호하게 거절했다. 그날은 월요일이었기 때문에 일을 해야 한다는 핑계를 댈 수 있었다.

그럼에도 그날 저녁 그가 세상을 떠났다는 어머니의 전화를 받았을 때 마음이 아픈 것은 어쩔 수가 없었다.

침대 옆에 있던 한스가 자세를 고쳐 앉았다. 앞머리가 이마 위에 축 늘어져 있었다. 그의 머리는 어렸을 때와 마찬가지로 너무나 부드러워 보였다. 나는 그의 머리를 쓰다듬어주고 싶었지만 내겐 팔을 들어 올릴 힘도 없었다.

문득, 나는 노인을 이해하지 못했다는 것을 깨달았다. 그와의 관계는 한스와 나의 관계와는 달랐다. 나와 한스는 가끔 다투기도 하고 갈등을 경험하기도 했지만, 우리는 노인과 나와는 달리 그 무언가에 함께 속해 있었다.

나는 한스가 행복하기만을 바랐다. 그가 나와의 관계 때문에 앞으로도 수십 년 동안 불행해하지 않기를 바랄 뿐이었다.

나는 비록 내가 무슨 말을 하고 싶은지 잘 알고 있었지만 막상 입 밖에 내려니 쉽지 않았다. 벌써 몇 주째 그 말을 하려고 애를 써보았다. 단지 몇 마디 말에 불과했지만 그럼에도 어렵기는 마찬가지였다.

"너도 알다시피……." 나는 숨을 고르며 나직이 말했다.

그가 천천히 고개를 끄덕였다. 눈썹을 살짝 치켜올리고 미소를 지으며 내 말을 듣고 있다는 표시를 해주었다.

나는 그에게서 당신을 보았다. 폐에 공기를 채우려 다시 숨을 들이쉬었지만, 이번에는 사정없이 덮쳐오는 피곤함과 맞서 싸워야만 했다.

"너도 알다시피 난 네가 자랑스럽단다." 나는 안간힘을 쓰며 겨우 말을 이었다.

"네 어머니도 마찬가지야."

한스는 내가 잊고 있던 그만의 눈빛으로 나를 바라보았다. 소년 시절의 눈빛이었다. 내가 하는 말을 귀 기울여 들을 때의 눈빛. 마치 이 세상에는 그와 나밖에 없다고 말하는 듯한 눈빛.

그가 눈을 깜박였다.

그가 허리를 굽혀 내 이마에 입을 맞추었다.

"잘 알고 있어요, 아버지."

바닥에 부딪치는 발톱 소리와 냄새가 코를 찔렀고, 그와 동시에 내 손에 부드러운 털이 닿았다.

"뭔가 알아차린 것 같나요?" 한스가 물었다.

"제 생각엔 그런 것 같아요." 잉리드가 대답했다.

식스텐이 침대 위로 뛰어올라 나의 왼쪽 다리 옆에 몸을 기댔다.

마음이 너무나 차분해졌다. 개는 내가 자신의 머리를 쓰다듬어줄 수 없다는 것을 깨달은 듯 내 배 위에 머리를 얹었다.

"괜찮아요, 아버지? 식스텐이 옆에 있어도 불편하진 않으신가요?" 한스가 내게 물었다.

"괜찮아, 한스. 모두 잘 지내고 있어. 보, 식스텐, 그리고 나."

내 오른쪽 어깨 위가 묵직해졌다. 나는 그것이 한스의 손이라는 것을 한참 후에야 깨달았다. 그는 내 어깨를 힘주어 꽉 쥐고서 몇 분 동안이나 가만히 서 있었다. 어쩌면 내가 듣지 못하는 말을 했을지도 몰랐다.

내겐 아무 상관 없었다. 어쨌거나 내 기분은 좋았기 때문이다.

"보, 이제 걱정할 것은 하나도 없어요. 모든 일이 제대로 돌아가고 있고 나빠질 것은 아무것도 없으니까요."

나는 잉리드의 말을 믿었다.

한스의 손은 여전히 내 어깨에 머물러 있었다. 나는 그의 어깨에 손을 얹는 내 모습을 상상해보았다. 내가 그에게 해주고 싶은 말은 내가 그를 위해 최선을 다했으며 그도 그것을 알아주었으면 좋겠다는 것뿐이었다.

그의 따뜻한 손이 내 온몸에 온기를 불어넣어 주었다. 나는 이제 더 이상 춥지 않았다.

대문이 닫혔다.

잉리드가 나의 왼손을 들어 올려 식스텐의 등 위에 내려놓았다. 그녀의 손은 매우 따뜻했다.

식스텐이 내 앞에서 신나게 달렸다. 개는 숲속의 경사면을 매우 빠른 속도로 내려가더니 다시 내게로 뛰어왔다. 그러다 방향을 휙 바꾸어 몸을 식히기 위해 개울로 뛰어들었다.

나는 잠에 빠지기 직전 이제 모든 일은 제대로 돌아가고 있어 마음이 편하다고 생각했다.

주변이 너무나 어두워 나는 아무것도 볼 수 없었다. 하지만 식스텐의 털 냄새는 내 코끝에서 어른거렸고, 동시에 내 안에서 무

슨 일이 생긴 것 같았다. 무언가가 방향을 바꾸는 듯한 느낌. 식
스텐의 축축한 코가 내 손안으로 들어왔고, 동시에 내게 기대어
오는 식스텐의 몸을 느낄 수 있었다. 모든 것이 말할 수 없이 맑
아졌다.

　창이 열리는 소리와 함께, 나는 남쪽으로 날아가기 위해 두루
미들이 모여드는 소리를 들을 수 있었다.

03시 30분

보는 조용히 마지막 순간을 맞이했음. 그는 옆에 누워 있는 식스텐의 머리에 손을 얹고 고통 없이 매우 평화롭게 잠에 들었음. 촛불을 밝힌 후 한스에게 전화했음.

_잉리드

이 책을 처음 읽었을 때, 나는 마치 내 안의 한 자리가 흔들리는 듯한 감정을 느꼈습니다. 이 이야기는 단순히 늙고 병든 아버지와 그를 돌보는 아들의 갈등을 그린 것이 아닙니다. 시간의 흐름 속에서, 세월을 견디며 사라지는 것들에 대한 이야기이자, 그 안에서 나누어지는 복잡하고도 순수한 사랑의 이야기입니다. 무엇보다 나는 이야기 속에서 우리가 언젠가 맞이해야 할, 삶의 끝자락에서 마주하는 갈등과 화해를 발견했습니다.

보는 치매에 걸린 아내를 요양원에 보내고 자신에게 찾아든 병마를 서서히 받아들이며 죽음을 기다리지만, 여전히 지난 세월을 놓지 못하며 고집스러운 마음으로 살아가는 사람입니다. 그는 아들이 자신을 돌보려고 할 때마다, 자신의 한 부분이 빼앗기는 것 같은 느낌에 이를 거부합니다. 아들은 아버지에게 편안함을 주기 위해 무엇이든 바꾸려 하지만, 보에게는 자신이 소중히 여겨온 것들을 하나씩 잃어가는 일이었습니다. 보의 눈에 아들의 손길은 때로 사랑이라기보다 자신의 자리를 침범하는 것처럼 보였던 것입니다.

책을 번역하며, 나는 보가 느끼는 외로움과 두려움을 온몸으로 겪고 있는 듯했습니다. 나이가 든다는 것은, 잃어버림의 시간을 살아간다는 것일 테지요. 과거를 되돌릴 수도 없고, 점점 흐릿해지는 기억 속에서 우리는 무엇을 붙잡고 살아야 할지 알 수 없게 됩니다. 그럼에도 보에게는 마지막까지 붙잡고 싶은 것이 있었고, 그것은 자신이 살아왔던 방식, 고집스러움 속에서 지켜온 자존심이었습니다.

그러나 가장 깊이 깨달은 한 가지는, 보의 고집과 무뚝뚝함 속에 숨어 있던 진심이 결국에는 그가 아들에게 전하려 했던 가장 깊은 사랑이었다는 점입니다. 보의 고집스러운 성격을 떠올리며, 나는 그가 사랑을 표현하는 일이 얼마나 어려웠을지 상상해 보았습니다. 그는 마지막 순간에 아들에게 "자랑스럽다"는 말을 건네는데, 그것은 아버지로서의 자긍심이자 사랑을 전하는 그만의 방식이었습니다. 그 어떤 말보다 강력하고 깊은 의미를 담은 그 말은 곧, 수많은 말 없는 사랑이자, 그의 마음속에서 긴 세월 동안 지켜온 진실이었습니다. 그동안 마음속에 품고 있던 사랑을 하나의 고백으로 녹여낸 순간이었으며, 아버지가 아들에게 전할 수 있는 가장 큰 선물이었다는 생각이 듭니다.

책을 번역하면서, 나이가 들어가며 사랑을 표현하는 일이 얼마나 어려워지는지, 그러나 한편으로는 잃어가는 것들 속에서도 여전히 남아 있는 사랑의 힘에 대해 깊이 생각하게 되었습니다. 그리고 누군가에게 전하고 싶은 말들도 생겼습니다. "자랑스럽다"는 보의 말처럼, 우리가 묵묵히 전하는 사랑이 때로는 가장 큰 진심이 되어 전해진다는 것을 잊지 않으려 합니다.

이 책을 읽고 나면, 아마 여러분도 누군가에게 "자랑스럽다"는 말을 전하고 싶어질 것입니다. 사랑하는 이에게, 부모님에게, 혹은 자식에게. 그것이 얼마나 소중하고 시간이 지나며 더욱 간절하게 남는 말임을 느끼게 될 것입니다. 책은 우리가 인생에서 무엇을 놓치지 말아야 할지, 무엇을 남겨두어야 할지 다시 생각하게 만들어주는 값진 이야기를 담고 있습니다.

새들이 남쪽으로 가는 날

ⓒ 리사 리드센, 2024

초판 1쇄 발행 2024년 12월 18일
초판 4쇄 발행 2025년 2월 11일

지은이 리사 리드센
옮긴이 손화수
책임편집 조혜영
콘텐츠 그룹 이가영 전연교 김신우 정다솔 문혜진
디자인 문성미

펴낸이 전승환
펴낸곳 책읽어주는남자
신고번호 제2024-000099호
이메일 bookfarmers@thebookman.co.kr

ISBN 979-11-93937-37-2 (03850)